說經

1

吴秋輝 撰

國家圖書館出版社

圖書在版編目(CIP)數據

説經:全六册/吴秋輝撰. —北京:國家圖書館出版社,2022.8

ISBN 978-7-5013-7453-3

Ⅰ. ①説… Ⅱ. ①吴… Ⅲ. ①《詩經》-詩歌研究 Ⅳ. ①I207.222

中國版本圖書館 CIP 數據核字(2022)第 008766 號

書　　名	説經(全六册)
著　　者	吴秋輝　撰
責任編輯	苗文葉
助理編輯	王　哲
封面設計	徐新狀
出版發行	國家圖書館出版社(北京市西城區文津街 7 號　100034) (原書目文獻出版社　北京圖書館出版社) 010-66114536　63802249　nlcpress@nlc.cn(郵購)
網　　址	http://www.nlcpress.com
印　　裝	河北三河弘翰印務有限公司
版次印次	2022 年 8 月第 1 版　2022 年 8 月第 1 次印刷
開　　本	787×1092(毫米)　1/16
印　　張	202
書　　號	ISBN 978-7-5013-7453-3
定　　價	2980.00 圓

吴秋輝像

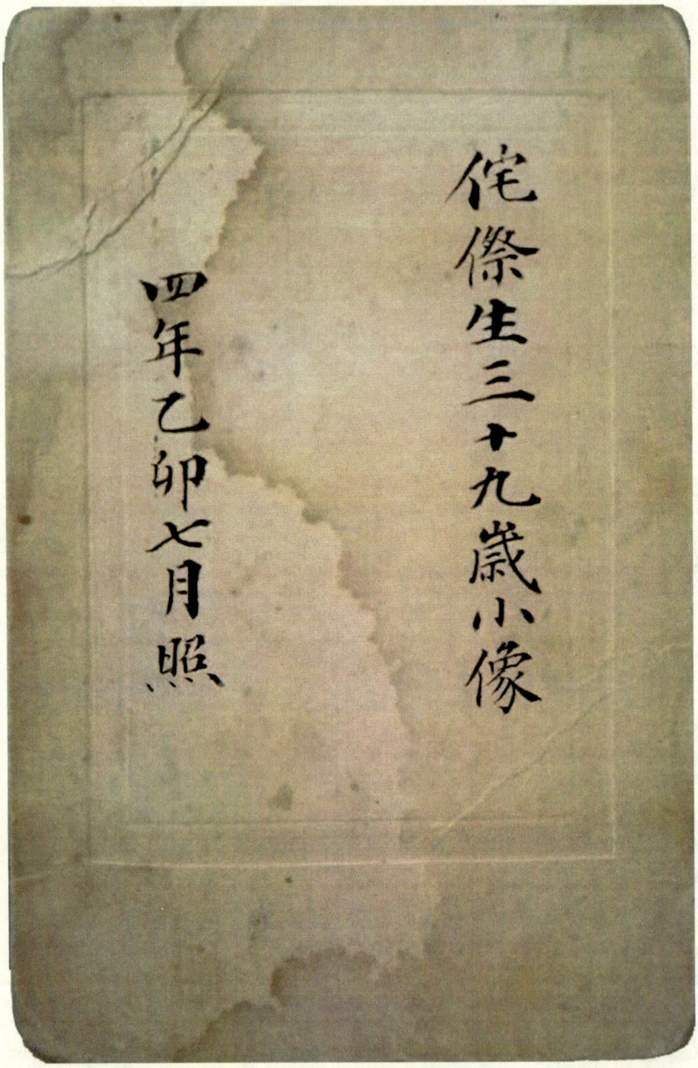

吴氏像自题

吴秋輝故居　山東臨清考棚街

出版説明

吴秋輝（一八七七—一九二七），名桂華，自號侘傺生，以字行，山東臨清人。清末民國時期經學家、史學家、語言文字學家。清宣統二年（一九一〇）畢業於山東省優級師範學校。初在臨清辦教育，民國元年（一九一二）在濟南一家報館任主編。民國六年（一九一七）始研究中國古代文化。民國八年（一九一九）到北京主持《民意報》。民國十三年（一九二四）應聘到山東國學研究社教授經學。民國十六年（一九二七），由梁啓超推薦到清華大學任導師兼教授，因眼疾未能成行。

吴秋輝對經學、史學、文字學、音韻學等無不涉獵和精研，一生著述四十餘種，有《楚辭正誤》《學文溯源》《學海紺珠》等。吴氏治學嚴謹，論議精深，每有所述，旁徵博引，持之有故，而獨標新義，時獲創見，使聞者驚心、見者嘆服，隨着吴秋輝遺著的不斷整理和出版，其學術思想也越來越爲學術界所重視。

其所著《説經》，一名《侘傺軒説經》，是吴秋輝著作中部頭最大、價值較高的代表作之一，主要内容爲研究《詩經》中的字、詞、句、篇等。針對《詩經》毛傳、鄭箋和朱熹等人的字、詞、章句之誤，利用甲骨金文、方言方音、古今名物等古文字、音韻、方言知識，結合出土文獻和傳世經書互證的方法，分四百七十條篇目對《詩經》進行考釋，糾正了戰國秦漢以來後人對《詩經》的錯解和附會："『世皆謂《詩》亡於秦火，至漢而復傳，此第就其顯見者言之。夷考其實，則《詩》之亡當在於戰國之世。漢儒之所傳者，特其文字，至其大義微言，則至今日尚未有人能見及之也。』此書始作於民國八年（一九一九）秋，終稿於民國十三年（一九二四）冬，共三十三卷，其中卷二十九和卷三十二現已佚失。

多年來，我社編輯協同吴氏後人不斷搜集吴氏遺著，先後影印出版了《説經》手稿（全四册）、《吴秋輝遺稿》（全五册）、《吴秋輝遺稿補編》（全三册）等，受到了學術界的廣泛關注。鑒於《説經》較高的學術及文獻價值，我社協助吴氏後人重新將其整理出版，根據内容調整了部分順序，添加了一些新發現的吴氏手稿散葉作爲附録，將原稿篇章條目做了詳細的目録。印製方面，我們采用高精掃描，灰度印刷，最大程度上保留了其手稿的原貌，希望我們的努力能夠有益於相關學術的研究。

國家圖書館出版社

二〇二二年七月

總目録

第二册

第三册

第四册

第五册

第六册

吴秋輝先生事略

先生名桂華，字秋輝，山東臨清縣人。父名允升，母王氏，世以農爲業。

先生生於清光緒三年（一八七七）。天資穎悟，風神駿爽，齠齡受書，卓異不群。少長，性喜詩賦、小説，不肯學爲時文，故爲童子試時，即以善詩賦知名於鄉。十八歲，廢學卧病，始涉及時文。次年得入學食餼，然終不肯爲舉子業。新學肇興，考入山東優級師範學校，研究科學。凡理化、天算、史地諸科，類能旁通。著有《算法易解》《算法正宗》等書。

先生在優級師範畢業後，回籍辦教育事業。民國元年（一九一二），復返濟南。時國體初更，政潮紛亂，先生爲某報主筆，沈毅敢言，對於時局痛加批評，人咸以爲快。既見時事日非，遂抱消極主義，潦倒窮愁，日以詩酒自放。每值風月之夕，泛舟明湖，狂歌豪飲，笑罵萬端，人多目之爲狂。然性情所激，文亦真至。其《侘傺軒詩詞》兩卷，藻聯日月，氣挾風霜，在近代文壇上放一異彩，非偶然也。

民國六年（一九一七），先生始治《楚辭》，發現其中字句多僞，著《楚辭正誤》四卷。嗣因考查古韻，涉及三百篇，覺篇中注疏，多失真義，因正其僞謬，考其篇什與時代，作《三百篇通義》。自是之後，先生逐漸抛其詞章生活，而致力於經史。

民國八年（一九一九），游居京師，主持《民意報》。公餘乃紬繹群經，討論古史，遂恍然悟及古代文化多爲戰國時一般妄人所破壞，失其真相。撫卷惋惜，遂以發揚古代文明爲己任。嘗曰：『吾將在古代文明史上開一新紀元，而在學術史上起一大革命。』先生抱負之遠大蓋可想見。

先生治學考古，一用科學方法，其最要工具爲古文字，其次則證之以經，驗之方言，所著《學文溯源》二卷，爲治古學者樹一導炬。其書上溯三代古文字，窮本溯源，一矯後世説文之弊。民國十一年（一九二二），由京返濟南，益自砥礪，賃小樓一間自居，不與時人通往來，以故時人鮮有知其居處者。民國十三年（一九二四）春，山東國學研究社成立，請先生講經學。先生出其講義授學生，時論大嘩，以其説經，駁斥先儒，獨標新義也。當時惟莒縣王石朋先生極力稱贊，謂先生説經，義理考據皆高出前人之上。由是先生之學漸知於世。

先生才識高遠，意志堅强，平生對於事物少所許可，知音者鮮，遂亦甘老牖下。旅况蕭條，身無長物，卧榻而外，惟典籍數卷，筆硯數事而已。人不堪其苦，先生不改其樂。披覽古書，沈思往事，研精探微，心解神契，躊躇自樂。偶有奇辭奧義，詰屈不通者，必旁求博證，得其真諦而後已。故先生著作多所創見，或推翻古人成案。然證據確實，義旨宏遠，足使聞者驚心，見者歎服。晚年著作盈篋，生計日困。人或勸之鬻稿自給，先生笑曰：『我豈賣稿求活者耶？』民國十五年（一九二六）秋，所著律吕、貝幣諸雜考成。歷下學者欒調甫、張默生等勸先生將諸稿付諸剞劂，於是乃致書於梁任公先生，並媵以近著數篇。梁先生復書，深爲贊許。内有『先生識力横絶一世，而所憑藉之工具極篤實，二千年學術大革命事業，決能成就，啓超深信不疑』等語。於是先生擬將近著一部分輯成發表，以與海内學者相商榷。爾時，清華大學國學研究所聘先生爲導師，並派學生藍文徵等赴濟南敦促先生早日命駕；北京大學研究院亦相繼派員禮聘先生爲導師兼教授。不意竟於是時感冒風寒，兼之咳嗽，積久漸劇。其夫人馬氏攜二女自臨清來濟侍疾，時歲聿云暮，明春病勢愈重。先生自知不起，環顧著作未竟之稿，歎曰：『吾以數十年之精力研討古籍，今方徹底了悟，著述未及一半而病入膏肓，豈非命耶！天之生我，果爲何者！』言已，搥床太息，憤懣欲絶。轉囑其幼女吴少輝曰：『我死之後，你要把我所著作的一些稿件，好好保存。張默生先生所借的《詩經通義》稿十卷，乃重要文稿，切記索取。』言已遂飲恨而卒。時民國十六年（一九二七）五月二十八日，享年五十一歲。

從此中國學術界少一導師，良可痛惜！其遺著數十種，急待收集，厥後整理成書出版，將先生之學發揚而光大之，斯又後人之責也。

公啓

啓者：秋輝吴先生既殁之五月，其夫人馬氏携二孤女間關來濟，謀歸先生之骨於臨清原籍。同人等乃相聚而議曰：『先生稟絶世之資，負凌雲之氣。少工帖括，既拔幟於名場；長業新聞，更蜚聲於報界。嗣復精考據，鈎深研幾，學凡六藝、諸子、百氏之書，天文、輿地、術數、理化之學，無不披覽詳究，有所發明。著《學文溯源》一書，爲治國學者别開蹊徑，一矯前人《説文》之弊。先生之學，可謂宏矣！生平所如不合，甘心隱淪，蟄居一室，著述自娱。行年五十，往往納履踵决，捉襟肘見，飯疏飲水，甚或至於斷炊。先生之遇亦何窮耶！然先生神宇兀岸，不爲少屈。饑則蒙被高卧，未嘗向人貸一錢。友人或憐而周以資，夷然領受，若固有之，未嘗作一世俗周旋語也。日唯譯甲金之遺文，訂古史之殘缺。數年以來，著述等身。新會梁任公先生見其《詩通》《八卦分宫正謬》及《古今文字正變源流考》諸作，擊節稱賞，擬爲印行以饗學者。先生謂：『此係糟粕，恐不足以問世。』先生之志又何壯也！

胡天不吊，遘厲瘧疾，竟於本年夏曆五月二十八日溘然長逝。唯時攙槍晝見，風鶴宵驚，同人等爲粗具棺殮，暫厝於南關岳廟。嗚呼惜哉！

自夏徂冬，旅櫬未歸；風寒露冷，孤魂焉依！同人等追念先生稽古之功，更傷其身後蕭條之況，擬於陰曆十二月初二日，約集同人，開會追悼，到岳樂聞也。既以增吾道之光，亦以壯後學之氣，想亦仁人君子所樂許也。如蒙同，請届時駕臨爲荷！

地點：南關岳廟

（本文係一宣紙手書草稿，其中有修改多處。文後有簽署『李書卿』者，就此詢及家慈，認爲或即李公所撰。該稿乃直書，無分段及標點，均注者所加——張樹材注）

現代學術界怪傑吴秋輝先生

張默生[一]

一

在我聞見所知的學術界中，没有比吴秋輝先生是更奇特的。他曾説：『孔子無常師，我則無師。』他這無師的解釋，並不是説他没有名義上的老師，是説没有可以給他傳道解惑的人。他又説：『蘇格拉底云：「吾愛吾師，吾尤愛真理。」這不是老蘇不夠料，就是礙着面子説了一半的客氣話。』這是我第一次聽見他的驚人語，也就是我第一次認識他的時候，聽見他所發出的狂論。

在我認識他的前三年，就聽説山東臨清有這樣一個怪人，但不想他竟怪到這種地步。三年以後，在一個宴會席上，纔見到這位怪人，由主人的介紹，算是彼此認識了。

[一] 張默生，前山東濟南高中校長，該文初載於四十年代林語堂在上海所主編之《宇宙風》，後編入《異行傳》一書，於一九四四年至一九四七年先後由重慶、上海兩地的東方圖書社出版。

他的像貌生得很古怪，是一個像乾薑般的老頭兒。下頦上生着歷歷可數的幾根髭鬚，又粗又硬，一律向外挺着；祇有一隻眼睛，而且特別小，但是鋭利有光，令人幾乎不敢逼視；臉上的氣色，灰黄憔悴，一看就可斷定他是個癮君子；也許是因爲老瘦的關係，滿臉骨骼突出，像蟹殼般的鋒稜。衣服最不入時，而且污穢骯髒，恐怕在古今中外的筵席上，是不易見到的服裝；但是他的態度很自然，言語動作非常隨便。當時他坐的是首席，時時和一位博學健談的老者打情駡趣，有時談到學問的領域，他們便争辯不休，惹得在座的人蹙眉咋舌。那位老者總是争辯不過，祇得駡他一聲：『老而不死！』

完全是因爲好奇心，自從那次認識這位怪人以後，我便不斷去訪他了。我至今還記得他是住在濟南榜棚街九號的一座小樓上。我爲什麼記得這樣清楚？一是因爲他給我的印象太深，一是因爲他把那座小樓糟蹋得太别致，所以永遠刻在我的心版上。

他住的房子是一樓一底的三開間，頹舊不堪。他的太太和他的兩位女兒也自老家來和他同住。但是因爲他生活習慣太壞，起居飲食都不按通常的法則，他的家人奉陪不了，後來也就重返老家去了。他愛猫，他的猫也是一隻眼睛，常常卧在他的胸上陪他酣睡。一次，我去訪他，猫先警覺，站在他的肉胸上伸懶腰；接着他也醒來，動身坐起和我接談。我爲要他開心，就連連稱贊他的猫。他笑着説：『我的猫果然不錯，它確有相當的聰明，不過就是一隻眼睛，不能到國外留學，得不着什麼學位罷了。』原來他是在本省優級師範學數理的，數理部畢業，又投考留學日本；不意録取後提學司傳見，因爲他是一隻眼睛，有礙國際的觀瞻，又把他的留學資格取消了。那天我一提到他的猫，所以他拿這話來解嘲。

他住的房子，没有幾分傻氣的人，真是没有勇氣敢進去。夏天，他住在樓上，窗户糊得嚴密密的，一點氣不通。房内擺着四五個溺盆，這個滿了用那個，有時裏邊生了蛆他也不管。正在和客人談話的時候，隨時可以小便，態度十分自然。客人去訪他，他從不寒暄； 頂客氣的時候，他倒出兩杯茶，自己端起一杯就吃，那一杯便是敬客人的。不過我從來没有吃他的茶，因爲他的茶杯是污穢得不能看的，茶的濃度就像藥膏子一樣。你若進到他的屋裏，真是五味俱全，頂得你的鼻腔發癢，直要打噴嚏； 但是他却處之泰然，安之若素。我曾爲他注意衛生的事，很委婉地勸告過他，結果，反被他搶白一頓，還説了許多没有道理的道理。冬季，他愛住在樓下，爲的是傾倒爐灰的方便。但是你若進到他的屋裏，那些爐灰積得一堆一堆的，好似墳頭一般。再没想到他自己會生火爐，在人事方面已算是難能可貴的了。但是冰雪嚴寒的天氣，寧可凍得涕泗滂沱，周身發抖，也不肯開箱取添棉衣。我曾問他爲什麼不取添棉衣呢？ 他很憤慨地説：『這事，在别人自然是好辦的，但在吴秋輝就不能！』言詞間似乎以我那樣責備式的質問是太不諒解他的。還有一次，我勸他少吸鴉片，恐怕他傷害身體，又引出他一段妙論。他説：『你説鴉片烟能傷害我的身體嗎？ 這又有什麼關係呢？ 鴉片如能傷害我的身體，頂多算是自殺，我不像軍閥們的隨意殺人，這又有什麼罪過呢？』此老的個性極强，總有他的一套見解，所以從此以後，我便不再引逗他了。

他隨便吐痰的習慣十分堅强，牢不可破。他的屋子裏到處都是吐的痰，你若稍不留心，每一脚步都有踐踏的可能。他不但在自己的屋裏是這樣，就是到别人家裏，或公共場所，也是不改常態。無論是地板上、地毯上，還有室中的盆花上，有痰即吐，毫不客氣。你若再不留心，也許吐在你的衣服上，那是你自討没趣，他並不負什麽責任。本來隨處吐痰的行爲是很惹人厭惡的；但是吴老的大吐其痰衹有令人好笑。可見獨往獨來的江山，是須要自己的毅力去闢創的。

他在夜間從不睡覺，據他自己説，已經五年没見過太陽了。他自己題像贊，有『不知是人是鬼』之句。對他最貼切的比喻，他認爲是鴟鴞，就是俗所謂猫頭鷹。他自己常説：在白天什麽混賬王八蛋的聲音都有，絶不能研究學問；惟有萬籟俱寂，夜趣獨得的時候，纔是他思路活動的良機。他説：夜間讀書或著作，一夜抵十日之功；可惜世上糊塗人太多，不知利用這種境界，所以在學術上永没有開朗放晴的一天。據他自己説：每天下午六時以後起床，八時以後吃飯，深夜時纔開始思想的活動。因此，無論什麽學校請他教書，他一概謝絶。記得齊魯大學曾請他講《詩經》，還是規定晚間九時開講。他曾辦過幾次報館，倒也合乎他的夜趣生活。但後來他注意到學術的研討，報館生活也放棄不幹了。

二

吴老的性格既是如此古怪，所以他學問上的造詣也是非常奇特。奇特到前無古人，後無來者。前人走的路子，他雖是走過；前人説的話，他却不説。不過人家走的路，是正着走；他走的路，是倒着走。人家發憤著書，是爲古聖先賢作注脚；他的餘興著書，則不免賞給古聖先賢的耳光。他早年專事詞章，中年耽於小學，晚年則致力於經學及古史的探討。此不過就大體而言，至其神通廣大的學問領域，不是三言五語就可以説盡的。譬如他在優級師範中學的是數理，就是一個例外。學數理本不是他的志願，他雄於詞章，是久已聞名的；衹因當時投考的夥伴們都料定他必是投考文史部，他爲使他們的揣測落空，偏偏投考數理部。入校以後，人家都按照學科的程序學習，他則不理不睬。白天把床弔在屋梁上偷睡，夜間人家就寢時，他却燃起燈來讀詩文。當時辦學的人是不肯得罪學生的，就任憑他去犯規。但是同學們對他非常厭惡，大有被『鳴鼓而攻之』的危險。可是他的天才救了他，而且折服了師長和同學。

他的功課一年分爲四季來處理，就是平日所講的功課，他照例是不睬的，等到季考或期考，他便以幾晝幾夜的苦功，往往列入前茅。最驚人的一次是校中考試三角，他急急忙忙地問他的同班講到什麼地方了，他的同班告訴他以後，便偷偷地竊笑他。這種竊笑馬上被他聽到，他便公開地對他同班説：『這門功課我要倒着演習上去。』他説了這種大話以後，就立刻實行。一面演習當前的題目，一面翻檢前邊的公式，居然被他作通了。他倒着演了一遍，又正着演了一遍，這還不算奇怪；當着考試的時候，先生出的題目也奇怪，就是根據若干條定理，另創作一條定理出來。一時全班中都作了大難，他們想，老吴恐怕也没有辦法吧。過了幾天，先生來班上報告考試的結果了。開首便説：『前天的題目，你們全錯了，吴秋輝也錯了，不過他錯也錯得有道理。』從此以後，誰也不敢小看他，任憑他隨隨便便地混畢了業。若不是因爲他缺少一隻眼睛的話，也許更到海外去一顯身手，也許成爲中國的一位奇特的科學家，因爲他的留學志願仍是報的自然科學。但是爲着國際體面的關係，世界學術界中就没有他的份了。

可是他並不示弱，他把精神完全移注在國學方面，一心一意要在國學上別有建樹。從此起居無時，飲食無節，開始他數十年來的艱苦生活。他以前酷好的詞章暫且束之高閣；爲研究學術的關係，不得不先從工具入手。在當時所謂治學工具，自然離不開《説文》，自然離不開以《説文》爲出發點的歷代各家著述。自許慎以後，以至於清代漢學家關於講形聲義的一切著作，都被他飽覽無餘。誰知他越研究越不滿意，於是從《説文》追而上之，由鐘鼎而甲骨，而古器物的鑒賞。因爲研究這些東西，跑南跑北，跑古董鋪，跑舊書坊，跑世家大宅，跑來跑去的結果，對於《説文》一派的見解起了極大的懷疑。這懷疑據他自己説，是因爲讀《楚辭》，更提出了不信任。他説：《楚辭》上有許多字是講不通的，有許多字音是不能照漢以後的音去讀的，根據他研究古文字學的經驗，便大膽地試改幾處，一經改過的無不文從字順，於是一改再改，把一部《楚辭》就改了個好看。他循此又去讀《詩經》，而《詩經》的錯訛更多，他又鑽進《詩經》中，一改再改，重新加以注釋，覺得如入寶山，收獲益富。他從此恍然大悟，纔知道漢以後的學者都被許慎騙了。

他認爲秦朝以前的書都是用古文寫的。所謂古文，有鐘鼎文，有甲骨文，而鐘鼎甲骨各地有各地的寫法，一時代有一時代的寫法。即就《論語》一書説，《魯論》的寫法未必同於《齊論》，《齊論》的寫法未必同於古論。此外各種經典傳到各國去，各國也必有不同的寫法。從秦始皇的統一文字令看來，就知秦朝以前，各地的文字是至不同的，秦朝統一的新文字是小篆，此外被認爲用亂七八糟的文字寫出來的經書子書，都下令焚燒了；即使燒不完的，傳到漢朝來也是譯本。而且古文字因爲時間空間的不同，早已譯來譯去，互相傳誤了：一誤於甲骨的譯鐘鼎，再誤於各國文字的相互譯，三誤於大篆的譯小篆，四誤於小篆的譯漢隸，試問漢人所見的經典原文，誰能敢保不錯呢？《楚辭》是先秦的文字，漢人見的是譯本，所以《楚辭》的文字有錯；《書經》《詩經》是商周的文字，漢人見的是譯本，所以《書經》《詩經》的文字有錯；其他漢人所見的先秦典籍都是譯本，所以都有錯。如果説伏生口授的經典是有直接寫成隸書的，不會有錯，這是騙小孩子的事。殊不知伏生所見的經文恐怕已是翻譯過幾道的，即使他的記性好，能把完全的經文背出來，這裏邊早已錯訛百出了。況且老伏生年歲已高，恐怕已經糊裏糊塗，他再背的差二落三，那就更不能保險了。許慎根據這些殘缺不完、錯訛百出的古書作《説文》，一般没有腦子的人又把《説文》奉爲金科玉律，來解釋古書，真是一窩糊塗蟲。漢人抱着這些錯亂的經典啃屎橛，什麽考證，什麽訓詁，考證來，訓詁去，也無非還是屎橛罷了。什麽古文派，什麽今文派，各是其是，各非其非，也不怕人笑掉大牙。要知道儘在這個錯誤的圈子裏兜圈子，兜來兜去，永遠是錯誤的。即使著的書可以汗牛，可以充棟，那活該牛倒霉，房子叫屈。從此一錯，自漢而唐，而宋，而清代的所謂漢學家，全錯了。不管你是講考據，講義理，或是考據義理都講，全錯了。以錯解錯，就越錯越不成話了。而且許慎這個傢伙，不但自己不明白，還是一個愚而詐，他在《説文》中往往於篆書的某字下，又云古文作某，遂而造上一個古文。吴老説他遍查古文的某字，多半不是許慎的古文寫法；有時許慎所説的古文某字，他一連查到幾十種古文某字的寫法，就没有一個和他相同的，他真騙死人了。歷代的經學家被他騙了，歷代的文學家被他騙了，自認爲文學家和經學家的章太炎，也被他騙瘋了。

吴老的這種見解對不對，我不敢下判斷；但他自從發現這種騙局以後，他認爲漢以後的一切經解注疏全都要不得。僅可保存這些半錯不錯的典籍，參照新近發現的古文字，來一次可能的改正。自然因爲現有的古文字，很不完全，不能作徹底的解決；但是至少不至被人欺，不至被人領到迷途裏去。

他又説：古代的經學都是出在黄河流域，因此我們從文字上用功夫，還是不夠；更要考查黄河流域的方言和音韻，因爲古經多半是用當時的白話寫的，尤其是《書經》和《詩經》。此外，古代某一階段的社會狀況、風俗習慣，也要從古器物和古文字上細心追求。所以他除治經以外，又去鑽研古史。

三

吴老研習三角，曾倒着向上演；他研究中國全部領域的學術，也是襲用俗語所謂『狸猫倒上樹』的法術。他是自『五更』『十二月』之類的小調子讀起，由此而戲本，而鼓詞，而彈詞，而南北曲，而兩宋詞，而唐詩六朝詩，而漢魏樂府，直至楚騷三百篇，這是他韻文詞章的一條道。他是由神奇鬼怪的小説讀起，由此而歷史演義小説，而《綱鑑易知録》，而《資治通鑑》，而《二十四史》，直至《春秋》《左》《國》《尚書》；旁涉唐宋八家文，漢魏六朝文，直至周秦諸子文，這是他散文史學的一條道。他説小孩子初蒙讀書，就硬叫他讀四書五經，這種老師簡直是該打。雖然他入塾讀書時，因爲偷看閒書，挨了老師們許多次的打；但他認爲這等蠻不講理的老師生前作下這種彌天大孽，免不得死後叫他到閻王面前，去嘗嘗刀山劍樹的滋味，假使是真有閻羅天子，而閻羅天子不是渾蛋的話。他見了許許多多的老師是這樣，見了許許多多的私塾是同樣的黑暗，翻看了歷代的史實，什麽古聖帝王，什麽老師宿儒，也都是些死硬派的傢伙，他因此纔得到大徹大悟，就乾脆主張『自學』，所以他後來侈言『無師』。

因爲他自己無師，他也不願意給人作師，更不願意人家無端地稱他爲師。他認爲中國的學術完全毁於師承。在一個師承籠罩的空氣裏，堯以是傳之舜，舜以是傳之禹，禹以是傳之文武周公孔子，孔子傳之子思孟軻，子思孟軻再向下傳，數千年來就是這麽一套。被傳授的人也是謹遵先師的遺言，一步一趨，不敢稍有異議。一是夜郎自大，一是妄自菲薄，所以中國的學術永不能大放光明。間或有見解不同、思想超出的人，大家便視他爲怪物，拿他當洪水猛獸，因此中國的學術更是暗無天日，黑漆一團。從此以後，他切盼中國的讀書人剷除奴性，把孔子的杏壇踢翻；板起鐵面，逼視真理的究竟；恢復自我，有獨往獨來的精神。不要怕人説你怪誕，大概科學上的一切發明起初總是被認爲怪誕的；殊不知那種怪誕正是顛撲不破的真理。不要怕人説你狂妄，狂者進取，正是有出息的小夥子。

他因爲具着這種態度，所以他對任何人的著作都是給以無情的批評。我們都知道在清末民初，研究鐘鼎甲骨最有名的人，不能不推羅叔蕴和王國維；但是他説羅王二氏的此類著作並不見得如何高明，他們不過作了第一步的收集工作，還説不上系統的整理。至於把他應用在古代的學術上，作一番廓清爬梳的工夫，離得我們的想像還是遠得很。他説羅王二氏所走的道路他早已走過了，認爲此路仍是不通。日人高田忠周以四十年的心血著了一部《古籀篇》，共十二大函，距今十五年前，由日本國家學會出版，該書由《説文》爲出發點，即是就着《説文》的某字，《説文》當作如何解，再從而追溯上去，一直追到古籀的文字，而且詳盡無遺地羅列籀文所有不同的寫法，並歸納作某種意義的解釋，無形中給了《説文》以極大的威脅。我當時以爲這樣偉大的著作一定是吴老所引爲同調的了；經我叩問的結果，他説高田的著作和羅王二氏的著作，正是二五一十的。不過日本人有種牛硬，社會學術空氣濃厚，政府又肯獎勵援助，所以收獲的成績豐富些；其實沒有什麼了不起的獨見，不要被他巨大的部頭唬住。那時郭沫若的甲骨文研究和中國古代社會研究還沒有出版，不知他見到時又有什麼批評？至於郭氏久居日本時所寫的其他甲骨文和金文的若干著作，出版時更在吴老去世以後了。

誰不知王國維的《宋元戲曲史》，推爲當時談宋元戲曲者的獨步呢？我曾把王著拿給他看，並請他批評，他漫不經意地接過去，掀了掀目録，隨即放在床頭，對我説：『等我看過以後再談吧。』第三天，我去訪他，他把王著交還我，説是他的意見已簡單地分寫在書的上方，讓我拿回去仔細看看，就可知道對於此書的意見了。當時他也曾説了幾句認爲王著大體平妥的話。及至攜回來一看，他在書眉上寫的隨處都是意見，有的是史實的錯誤，有的是名詞的錯誤，有的是曲調牌名以及胡名漢譯的錯誤，尤以該書的總論中指正最多。我因爲對於戲曲無甚研究，也不敢遽斷爲誰是誰非；但是我曾聽了吴老關於『詞曲的源流』的一次演講，他却是説得源源本本，頭頭是道，讓我這門外漢亦不得不爲之首肯了。他手批的那本《宋元戲曲史》，年來常常攜帶左右，現在已隨國土淪亡了。

顧頡剛關於古史的著作，吴老也曾看過。我記得他僅僅看過顧氏主編的《古史辨》第一集，後來出版的各集他都不及見了，他是民國十六年（一九二七）五月餓病而死的。不過他對於古史辨派的治學態度也曾有過批評，他認爲他們的疑古精神有餘，而可靠的證據不足。譬如説，往往他們已經斷定爲僞書的，有時還拿來用作疑古的證據，這種以僞證僞的辨法，他認爲徒滋糾紛，也許是由於他們失檢的原故。不過他説顧氏的疑古精神已完全解脱師承的圈套了，可惜顧氏以後的著作他没看見。

吴老好罵人，不管是誰，一不當意就罵；可是他和人從無仇恨，他所罵的也許是他的好友。他批評人家的東西也是毫不留情，與其説他寬，勿寧失之嚴，這是因爲他的才氣縱橫，而自己也管束不了自己的原故。

四

吴老雖不甚相信書本，但他主張讀書最好是能背誦，能把一個人的著作全都背下來，纔能對於一個人的學説融會貫通，纔能把握住他的中心思想。近來一般讀書人動輒著書立説，好藉此出風頭；但他並無什麽高見，祇有搬弄幾本書，你翻開抄襲一段，他翻開抄襲一段，東抄西襲，再把抄來的演述一下，這便成了什麽著作，拿出去請什麽學者作上一篇序文，一篇序文不夠，再照樣來上幾篇，這就可以出版問世了；那些替人作序文的學者，當時也是拿這種法寶敲門的。因此造成所謂『學閥』，你捧我，我捧你，大演其『内臺叫好』的醜劇。其實這些學者們究竟讀過幾本書？他們讀過的書全能記得嗎？他們若是不能記得，自然不能融會貫通，自然不能知道書中的扼要所在，這樣就很難判斷書中的價值了。全書的文字既然不能記得，祇憑臨時去翻查摘抄，來供著作材料；這是很危險的。因此他們所認爲精華的，也許正是書中的糟粕；没有被他們翻到的，或許正是扼要的地方。這種毛病全是因爲不認真讀書，不肯把書讀得爛熟，近年來若瘋若狂的著作界中，試問有幾人不犯這種貧血症呢？

也許是因爲吳老的記憶力過强，他纔説出這種不費力氣的話。他説經他看過幾遍的東西，無論是有系統條理的著作，是零零碎碎的札記或是古玩器銘上的文字，他都能記得清清楚楚，歷數十年而不易忘去。他對他的記憶力非常自負，自己也認爲是一種奇跡。有一次，他叫我試驗他一下，我便找到一首生僻的七言律詩，約定我讀一遍就讓他背。我讀完一遍，他祇追問了幾個單字，立刻一字不錯地把全詩背出來。他的每一篇考證的文章，在正文的夾縫中添滿了括弧，括弧裏都是注明：見某某書，某某篇，或是某某古器物。所以讀他的文章總是不能一氣讀下，好似以前讀五經四書兼讀小注的樣子。但是你到他屋裏去看，並没有什麽書，僅有幾本破爛不堪的生僻書，棄置在他的箱蓋上或者床底下。關於這事，曾有一位學者碰過他的釘子，就是那位學者問他説：『吴先生的屋裏没有書，你作文章憑什麼作參考呢？而且你的文章裏參考的東西太多了，這是什麼緣故呢？』他回答説：『你以爲我的屋裏没有書就不能作文章了，是不是？那你鑽到大規模的圖書館裏，你作的文章就應該像杜詩韓文無一字無來歷了。』那位學者立刻羞得滿臉飛紅，訥訥稱是。後來他説那位學者是低能兒，並且斷定他是一位抄書匠的騙子。

吴老是位不愛輕於著書的人。他常説：『近年來不管什麼人就要著書，他們著的什麼書呢？他們也配著書！像我吴某，纔可以著書呢。』但是他話雖如此説，書却不肯著。據我所知：他有《楚辭》的改訂本，有《禮記》的改訂本，有《詩經通義》（這是他最大的著作，底稿共有三十二本），有《學文溯源》（這是拿古文來推翻《説文》的，有十餘本，全書未寫完），有《貨幣源流考》，有《姓氏名字謚法源流考》，有《商代遷都始末考》，有《周武王考》，有《五霸考》等。以他數十年的努力鑽研，他所著的書實在不能算多。雖《詩經》三百零五篇，他用力甚勤，幾於每篇都可當得一種專著，但是我們總覺他知道的太多，寫出來的太少。他自己也常説他必須要寫出來的，現在尚不及十分之一。他爲什麼不完全寫出來呢？一是身體不健康，不能勝此重任；一是性情疏懶，不肯勤於執筆；三是找不到好幫手，助他成此偉業；四是生活艱難，又有鴉片嗜好，也影響他的工作不少。有此四大原因，他便心有餘而力不足了。

中國的社會都是把書本當作敲門磚的，門敲開了，磚就可以不用了。真正抱着磚頭死啃，不去敲門的人，又有多少呢？政府所獎勵的也是去敲門的人，不知去敲門的傻子，政府當然把他視爲無足輕重。大概真正的學者死後纔被人尊敬。但是因爲這樣，被埋没的學者就更多，而半途而廢的學者也不少；因爲個人的力量有限，所以很難登峰造極。

五

吴老雖然不好著作，他却好發議論。有時我去訪他，他什麼閒話都没有，迎頭便抓住一個學者來横施攻擊，不管是古人是今人，一律賞給他們一頓『無情棒』。他常説：無條件地崇拜古人是古人的奴隸；崇拜今人也是今人的奴隸。將來奴隸制度推翻，這些没有獨立人格的奴才們在世界上完全是多餘的。研究學術原貴繼往開來：繼往，是我們的憑藉；開來，纔是我們的正當責任哩。如果衹是繼往而不開來，那末學術就永遠在打『立正』，至多也不過向左右看齊，這樣的學兵團又有什麼用處呢？因此，像孔子『述而不作』的態度，我不取。他總是滔滔不絶地和去訪他的人侈談不休：他談起話來没有休止符號，很難讓你插進什麼話語。所以凡去訪他的人大概都是去聽訓的。你如果有耐心，不瞌睡，他能徹夜地和你談，一夜兩夜如是，百夜千夜亦然。我是個能熬夜的人，但是熬不過他，想要向他聽訓的晚上，我便先睡一下午，預備去和他熬。因此，聽到他不少的偉論，歸來把他回味一遍，益覺他的話是偉論不是狂論。無怪他常常駡這個人是低能兒，那個人是糊塗蟲了。

一次，我和他談到《詩經》，他的見解和一切研究《詩經》的人不同。無論是漢儒，是宋儒，是清代的學者，是當代談《詩經》的新人物，他都不贊成。譬如人家説孔子是删詩的，他説孔子是增詩的，增的哪幾篇？增的《商頌》五篇。孔子一則曰『詩三百』，再則曰『授詩三百』，是他的初步根據。吴季札聘魯，所聽的國風和後來《詩經》國風的次第完全相同，可見《詩經》在孔子前已成定本，是他的又一根據。此外他的證據還很多，不能一一例舉；反正他確定《詩經》定本是三百篇，這是他相信不疑的。所以説，孔子不曾删詩。後世傳下來的《詩經》

竟成了三百零五篇，這多出來的最後五篇——《商頌》，他認爲是孔子增上的。孔子爲什麽增加《商頌》，他也有理由。他説孔子是商代的後人，他見人家都保存宗廟的樂章，他是『慎終追遠』的提倡者，所以他也要來保存他的宗廟之樂。但是他不肯亂了《詩經》的次序，衹好附在《周頌》《魯頌》的後邊。《詩經》三百篇是有時代編次的，無論是國風，是大小雅，是頌，都有時代的次第。倘若《商頌》是原本所有的話，未始不可把《詩經》的次序排爲先頌，次雅，次國風，而《商頌》列於頌之首。就是『風』『雅』『頌』的次序不更動，把《商頌》列在《周頌》《魯頌》的後邊，是没有理由的。這没有理由的理由就是孔子增詩的理由了。

他對於《詩經》中『風』『雅』『頌』的解釋，也和前人不同。他説風詩的『風』就是颶風的風，風詩就好比颶風，是藉來風同情之人的，没有什麽德政教化的意思。他説風之爲物，是很普遍的；但是受風的事物不同，風就起了不同的作用。你若用手去遮風，風的力量並不大；你若用一領蓆子去遮風，風的力量就顯着大了；你若鑽到地窖裏，風便和你不生絲毫的關係。例如《關雎》一篇，是颶的戀愛風。若是正害着相思病的人讀了，便被風吹得飄摇欲倒；若是正常的人讀了，也不過淡淡一笑；若是不懂男女兩性關係的人讀了，就完全不知是説的什麽。所以説：『風詩』衹是感動同情的人，不管是誰，凡同病的人也必然相憐，這是他對於『風詩』的解釋。他對於『雅詩』是怎樣看法呢？他説雅詩的『雅』字正是烏雅的『雅』字。前人説什麽『雅者正也』『雅者夏也』，是認爲雅詩是有關政事的樂章，或是别於夷狄的大夏樂章，其實不必這樣的過事誇張。雅，就是烏雅，烏雅當饑寒交迫的時候不禁啞啞哀啼；而百姓當着流離困苦不得其所的時候，也是要呼號起來的。雅詩雖然不盡是百姓的呼號，但是征夫棄婦，以及下層社會的哀怨之詞，確實是佔了雅詩的大部分。『雅詩』和『風詩』的作用没有什麽不同，都是在於感人；不過『風詩』是普遍的歌詠，『雅詩』則多係指某某人某某事罷了。至於『頌詩』，他説『頌與容通』，《詩經》中的『容』字多用『頌』字代替。頌詩，就是『形容的詩』，也可説是『舞蹈的詩』。因爲『頌詩』是祭祀時拿來作獻神用的，古代的『巫』就是爲人祝祭的專家，他們能歌能舞，以答神庥。『頌詩』的句法長短不一，不像『風』『雅』詩的句法整齊，就是爲的適合於舞蹈節奏而作的，所以説『頌詩』是且歌且舞的。

他對於『比』『賦』『興』的見解也很别致；尤其對於『興體』更有獨到的發明。他對於『比體』，是認爲以他物比此事，一比到底，説『螽』就一直説『螽』，説『麟』就一直説『麟』，可是處處影射着想要表達的情事，按文章説，是從反面立言，這是真正的『比體』。他對於『賦體』，也是認爲直陳其事，爲什麽就説什麽，不必另拐彎子，按文章説，是從正面立論，這便是『賦體』。這兩種見解和前人没有什麽出入；但是他認爲『比』『賦』合起來就是『興體』，這種見解却是從來没有人説過的。因此，『比』和『賦』的本身也就另起了一種變化。他説真正的『興體』是可以作成公式的，就是『前比』加『後賦』等于『興』。不合這種公式的便不是『興體』。『興體』最難懂，却也最奥妙，《詩經》中的好詩多半是『興體』。可惜前人不明白『興體』，所以都把『興體』解錯了。要想明白『興體』，先得明白『比體』，更要明白『比』和『賦』的關係。要明白『比』和『賦』的關係，必先明白詩人所引用的草木鳥獸的性質。孔子教人從《詩經》中多識於草木鳥獸之名，並不是叫人從《詩經》中去研究『博物學』，若是那樣，《詩經》便是最拙劣的博物學了。孔子是叫人藉着草木鳥獸的名稱，進一步再認識名稱所代表的實體，就是草木鳥獸的性質。『名』與『實』是分不開的，不認識『名』所指的『實』，也必辨不清代表『實』的『名』。所以必須認識了草木鳥獸的『名』和『實』，纔可以判斷詩人用某某草木或某某鳥獸所比的情事切合不切合。譬如説，『雎鳩』這種鳥，數千年來就没有真正曉得的。有人説是『水鳥』，水鳥太多了，究竟是哪一種呢？有人説是『鴛鴦』，鴛鴦太狎昵了，怎樣配比『君子』和『淑女』呢？也有人説是『鷙鳥』，鷙鳥是鷹鷲鵰鳶之類，這樣凶悍殘暴的鷙鳥仍是和君子淑女的德性相差太遠了。但是『雎鳩』這一名實若是鬧不清楚，就休想完全明白《關雎》這一首詩的奥妙。再如『南有喬木』的『喬木』，歷來解詩的人看到下文『不可休息』一句，便把它解成無枝無葉的枯樹，但在『出自幽谷，遷於喬木』的注下，又把『喬木』解成高大茂盛的樹木，究竟『喬木』是一種什麽樣的樹木呢？前人把『興體』的首二句看成是無關緊要的，所以朱熹纔説：『興者，先言他物以引起所詠之詞也。』朱熹把『興體』的首二句衹是看作『引起』下文的思想，没有什麽特殊意義；許多解詩的人也説是『興不取義』。所以自宋以後，有許多『僞興體』的歌謡出現。例如：『苦菜根，辣椒黄，買上燒餅看親娘。……』『山老烏，尾巴長，娶了媳婦忘了娘。……』一類的歌謡，起首二句和下文的意思完全無關，至少也不過『黄』與『娘』叶韻，『長』與『娘』叶韻，以『引起』下邊的文句罷了。但是你若去見老學究們，叩問這些歌謡當於《詩經》中的哪樣體呢？他們一定毫不遲疑地説是『興體』。哈哈，錯了！《詩經》中的『興體』也是這樣一直數千年没有弄明白。

他説《詩經》中用的字有不少『拼音字』。或把一字分爲兩字寫，或兩字合爲一字寫，都合於拼音的原則。例如：『薄澣我衣』的『薄』字，是『不過』或『不要』二字的切音；他的意義也就作『不過』或『不要』二字講。『薄澣我衣』的『薄』字，正當作『不要』二字講，就是『不要洗洗我的衣吧』？是心口想念的一種口語。再如：『采采芣苢』的『芣苢』二字，可以拼作『非』字，正是『非』字的切音。『非』是一種草，俗名『三楞草』，古文『非』字是這樣寫『非』，正是三楞草的象形。他的根很小，一拔就可以拔出來，和根大的『韭』不同，所以『韭』字下邊的横畫是表明『非』的根是大的。『非』草的用途很普遍：編成門户，就是『扉』；編成草鞋，就是『屝』；編成筐子，就是『匪』；非草能編東西，必然也有花紋，引申來用，和『文』字拼合寫來，便成爲『斐然成章』的『斐』。因此，他説中國的字也是有語根的。祇要基本字認識幾千個，《康熙字典》上的字就可由推想認識一大半。前人把『采采芣苢』的『芣苢』解爲『車前子』，是一種藥名。並且説這種藥可以利小便，可以治難産，他認爲十分可笑，莫非古代的婦女都是小便不利嗎？都是生不出孩子來嗎？他説斷無此理。果真如此，詩人也不必歌詠。况且『車前子』的顆粒很小，也不容易『薄言袺之』『薄言襭之』的。倘若知道『芣苢』是『非』音的拆開，便不會鬧大笑話了。『非』草是很容易采的，采一捆，采兩捆，都不是難事。農家婦女到田間去拔這種草來編織日常用的東西，是很合理的。至於爲什麽不直接説『采采非』，偏説『采采芣苢』呢？他説這是作詩，不是作散文，詩講形式美，所以造成一個複詞，給它帶上草帽，叫人看起來心裏覺得舒服。

他説《詩經》中有『幫閒的字』，不是整個字的幫閒，而是一個字的偏旁或首部的幫閒。例如『雎鳩』的『雎』字，『荇菜』的『荇』字，就是這樣的。這種條例是他費了極大的氣力發明的。我前面已經説過，他認爲『雎鳩』不是鴛鴦，不是鷙鳥，更不是不知名的水鳥。於是他開始去追尋，在追尋的過程中，他發現古代的鳥大體可分三類：一是雉類，是用箭射下來的鳥，所以『雉』字從『鳥』從『矢』；一是『雇』類，是住在房屋中的鳥，所以『雇』字從『鳥』從『户』；一是『鳩』類，是抓拿脖子的鳥，也可説是水鳥。爲什麽説抓拿脖子呢？『九』與『糾』通，齊桓公『九合諸侯』，一寫『糾合諸侯』，即其明證。『九』字既與『糾』字相通，自然有聚合的意思，所以『鳩』字從『鳥』從『九』。後人稱『鳩工庀材』也是從這種意義上來的。大體説來，雉類是山林中的鳥，雇類是家中的鳥，鳩類是水中的鳥。古代人思想簡單，所以對於分類學也是如此粗疏。『雎鳩』顯然的是屬於鳩類，也可説是水鳥。但它是水鳥的哪一種呢？《左傳》中有五種鳩，但是没有『雎鳩』。因此，他懷疑『雎鳩』不是一個專名詞，否則《左傳》中記載鳩類没有不把它列入的。據他追尋的結果，『鳩』衹是一種普通名詞，『雎』是一個形容詞。並不是整個的『雎』字是形容詞，衹是『雎』字的左旁『且』字是形容詞。『且』是『祖』的古字，作『大』字解。雎鳩就是大鳩，就是鳩類中之最大的。鳩類中最大的是什麽？他説就是『鴻雁』。『雁』的性質是雌雄不肯亂配的，你若見到出群的一隻孤雁，那便是雁中的寡婦或鰥夫。雁的愛情非常真摯，却不狎昵。所謂『摯而有别』，正可狀出雁的本性。拿這種鳥來比君子和淑女，就可説恰巧相合了。因此，他斷定『雎』字右旁的『隹』字，是特爲加上裝樣子的，這就是所謂『幫閒的字』。他的作用衹是爲的造成形式上的複詞，而與『鴛鴦』『鷺鷥』等有同樣的形態。『雎』字既然明白，『荇』字也可依此類推。朱熹把『荇菜』分爲兩種東西看，説『荇』是『接輿』，世上哪有這種草名呢？若從下句『左右流之』看來，所謂參差不齊的菜顯然是生於水中，又被水冲洗的一種游動不定的菜。所以『荇』字應作爲『行』字解，頭上的草帽也是故意給它戴上的。

六

吴老説《詩》千言萬語，没有窮盡，語語驚人，往往使確守漢宋注疏的先生們箝口而不能言，舌舉而不能下。譬如説：『南有喬木』一詩是真正的北方詩；『桃之夭夭』一詩，『夭夭』當爲『天夭』，（以後當作『吴老説詩舉例』一篇，以見此老治詩的精神和研究《詩經》的新道路。）都是數千年毫無問題的問題，他忽然霹靂一聲，平地雷起，震得天摇地動，他反處在暗角落裏，竊笑人世間的癡愚。

他說《詩經》三百多篇，或是原文的誤譯，或是注釋的錯解，或是『轉注』『假借』的胡寫亂寫，或是各國方言的以訛傳訛，……幾乎沒有一篇沒有問題。因此，他往往爲一字的訂正，旁徵博引，費盡千言萬語；一篇的解釋也要準乎物理人情，而出以獨闢的創見。以上的介紹不過聊以顯示吳老治《詩》的精神，若欲知其詳細，有他的《詩經通義》在。

吳老雖是好談學問，但却不像學校中的先生們，按着一定的課程爲你循序漸進地講下去。他想起什麽就説，生氣什麽就駡。你去訪他，最好是讓他隨便説，你在一邊静静地聽，不要打斷他的話語，不要發出可笑的疑問，總可在他的自行答辯中得到意外的收穫。他本不是爲人作師的，所以他没有什麽章節篇次的限制，天文也由他説，地理也由他論，你全不要管，反正他所説的都是奇僻的、新穎的、聞所未聞的，這還不好嗎？

一次，有一位經學大師自負對於《易經》有深切的研究，認爲是『四聖心源』，前來向吳老挑戰。我正處在觀戰地位，但我知道那位大師一定經不起打的。果然不到三五迴合，那位大師敗下陣來，作了他的俘虜。

吳老開始先對孔子『贊易』『作十翼』之説，來了一次猛烈的攻擊，他説孔子對於《易經》不見得有什麽研究，而且也没有什麽可靠的記載。孔子讀《易》『韋編三絶』的説法是出自不可靠的緯書。頂可靠的孔子言行録——《論語》，記載孔子和《易經》發生關係的祇有兩條：一則曰：『假我數年，五十以學《易》，可以無大過矣。』一則曰：『不恒其德，或承之羞。子曰：不占而已矣。』他説第一條在古論上是『五十以學』爲句，『易』字作『亦』，屬下讀。如果以古論爲是，那末第一條便與《易經》毫無關係。第二條『不恒其德，或承之羞』二句，是《易經》恒卦的爻詞，孔子引此二詞，僅僅加了一句『不占而已矣』的斷語。從這『不占』的斷語中，可以看出孔子是承認《易經》有占卜作用的。但必須有占卜價值的事情纔可占卜；否則『二三其德』的人就容易受到羞辱。譬如行竊的人去占卜能不能偷到人家的財貨，這樣的事情就不必去占卜了。

凡相信孔子『贊易』的人，也必相信孔子曾作『十翼』。所謂『十翼』，就是文言、繫辭、彖辭、象辭、說卦、序卦、雜卦；而繫辭、彖辭、象辭又各分上下篇，都是翼扶經義的，所以稱爲『十翼』。這種說法不惟過去研究易經的人相信，就是現在研究《易經》的人也多半相信。就是用科學方法整理國學的胡適對於《易經》的看法，也說孔子以前，《易經》衹是卜筮的書；孔子以後，《易經》纔成爲哲學的書。他對於這話是顯然相信孔子有『贊易』的事了；實則大大不然。吴老說：『十翼』的文體都是春秋以後的文體。你看《論語》的文體，比起『十翼』的文體，是何等的簡古呢？但是《論語》中稱有若，稱曾參，都不直書其名，而稱之爲『有子』『曾子』，可見《論語》的成書已在有子曾子之後，或者就是有子曾子的門人所作？那末，文體蕪雜的『十翼』必然更在《論語》成書之後了。孔子又何得而贊之呢？且孔子這位先生自己早已供稱是『述而不作』的，恐怕你强他去『贊易』他也是不幹的，何況《論語》中並没有孔子『贊易』的記載呢？

再說春秋時代，就没有個人的著述。《老子》一書大約是出於戰國人的手筆。儒家的孟子開口便稱『孟子曰』，也不像孟軻自己的著作。儒家到了荀卿，纔有個人的著述。怎能又說春秋時的孔子已開始作『十翼』呢？孔子說到《易》，衹是承認爲占卜的書，並未承認是哲學的書。孔子原不是一個哲學家，不要隨隨便便地把哲學的帽子硬戴在他的頭上。

至於說周公作爻詞，誰見來？又有什麽可靠的證據呢？文王作卦詞的無稽，也正是同一例。一推又推上數千年，説是那些斷斷連連的橫畫，畫來畫去，成了八卦，成了六十四卦，是什麽伏羲氏早已畫好的，這和上帝創造天地，又按照自己的形象造男造女，其滑稽的程度也相差不遠吧。

據吴老的意思，决定《易經》這部書是一部算卦的書。這部書的演成不知經過了幾何歲月，不知耗費了多少人的腦汁，纔成爲這部又像占卜又像哲學的東西。單就卦的本身説，也未必是一個人或一個時代畫成的。他説：最初恐怕祇有陰陽兩種符號：一是陽畫『—』，一是陰畫『--』，被人們假設來决疑的。好比一個銅元的兩面，兩人賭一件事情，或是多人分爲兩幫賭一件事情，由另一個人去擺弄他，假定正面是贏，反面是輸，於是這件事便得以解决了。或是兩種意見不能取决的時候，也可以用這種方法來處理。再打一個比喻説，就是現在的所謂『拈鬮』。這就是八卦最初的起源。不過人類的心理有好奇鬥巧的試驗；人類的思想也是由簡單而入於複雜。於是由陰陽符號的重疊，由『兩儀』就變爲『四象』了。『四象』再重疊，成爲『八卦』，八卦各自重疊，便成爲六十四卦。六十四卦不能再變，這一套玩意兒就算大告成功。其間經過的歲月不可計算；參加這種工作的人也不知多少。當文字還没有造出時，這些符號也可以當作文字；及至有了文字以後，又拿文字來解釋這些符號。越來越複雜，越來越滑稽，由卜筮的作用進而爲政治的作用，又進而爲一切人事的作用。這個人加幾句卦詞，那個人添幾句爻詞。可是六十四卦的卦詞不必是一人一時之作；三百八十四爻的爻詞也不必出自一人一時之手。有的就着某卦的卦象，由着他思想的開展而綴成文字的；有的因着占卜的結果而以文字記出的。卦詞是如此，爻詞也是如此。以後，更有好事者出，憑藉文字的進步，又有所謂『十翼』出來，這便是胡適先生認爲有哲學的意味了。

不過『占卜』這件事情在古代並無迷信的意味，衹是藉此來解決人事上的紛糾。所謂『卜以決疑』，就是這種用意。譬如：你對一件事情在依違兩可的時候，你的理智不能給一種堅決的判斷，最後你也可以襲用『占卜』的意思來替你決定一下。再如：大家商量一件事情，你有你的主張，我有我的主張，他也有他的主張，不能取決，『占卜』的妙用便在這時奏了功效。將來事情作成功了，誰也不能居功；作失敗了，誰也不必怨誰：因爲這是用物觀條件決定的。所以説古代的『占卜』衹是一種『拈鬮』作用，就好比現在開會時的多數表決。這種辦法不知省却多少時間，解決多少糾紛，所以説：『占卜』之術在古代是很有用的。例如：《易經》中有『利涉大川』『利伐鬼方』的文句，那便是先有『涉大川』『伐鬼方』的提議，大家的意見一時不能決定，於是問之於『卜』，卜的結果認爲『可以涉』『可以伐』，大家就可照着這種決定作去。但是有一點要明白的，凡係需要『占卜』的事情必須是有價值的；否則『不恒其德，或承之羞』，孔子還是主張不占的好。後人因爲經過『占卜』後的或成或敗，歸於命運的窮通，因此，『占卜』之術不但於人事上不能盡指導的功能，反而給了人們許多『僥倖』和『自暴自棄』的心理，這是人們的無出息處。

吴老對那位大師在戰勝後的示威，真是堂堂之鼓、正正之旗，把我這觀戰的人喜了一個『不亦樂乎』。但我總嫌吴老的對於俘虜，抱着一個趕盡殺絶的嚴酷手段，未免不合乎『仁義之師』；不過他在真理上如此嚴肅，我也没有什麽話説。

七

吴老因爲像貌怪、性情怪、所發的言論亦怪，本省的學界人可説没有願意和他接近的。就是他當年的同學，也都是遠離着他。本來他的生活幾乎是隔絶人世，所以就很少有人知道他；間或有少數的人知道他，也不知道他對於學術上的真實造詣。有時被人提起，或是説他『放言高論』，或是説他『故作主張』。頂好的也不過把他的言論拿來當作笑料，作爲茶餘酒後的開心劑罷了。我知道在我認識他以前，有他的一位授業老師是真真佩服他的。佩服他的程度，簡直是變成吴老的一位信徒了。如果在宴會之際，有人説到吴老的壞處，他竟拂袖而起，悻悻而去；或是大發脾氣，把桌掀倒，當場給你一個没臉。這位先生是前清的進士公，博學多聞，尤其長於詞章，在本省是有相當名氣的。他是吴老的先生，年齡也比吴老大得不少；但是一提到吴老，他便肅然起敬，立刻就替吴老傳起道來。因爲大家佩服他的原故，慢慢對於吴老也不敢小看了。不過吴老的學問究竟怎樣，又有誰能曉得呢？

這時在省外曉得他的，就是梁任公先生。原來他對於文字學的見解曾印出一本册子，就是所説的《學文溯源》，那書被一位友人帶到北平，給梁任公看見了，他讀過以後，幾乎喜得發狂。不過這事轟動了不久，也就無聲無息了。那時我也曾見到這本書，記得費了一天一夜的工夫把那本書讀完，也是受了極大的刺激。但是我没有得到什麼好處，反把學習《説文》的意念打消了。因爲那本書是專爲指摘《説文》的錯誤的，《説文》既被他推翻，而新文字學的體系又不能憑他那本册子去建立，所以鬧得無所適從。因此，我個人在研究學問的方向就另改變一條道路，這是這位不認識的怪傑給我的一個大影響。

事隔數年，纔在一宴會席上見着他，從此我便和他認識了。由認識而往訪，而聽他説古道今，而見他更多的著作，纔知道這位先生果然是了不起人物。同時和我一同認識吴老的，還有一位奇特之士，他的姓名是樂調甫，大概中國研究墨學的人没有不知道他的，梁任公在清代三百年學術史上，講到《墨子》的部分，對他大書而特書，認爲他的造詣即使不是絶後也是空前。欒君是上海格致書社的小夥計，自十五歲立志整理國故，由二十年的苦功把兩耳都累聾了，纔成了一個既博且精的學者，後來一躍而爲齊魯大學的教授，再躍而爲國立山東大學的教授。當時這位欒君初見吴老的時候，並不覺得怎樣；半年以後，纔感到吴老的治學精神和他的一切見地，是中國學術界的一種奇跡。那時我的私心中，常常這樣想：吴老是一位良師，欒君是一位畏友，於無意中邂逅相遇，朝夕過從，真是生平快事！

吴老關於幾篇古史的偉著，都是我和欒君慫恿他寫出的。我前面不是説過嗎？他的性情疏懶，他有什麽見解願意用口説，不肯用筆寫。我們天天催他，催得他不得安生，他這纔無可奈何地寫一篇。過幾天，我們再催他，把他逼得苦笑無從。我記得有一次把他催煩了，他説：『你們是不是處心和我搗亂呢？』我們向他大笑，還是繼續向他進攻，把我們所獲的戰利品——他的偉著，送到齊魯大學的月刊上連續登載，一時頗引起多人的注意。

當時我們感到他的著作常常散佚，就很想設法爲他印出來。但是像他這樣無名的學者，又有哪個書局肯爲他出版呢？而且他的一切議論不是對於前代的學者不客氣，便是對於當代的學者大不敬，又有哪個書局來替他頂黑鍋呢？因此，我們常常勸他，爲使中國的學術開一條新路起見，不妨借重一下當代的名人。首先我們討論到梁任公，一來任公對於他的《學文溯源》早已讀過，而且極致佩服；二來任公樂與人爲善，不像一般學者的壁壘森嚴。我們勸他給任公寫信，藉通聲氣，他不肯。後來經我們再三相勸，他勉强答應了，不過那信是由我代爲執筆的。大意是述説他『自學』的經過，全函長約一萬餘言。那時任公在天津，所以回信極快，記得是發信後的第四天，便得到任公的覆函，而且是快件。信的内容具着火熱般的同情，好像探險家發現什麼新大陸似的，很願意吴老北去，和他商量舊學，並願以全副力量爲他的全部著作出版。當時我們認爲這是一個最好的機會，一個學術界中的珍聞；誰知吴老不惟不喜歡，反而説是上了我們的當。他説那信發出的晚上就萬分後悔了，他説一生没作過求人的事，這事是有生以來惟一次的失節。所以他對任公的來信連覆也不曾覆，這事使我們很奇怪。

他對任公的老師康南海，也曾發生過一度關係；但不是友好的來往，而是筆上的争執。因爲南海到濟南去游歷，曾在濟南作了一次公開演講，仍是根據《禮運》，大發其『小康』『大同』的主張。那篇演講詞自然立刻在報紙上發表了，吴老馬上應戰，把南海的綸音批評了個體無完膚。南海爲保持尊嚴起見，自然不能不回敬，於是筆戰一開，反覆交鋒，結果還是南海急急收馬，大敗而逃。

同時本省王狀元壽彭，奉張宗昌之命，創辦山東大學，聘請京（北平）滬名流，充作教授，吴老又出而挑戰了。他把大學中文科的課程先立了一個標準，隨而又就各門功課，某種應如何教授，某種應如何研究，過去傳統般的講習完全要不得。他把這種意見寫爲專論，連續在每天的報上登載。王狀元受不住了，便乘夜間去暗訪他，請他留一點情面，並且請他也到校中去作教授，否則亦可坐領乾薪。吴老對他作了嚴詞的拒絶，當場對他聲明説：『我吴某讀了一輩子書，也不能算是讀得明白。我見你創辦大學，並且聘請南北名流來充教授，所以我憑藉一知半解，願爲山東學子請命，同時我自己也算是領教，你知道，我並不是駡街的學棍，有意來敲詐，我要你的乾薪幹什麼？』事後他一提到這件事，就大罵王狀元不是東西。

不過當時他的生活實在是毫無辦法，而且鴉片還是非吸不可。一次，我問他每月生活費的數目，他答以六十元。我便同青島大學的一位教授商議，想要共同負擔他的生活費，其時我已到青島去作事，願意把吳老接到青島，在我們的工作餘暇，幫助他整理舊籍。預計的辦法是他儘可躺在烟榻上口述，我們充作記録，由一書整理起，一書完畢，再及其他。我想這樣循序漸進，幾年之後，就可有很好的成績出現了。那時我們再設法公諸社會，中國的學術界也許丕然改觀，大放異彩。不幸我被張宗昌通緝，亡命海外；我友亦被連累，『逃之夭夭』。於是原來的計劃就雲散烟消了。

在海外接到欒君的信，他説自我離開濟南後，他便成了吳老的惟一學友。北平清華大學研究院曾聘請吳老去作導師，他不肯去。北京大學研究所也曾派員來聘請他，他仍是不去。據説他不去的理由很簡單，就是不去討人家的厭。因爲他的一套研究學問的工具，許多是和人家不同的，若是承認他那一套是對的，立時有許多的所謂『國學大師』便要被打倒。倘若這些所謂『國學大師』堅守自己的壁壘，定然不許他異軍突起。他自己看得這種情形很清楚，所以對於清華北大的善意，都委婉地謝絶了。但他從此以後，生活日趨困窘，每天飯不得飽，烟癮過不足，慢慢精神頹唐，身體疲弱；慢慢卧病不起，氣息奄奄。乃於民國十六年（一九二七）五月二十八日溘然長逝，享年五十有一歲。

我們總還記得民國十六年（一九二七）三月，康有爲病故於青島；四月，王國維自殺於昆明湖；是年五月，吳老更以餓病致死。中國學術界在三個月中，殞落三個將星。但是康有爲的生前，可説是安富尊榮；王國維的身後，亦是蜚聲士林；惟有這位孤僻的吴老，生前既没得到温飽，死後幾與草木同腐，我這無名小卒甚爲吴老不平，甚爲學術界不平，故不覺胡説亂道一大套。海内如有説我有意在學海中投炸彈者，我想即使是炸彈，力量也很小，不足以動摇『師承』和『家法』的壁壘。反正吴老已作古人了，你們還可安安穩穩地傳道授業；吴氏之鬼更是不足慮的。

近聞吴老的生前著作，已由他的女婿張乾一君主持整理一過；因恐被敵人席捲而去，探得了這套法寶，賡事發明，現在已派專人把吴老的全部著作送到湖南某處去保存，如果不至遺失，這當是國學界將來革命的一顆種子。

附記

此文草草脱稿，關於吴老的著作目録和關於幾篇古史的大意，已一時記不清楚，便寫信給一位友人孫柏蔚君，請他供給一部分材料。孫君也是當時很熱心追隨吴老的一位學友，博聞强記，精於考據。今把他的覆函附録於此，以補我的疏陋，並致謝孫君的盛意。

（上略）吴老一篇已脱稿，大慰。承詢吴老古史見解大意，惜已十餘年未讀，幾全忘却。其遺著篇目，就記憶所及，有《學海紺珠》、《侘傺軒説詩》、《詩經正誤》、《楚辭正誤》、《古史考源》、《禮記正誤》、《侘傺軒詩集》、《文集》、《侘傺軒詞》、《學文溯源》正續編、《楚辭續編》、《詩經通論》等，均不記卷數。據調甫先生謂：《貨幣源流考》及《商代遷都考》兩篇最要緊，《説豳》一篇尤好。《周武王考》（想係《周公封於魯考》）未及見著。外有《秦建國考》，亦僅識其篇目而已。《説豳》一篇，大意謂古無特爲一地製一字而名之者，『豳』乃『豩』之正寫，乃周先民烈山林驅猛獸而後聚居之小高原。『篤公劉』之『公劉』，實名『劉』，因居高原，故稱『篤公』。『篤』乃『凸』之異體同音字，非孟子所謂名『公劉』也。《商代遷都考》，大意否認湯封西商（陝西商縣）之説，亦不承認殷即偃師之説。商之五遷，大抵不出相衛與亳（商邱）三地，而絶不能西及商於偃師也。此説隱與王静安『夏商錯處河濟間蓋數百年』之説相契合，而尤爲詳盡賅博。《周公封魯考》，大意謂周召二公分陝，陝以東周公主之。周初建國，疆域遠不及泰岱，周公始封，乃在河南之魯陽（魯山之陽），絶非遠地（奄國）之曲阜。逮後東征滅商踐奄，子孫始據奄而國之，庸資鎮懾，國因魯名，而地實非故魯地（魯陽）也。此説，傅孟真極譽揚之。《秦建國考》，大意謂秦乃平王東遷後，戎狄内侵，有小部落崛起其間，久之建國，至春秋始大，反對武王封牧馬圉人瀛非子説云。以上僅就記憶所及，略爲叙述。其他《五霸》《貨幣》《姓氏》三篇，則絶不記憶矣。

吴秋輝先生《説經》序

吴秋輝先生是二十年代一位傑出的古文字學家、史學家、訓詁學家。一生著述甚豐，多數都未出版。印出的幾部也因印數甚少，很難找到。現在他的《侘傺軒説經》由他的外孫張樹材君整理出版，我願利用這個機會向文字訓詁學界和整理古籍的同行友好們作些介紹。

秋輝先生名桂華，自號侘傺生。清光緒三年（一八七七）生，山東臨清縣人。曾讀過當時的優級師範，畢業後從事教育工作，民國以後主編過幾年報紙，因不滿當時的政治，便埋頭從事學術研究。從一九一七年到一九二七年逝世，十年内共寫出了四十餘種著作，可以考訂已經完稿的有：

一、中國文字正變源流考二卷；

二、學文溯源五卷·又續編；

三、古文字；

四、齊魯方言存古三卷；

五、三百篇通義三十二卷；

六、毛詩正誤四卷；
七、詩經名物拾義五卷；
八、三百篇古物今考五卷，
九、説豳；
十、説詩解頤録；
十一、楚辭正誤二卷・又續編；
十二、古史鈎沈二卷；
十三、左傳正杜；
十四、姓氏名字號謚源流考；
十五、五霸考；
十六、秦建國考；
十七、貨幣源流考；
十八、商代遷都始末考；
十九、中國石刻考；
二十、雜考一卷；
二十一、古史考源；

二十二、周武王考（周公封於魯考）；

二十三、侘傺軒説經三十一卷；

二十四、説易八卦分宫正謬一卷；

二十五、周易考略；

二十六、論語發微一卷；

二十七、儀禮今古文考異；

二十八、檀弓糾繆一卷；

二十九、禮記正誤；

三十、學海紺珠三十二卷；

三十一、漁古碎金二卷；

三十二、致梁任公書（附答書）；

三十三、再致梁任公書；

三十四、與康南海論尚書真僞書（附答書）；

三十五、再致康南海書。

一、侘傺集（詩）；

二、寄傲軒吟稿（詩）；

三、侘傺軒詩賸；

四、侘傺軒詩餘；

五、侘傺軒詞餘；

六、藝苑擷華；

七、藝苑雜抄；

八、東樓瑣録；

九、破屋賓談；

十、説鬼。

以上這些目録衹是他全部著作的一部分，有許多撰著，或未定稿，或尚待整理，或已散失，尚待考訂、蒐集、補充。

秋輝先生的驚人處，著作豐富、領域寬廣尚在其次；最令人折服的是治學方法的創新和見解的新穎。和他同時代的文字訓詁學家，多半繼承乾嘉學者的治學方法，使用的材料和方法上都較少創新。拿文字來説，一般人都還局限於許慎的《説文解字》。那時雖然已有少數人開始研究甲骨文、金文，但有些人不相信（如章太炎先生），有的則尚未能用以考訂先秦典籍。羅振玉、王國維是當時的古文字學大師，王國維利用甲骨卜辭的記載同《史記·殷本紀》對照，肯定了《史記》關於殷王朝的世系，成爲利用古文字考訂古史的創世之作。但用以考訂先秦典籍，秋輝先生則是二十年代惟一的學者。

例如，《詩・鄘・桑中》『美孟弋矣』。毛傳云：『弋，姓也。』朱熹《集傳》說：『弋，春秋或作姒，蓋杞女，夏后氏之後。』都解釋得很模糊。吴先生認爲：『弋本作妣，乃古時國姓。古文姓多省女旁，如嬀常作爲之類，故字亦作弋。漢「鉤弋夫人」即其後。近日出土古彝器，古之姓此者甚多，字皆作「妣」。《宿妣鬲》即其最著者。因古之婦女稱姓，間有冠以其夫家之國名者。……《說文》載「妣」字，不得其解，乃臆指爲女官名。然遍稽載籍，卒未見有此官也。「孟弋」猶上云「孟姜」。即下章「孟庸」亦此例。「庸」注：「未聞，疑亦貴姓也。」按：即「鄘」之省文，……古器中有《墉夜君鼎》，意即當時之器。』——用古器物和《詩經》相對照，『孟弋』『孟庸』就解釋清楚了。

又《大雅・江漢》：『既出我車，既没我旟，匪安匪舒，淮夷來鋪。』『鋪』字《集傳》解爲『陳也』。但『淮夷來陳』四字殊不成語。又《常武》篇也有『鋪敦淮濆』句，舊注也解爲『鋪，布也；敦，厚也，厚集其陳也』。同樣費解。吴先生認爲，這兩個『鋪』字當是『⿰菐戈』的借字。⿰菐戈是攻伐，古彝器中常見。如《宗周鐘》云：『王敦伐其至⿰菐戈伐厥都兮。』《田盤》：『敢不用命則即刑（行字假借）⿰菐戈』。『伐』《散氏盤》：『用矢⿰菐戈散邑（用，因也）。』都作攻伐解。《江漢》的『淮夷來鋪』即『淮夷來⿰菐戈』，猶云『淮夷來攻』。古人語言往往如此，意即『來攻淮夷』。『敦』亦即《宗周鐘》『敦伐』的敦。『⿰菐戈敦』猶⿰菐戈伐，即攻擊，都是古人常用語。

又《詩・小雅・正月》：『天之扤我』。毛傳：『扤，動也。』鄭玄釋爲搖動，不成文理。吴老認爲，『扤』當是『扼』字之誤。『厄』古文作『』，《毛公鼎》《番生敦》都有此字。『厄』本象形字，象服馬叉項之木。引申之，

凡以手叉人或物之項而絶之，亦謂之戹，後加手旁作『扼』。扼、挖、搤本一字。《史記》『搤天下之吭而拊其背』正合古義。《説文》於搤字釋捉，於挖字釋把，皆非其本義。『天之扼我』謂天之搤抑我。

這樣利用彝器銘文材料同先秦典籍相印證以考訂古書的辦法，是秋輝先生的創見。不但當時没有人做到這一點，就是七十年後的今天，也還很少有人有計劃地走這樣一條新路子。

除此以外，秋輝先生還利用語法和方言的知識探求古義。他已經具有了古今語法不同的觀點，他經常利用現代方言中的詞彙解釋古語，他還常常用古今風俗、社會現象來擬測古籍中的一些詞語。這種方法又同今天大家所熟悉的社會人類學方法極爲一致。

所有這些治學方法不但在當時是創新，就是在今天，也仍然可以充當這一領域的楷模。

梁啓超是當時的學術界泰斗，平時極少稱許他人，但對吴秋輝則備加贊譽説：

> 先生識力，横絶一世，而所憑藉之工具極篤實，二千年學術大革命事業决能成就，啓超深信不疑。大著不可不亟謀全部分公之於天下。〔一〕

一方面説他的識力『横絶一世』，一方面肯定了他的治學方法（即工具）。因爲吴先生曾以從事二千年中國學術大革命爲奮鬥目標，梁氏對這一點也『深信不疑』，可以看出吴老的學術成就是何等突出。

梁啓超當時正在清華大學研究院任導師，曾經敦聘吴先生也到清華去任教，可惜没有成行，以致他的一套

〔一〕 一九二六年梁啓超給吴秋輝的覆信。

學問一直到今天，還不能爲更多的人所稔知。

他自名爲侘傺生，取齋名爲侘傺軒。《離騷》：『忳鬱邑余侘傺兮。』王逸注：『侘傺，失志貌。』這便是他自名『侘傺』的來由。他一生窮苦，逝世後又如此冷落，『侘傺』二字確實切當。但他的大部分遺稿都由女兒少輝女士保存，女婿張乾一先生數十年來不斷整理。乾一先生逝世後，其子張樹材又繼續這個工作。現在吴老的《説經》一書即將出版，真是值得慶祝的事。

乾一先生是我讀初中時候的校長，少輝女士是我的同學。我雖然没有見過吴老，由於這原因，我一向非常崇敬這位前輩。也由於我這些年的主要研究領域是在文字訓詁方面，所以更希望能早日見到吴老全部著作的面世。樹材弟要我作序，便把我所知道的情況寫出來，給同行友好們作些介紹。

劉又辛於西南師範大學

一九九二年四月八日

吴秋輝先生致梁任公書

任公先生史席：

華之浮沉於世久矣。對於當世之達官貴人，未嘗仰首一鳴號焉。兹獨不能自已於先生者，以先生領袖群流，巋然爲全國學界泰斗，又負有極深之學問慾。華不自言，先生必無由知並世之尚有鄙人，則華不惟無以對先生，亦且無以自解。今敢就華半生來爲學之所得，約略爲先生陳之。華少無適俗之韻，束髮受書，即不甚以功名爲念，故在塾時酷喜詞章，而於八比轉所不習。十七歲應試，搭題並不知有釣渡挽，他可知矣。後之入學食餼，乃十八歲廢讀後，設策强制，以半月之力爲之者，蓋八比與詞章原本相通，特其法度稍涉繁難耳，再擊不中。時新學肇興，遂投身師範，習科學者八年。（愚所謂科學全屬於物質的，若哲學法政則不承認之也。）畢業後，在籍辦學甫二年，而清社屋矣。民國成立，華認以爲雖善者亦莫如何。（目前種種現象，先生立《國風報》時曾言之鑿鑿，其事並不難逆知。）一念消極，遂至百事俱廢，計惟優哉游哉，聊以卒歲而已。不意民國六年（一九一七）夏，旅寓濟南，范甑塵生，朋舊闊絶，客邸無書，寂寥特甚。適有攜新購《楚辭集注》見過者，慰情勝無，因留閱之。（實則編中多半成誦，特未嘗注意耳。）披覽之下，偶然發見中間訛字多處，一爲推尋其致誤之由，又多非今文之所能解釋，紬繹再三，乃始恍然於《楚辭》原係古文，洎漢景帝時，淮南王安始譯作今文。漢人於古文本不了了，故於其多數與小篆不甚相遠者，尚能無誤，而體制稍涉殊異，便不能辨識。但就其當時所行之小篆中比附推測，故十有八九不能適合。華於古文幸少有偏嗜，粗能窺其崖略，因得無意中洞見其癥結，執是以推，有若干不可通處，皆得砉然而解。就中如《離騷》『九疑紛其並御』，『御』之誤『迎』；『求矩矱之所周』，『周』之誤『同』；《天問》『會朝清明』之誤『會鼂請盟』；『妖夫曳率』之誤『妖夫曳衒』（『衒』本古『率』字，特後人不識耳）；『黑水交趾』之誤『黑水玄趾』；《招魂》『鄭綿絮些』之誤『鄭綿絡些』；『朱熊筵些』之誤『朱塵筵些』；『多逮衆些』之誤『多迅衆些』；『容態姣麗』之誤『容態好比』；『羞嫺妭些』之誤『順嫺代些』；『與王趨夢兮，課得失』之誤『課後先』，諸如此類，數日之間所得不下數十條。因念《楚辭》爲我國詞章之祖，乃天地間有數文字，其關係於我國文學者甚重。既有所見，不可不明著之，以供當世之商榷，於是乎有《楚辭正誤》之作。

屬稿未半，適因考察古韻，特從冷攤頭以銅子三十枚購得《詩經集注》一部。披覽之下，始知《詩經》之類此者，正復不少。如『桃之天天』之誤『桃之夭夭』；『遵彼女墳』之誤『遵彼汝墳』；『冬風且曀』之誤『終風且曀』；『不疐故也』之誤『不寁故也』；『有頵者弁』之誤『有頍者弁』；『吉饋爲饎』之誤『吉蠲爲饎』；『[illegible]』之誤『幽』；『觶』之誤『畢』；『授几有緝御』『履帝武敏歆』之爲衍字；『胡不自替，職況斯引』之爲倒句，殆非更僕之所能盡其物。（《詩》雖不乏誤字，然多數係譯今文者不達其義，不敢確定其爲今文何字，特就其原文録之，以存真面。此正其審慎處，與《楚辭》之本不識而妄譯者根本不同。此愚所以許譯『三百篇』之程度，高出於譯《楚辭》者萬萬也。）因復念『三百篇』爲我國文化之本，其重要視《楚辭》殆不啻千百倍。事當急所先務，於是乎乃又拋棄《楚辭》而專致力乎《詩》，是爲愚從事治經之始。前此惟幼年曾一讀之，以後則全然若風馬也。

然愚雖從事乎『三百篇』，初亦祇沿《楚辭》舊例，第更正其文字而已。特文字究不能外乎義意，一字之審定，必先察其於本句是否相合。此乃必然之勢。久之，漸覺句與章亦俱有關係，又久之，覺章與篇亦俱有關係（《集注》『意同前章』云云，乃天地間絶不容有之事），又久之，覺篇與什亦俱有關係。如此以次拓廣，以至於十五國風之所由排列，風雅頌之所由分别，苟一爲研究之，其間莫不有嚴密之組織與精深之寓意（惟雅頌稍涉紊亂，知孔子『正樂之言』，固未獲見諸事實也）。至此乃始恍然於所謂三百篇者，自孔子以還，即無人能爲徹底之瞭解。故孔子生前即再三以『學詩』詔門人，足徵其時之能注意於此者亦漸少。子夏所作之《詩序》，雖强半尚足爲後學闇室之導炬，然已有多不能徹底處，其間之爲謬儒所妄改及補充者，更不知凡幾（序僅一句，故有『小序』之稱，其下則衛宏所作，則直不成語矣）。以後雖雄才博學如左氏，卓識遠見如孟子，於《詩》皆不能了了，更無論乎戰國以降一般漢宋學家矣。由此並可推知，春秋戰國之交實爲我國文化盛衰存亡之一大關鍵，前乎此者，其社會智識之光明瑩澈，直非吾人言思擬議之所能到（《詩》之時代較晚者去孔子之生，僅二十餘年耳）；後乎此者，則直與禽獸所差無幾，其高下之相去不啻天淵，故孟子在當時即謚之爲人心陷溺，又謂其異於禽獸者幾希。所謂人心陷溺，即今人智識墮落之謂也。尤奇者，此種現象乃陡然的，初非逐漸的，求諸各國，殆無此先例。今之學者惑於達爾文進化之説，又以西國有文藝復興事也，曲爲比附，謂吾國亦復如是，並目戰國爲文化極盛時代。他國愚不敢知，若我國事實上則適與之相反。且古代文明全爲戰國間一般妄人所破壞誣蔑净盡。後人之不復得識古代文明，與並不能讀古書，其主要原因固在乎智識之未完全恢復，然有戰國人之破壞誣蔑於前，使人信其説爲誠然，而不知再爲正確之研究，亦其弊之大者。（愚嘗謂經書若無注疏箋釋，但令人用直觀讀之，必不至沉晦如是，亦此意。）彼漢人不過薈萃其説而演之，宋人則力求解脱而局於智識，終不能超出於其種種錮蔽範圍以外，故其結果等於治聾得啞耳。特是吾人生二千餘年後，而欲推翻二千餘年來已成之鐵案，但資義理，此必不足以相勝。宋人之失敗，弊即在此。故非有證據不爲功。然證據亦正難言。彼清代之漢學家又何嘗不講求證據者？乃其結果除取經書原文，改作許多並不成文之字，及穿鑿附會，臆造爲種種不通之異義外，更有何成績之可言？則知重證據而不知先考求其證之可否爲據，是猶以水濟水，徒滋枝蔓，適以增加其錮蔽之程度，所謂『非徒無益而又害之』也。

華之治《詩》雖以古文爲第一之武器，然其器至爲簡單，而《詩》之容積至廣，初非惟恃文字之所能解決。故愚所資之證據，於古文外，其次即爲古器，以古器所紀之事實，與《詩》多同出一時代也。再次，則爲今之語言事物，因古今相去雖二三千年，語言事物不免一部分隨時變易，而在實質上必不容以盡泯其蜕化之跡，固不難於歷溯也。（愚之治經，必求其經之某某，即今之某某，或其遺蜕，一洗從前指山賣磨，以不知仍還不知之積習，故特注意通今。）再次，則不得不擴其範圍於各經，以其同以經稱，所言必當可信故也。因此十年以來，對於舊傳秦以前各種載籍，莫不加以具體之考察，始知其真出孔子前而可以經目之者，除『三百篇』外，惟有《尚書》之二十四篇（即今文二十八篇中除去《皋陶謨》《甘誓》《洪範》《金縢》四篇，僞《書序》乃另一篇，不在原書數也）、《易》之《卦詞》及《爻詞》，及孔子所手録之《春秋》而已。（後儒謂《春秋》爲孔子所筆削，殊謬。）其出孔子後而可以經稱者，則惟有上《論語》十篇中，尚須除去西漢末張禹所羼入之《齊論》一部（下《論》則爲戰國晚年人所續輯，其可存者不及十一，且多有背謬不可訓處，故其爲《齊論》《魯論》可無分也）。其他之大醇小疵，分别觀之，尚可資參考者，則惟《儀禮》《左氏傳》《易》之《繫詞》及《戴記》之一部分。至於《公羊》、《穀梁》、《孝經》、《爾雅》、僞《周禮》，以及《國語》、《竹書》諸子，則皆戰國及秦漢間謬儒之囈語，不惟不足語於經，且直爲經書之敵。前人並不能辨，又烏從其能治經耶？

然即愚以上所承認之諸書言之，其晦昧不明之程度，亦復與『三百篇』略同，而不可不加爬剔。我國文明其有待於後人之根本整理者如此其衆，先生其謂個人之精力其能遍及之耶？方華進行間，無意中忽加以無形之鞭策者，則爲民國十年（一九二一）冬，偶有事乎天津，從冷攤頭購得甘泉、毛乃庸所譯日人之《印度遺事》一卷，中載印度之《夫愛達》，其形式與時代恰與我國之《詩》不相上下，中亂於『黑白亞秋爾』，又與我國之漢人傳箋之形式時代相值。後經『婆羅門教』假之以恣爲淫虐，並劫制國人不得爲學理上之研究（我國幸尚無此，然科舉之制，禁用異義，其用意雖不同，其結果初不相遠也），以致二千年來，全國不惟無一人能窺《夫愛達》之真面，乃至並梵文之組織運用亦無人能解，朝野内外，竟不能自讀其古代之《阿育王碑》。（此與我國學者大多數不識古文者何以異！）遥遥東亞之兩大老帝國，重洋萬里，其智識墮落之程度及其經過，竟不謀而合，豈非怪事？乃印度人不克自振，近經歐人攜歸，結合同志，用科學之方法研究之，而後《夫愛達》明，梵文之組織及運用亦明，印度之有志者轉須向歐人學習，方能了了，真堪嗟歎！因念我國之經學及古文，其種種方面既與印度全同，方今歐美各國既群注意於東亞文明，就中尤以我國爲首屈一指。今幸而微窺其門徑，苟不及時自振，不久必當如印度之《夫愛達》，然爲他人所研究發見，屆時將爲我中華民族文化史上永世莫湔之恥。言念及此，無任悚慄。

用是不敢自諉，閉户殫精，謝絶百事，雖簞瓢屢空，亦所不恤。今前後殆十年矣！於諸經雖不無具體的發見，然華能發見之，初不能以光大之；豈惟不能光大之，即使華之所見一一形諸楮墨，亦勢有所不能。蓋華年已向老，精力早衰，又局於資力，不能蓄助手，且雖有助手，終亦不能以蕆事者（前已言之），而東省人材消乏，通材絶跡，偶與人語及此事，聞者莫不不待言終即掩耳疾走，一若誤觸蛇蝎然。蓋一聆所言，與其從前聞諸塾師者不合，即視以爲非聖無法、洪水猛獸。其頑固情態，全不可以理喻。況近世人情，祇知勢力，初不知何者爲是非。華既與世相遺，聲華闃落，自甘窮約，尚誰復肯聽用其言乎？坐此夙夜徬徨，常深焦迫，竊計方今海内之足以語此者，厥惟先生。以先生學問淹通，眼光遠大，又復不持成見，虚懷若谷，博採兼收，力以啓導發揚我國之文化爲己任，當必不至以愚言爲河漢。故數年來屢思晋謁，藉求是正，奈牽於人事，倉卒間卒未果成行，以致翹首燕雲，徒勞伸企區區之愚，不知何日得一罄之也。兹特附上講義若干篇，乃前歲在山東國學研究社時所作，文皆急就，且多屬通義，拘於體例，凡屬考證悉未暇一一注明。又二《南》在『三百篇』中時代爲最古，《詩》中本事，除《卷耳》《汝墳》《麟趾》《何彼穠矣》等寥寥數篇外，以無所依據，類不能確指（觀子夏《序》，知在當時已自如此），故大概皆依文訓義，僅能據表面文字以求其通，與其餘十三國之風，詩必有事，詞必有指者，體例攸異。奈當時所付印者僅此。（此外尚有《行露》《汝墳後義》《魴魚頳尾考》等數篇，因無存者，未獲奉上。）以外諸篇，則係後來零星付印，多屬考證性質，因社中無人負責校對，所印講義，亥豕魯魚，乙不勝乙，故愚之作品亦不常付印也。此等文字本不足以當著述，特以他作無人録副，故不得不暫假此，以見華對於經學之一斑。其是否有當，尚祈有以指示而斧正之也。又《學文溯源》一册，乃華七八年前舊作，當時於文字及經學尚多未能徹底，及今觀之，已多須修改。且拙作《札記》之類，此者甚多，特因局於刊貲，故付印者僅此。（將來尚擬爲一具體之專書，將古今文字之源流正變、支分派別，一一列舉無遺，一洗《説文》《字典》之陋。惟造端宏大，恐非急切所能濟事耳。）一併附呈，以見愚爲學之途徑。大抵華之説一出，中國二千餘年之學術乃根本動摇，直無復存在之餘地，特其影響之所及者至大，在華亦不敢堅於自信。惟凡百之事物義理，經華考得者推之，乃無不皆準，故又不敢妄自菲薄。此事殆非集海内衆君子而公同揚榷之，無從解決。郵筒楮墨，皆不足以盡其一二，日來如有機緣，華定當襆被北上，以償夙願。屆時當更祈廣爲介紹，用收集思廣益之效。兹特假此先容，聊貢區區於萬一。是否有當，諸惟明教，不勝待命之至。肅此，即頌

著安

吴桂華頓首

注：　張默生教授著《現代學術界怪傑吴秋輝》一文稱，右稿由其代筆，四日得覆書。

梁任公覆書

秋輝先生著席：

奉書忻若晤對。先生以爲啓超不知並世有先生其人，豈知我之於先生心藏心寫者，兩年有餘，正恨無以自通於左右也。記甲子春夏間，在都中師範大學講學，有一學生購贈我以《學文溯源》一册，歸而讀之，字字莫逆於心，歡喜踴躍，得未曾有。正思追訪道踪，一致拳拳，時正值亡妻病亟，心緒不寧，未幾遭喪，家室搶攘，乃至並此册子而失之。兩年來屢欲補購，迄無所得，而贈書之學生亦不復記憶其姓氏，惘惘不怡，匪朝伊夕。忽奉大札，媵以鴻著多篇，其爲快忭，豈有涯涘！先生識力，横絶一世，而所憑藉之工具極篤實，二千年學術大革命事業決能成就，啓超深信不疑。大著不可不亟謀全部分公之於天下。若剞劂之資一時不給，啓超願出全力負荷之。若有鈔胥，盼飭録副見寄。若並此無之，望將原稿掛號附郵，當飭繕録後，鄭重寄復。未成之稿須著手賡續點檢，誠然誠然。兹事容當續圖之。稍有機緣，終須得當以報也。亟思相見，彼此同之。惟啓超頃僦居校中，一舍偪仄，無以待賓客。而本校距城數十里，城居者相訪殊不便（祇許我訪人，不許人訪我），本欲藉此謝絶塵俗，然苦無以慰欲見君子之調饑矣！且俟暑中休暇，或南游，以圖良晤耳。匆匆佈復，

直攄懷抱，無復浮詞，諸惟
愛鑒！

啓超拜復
一九二六年十月十三日於清華園

與康南海論《尚書》真僞書

南海先生大人左右：

華之私淑有年矣。前聞台駕來濟，殊深欣幸，乃未及修謁。行旌倏忽他指，悵惘奚如，嗣聞友人言，先生有《六經真僞考》之作，與華素日之主張頗多默契，惜華以耳目閉塞，未獲捧讀，然竊自幸一愚之見，是非尚不謬於君子。近由報紙叢載中，見有引用。先生辨論《尚書》一則，其結果與愚見竟不約而同，不覺距踊三百，然華於先生所指諸僞書中，尚有些微就商之處，敢爲先生縷陳之，尚祈指其迷塗，以資取決焉。《尚書》之有僞古文，自閻、梅、二崔以來指摘攻擊，其作僞之跡已完全暴露，無復辨論之價值。然今文之有僞作，則知者尚少。華前曾以其文字事實種種不合之故，著論斷定《甘誓》《洪範》《金縢》三篇，爲戰國間陰陽五行家之所僞作攙入，以爲其立説之根據者。蓋陰陽五行本爲子游、子夏等一般節文度數之儒之一種流弊。（竊嘗謂戰國以後之儒，不惟不足以代表孔子，且直與孔子相反，不知先生以爲何如？）其於古原毫無根據，不過就古之六府而删去其一耳。然以説之出自儒家也，故不若他家自造僞書，別立門户。如法家之僞托管、晏，楊氏之僞托黄老（竊嘗考老子實並無其人），兵家之僞托太公，農家之僞托神農。乃僅即世所傳信之經書，撰爲僞篇，以夾雜攙入。今可爲指出者，

《易經·説卦》中『帝出乎震』至『成言乎艮』一節。（《易》之全體絶無有以五行爲言，古惟此節以八卦配合五行，任意安排，異常荒謬，與上下文亦絶不通貫。宋儒不知其謬，乃因其序次之與經不合也，乃别創爲『先天後天』之説，以委曲將就之，亦可憐矣。）《儀禮·覲禮》中『諸侯覲於天子』至『祭川沈，祭地瘞』一節。《戴記》之作本非一手，亦不一時，故攙入尤多。其最著者則《明堂位》《月令》直全以之立言。（二篇苟在實際上一思之，則不惟兒戲，直皆笑談。《戴記》之最謬者當以此二篇及《祭法》《深衣》爲冠。然其餘實多古書，爲考古所決不可少者，不得一筆抹倒也。）其餘之零星攙入者，亦復不乏。《周禮》《大戴》乃純粹僞書，故其攙否可無論。其幸免者惟一謂經。其所以輕輕放過者，因詩之體制至此時已無人能解，雖欲贋作而無從也。

至《尚書》則上舉三篇是也。

《甘誓》之作乃全爲埋伏『五行』二字，特『五行』何物，而可以威侮之耶？且考其全篇，除特請一『三正』作陪外，（世豈有一國而兼行三正者。况六卿乃周制。六卿之轉變，夏啓時又烏容有之耶？）絶無一言及於事實理論，其命意所在，尤屬顯見。然此猶其計劃之初步，其必托之於啓者，因若輩固以『五行』之説，倡自神禹，故不容不先於其時，借以點醒其題目也。至《洪範》則轉入正面文字，而大放厥詞矣。『土爰稼穡』一語，實爲其妄改唐虞六府爲五行之親供，蓋其意固以自爲稼穡即穀，合併於土，以防人之議其後也。然穀可合併於土，金木水火又何一不可合併於土者！又上文『潤下』『炎上』等皆用『曰』字，且各就水火等之本體言之，而惟此乃改用『爰』字，且所言者又爲所生之物。而下文『稼穡作甘』一語，則直以稼穡之味即土之味，於他四者亦不類，即此已可想見其手忙脚亂、捉襟肘見之情形矣。至後文《五事》《五紀》《庶徵》等，亦皆隱隱然與五行相爲呼應。而

『八政』『三德』『五福』『六極』『卜五』『占二』等數目字，意亦略同。後來漢儒之爲五行傳，直統而一之，可謂深有合於作者之意矣。無如此公之文筆太劣，其穉謬處不惟周初不容有之，即在戰國間，亦屬下下。（核其品格，正與《明堂位》《祭法》等相伯仲。）蓋此等荒謬無識之妄人，初不容其能有好文字也。今但即其首節言之。『箕子乃言曰：　我聞在昔（鈔《商頌》），鯀陻洪水，汩陳其五行。（洪水豈陻而始有者？而謂汩陳之罪乃在鯀耶？）帝乃震怒。（此種無理之神話，即春秋間人亦不肯出口也。）不畀洪範九疇，彝倫攸斁。（「攸」即後來「所」字，「斁」謂「打擊」也。此「攸」字當作何解？且若如所説，則唐虞前皆「彝倫攸斁」時代矣。）鯀則殛死，（此「則」字何等奇妙！）禹乃嗣興，（此「乃」字又何等穉嫩！）天乃錫禹洪範九疇，（全無理由。但因其爲禹則錫之，天帝似不至如此憒憒然！但云天錫，初不言其若何錫法，致未將龍馬負圖，朱文緑字等妙文敘入，似此公尚有一隙之明。看他又用一個「乃」字。）彝倫攸敘。（必須再增此句，與上文始板板相對。）』似此等無理由、無事實，又冗弱、又空滑之荒誕離奇文字，二千年來竟無人能辨。世人競言人類之智識爲進化，竊不敢謂然也。（實則近來惟人類之獸性智識爲進化耳。）

若《金縢》則純爲篇末『秋大熟，未獲，天大雷電以風』一節而作，蓋所以爲《洪範》徵應之實例。所謂『怪風若』『恒寒若』『恒雨若』及其反之者也。禱天求代，其荒誕離奇，亦略與《洪範》相似。其文筆則尤酷近，其即出於一人之手無疑。如其曰：『予仁若考，能多材多藝，能事鬼神；　乃元孫不若，旦多材多藝，不能事鬼神。……爾之許我，我其以璧與珪，歸俟爾命；　爾不許我，我乃屏璧與珪。』前既以多材多藝自雄，（《論語》『如有周公之才之美』實其所本，然初不料其竟如此運用也。）後對其先祖竟相爲爾汝，且直以璧珪相要挾，村俚至此，寧不令人腸斷！至其行文惟知用平筆，取一句反心對數兩遍，尤其與《洪範》之『鯀陻洪水，汨陳其五行，帝乃震怒，不畀洪範九疇，彝倫攸斁。鯀則殛死，禹乃嗣興。天乃錫禹洪範九疇，彝倫攸敘』無異。末段之：『秋大熟，未獲，天大雷電以風，禾盡偃，大木斯拔，邦人大恐。』及至出郊。（前記周公居東，並未言其歸，王何以即出郊迎之？豈周公已私回至郊，王不許其入城，抑直迎至東都耶？然下又云二公命邦人築木，若俟周公自東回而後命之，則木死久矣，寧非怪事！）『天乃雨，反風，禾則盡起。二公命邦人，凡大木所偃，盡起而築之，歲則大熟。』及《洪範》中之『稽疑』『庶徵』等，大抵皆同此一副筆墨。再細察之，即《甘誓》之『左不攻於左，汝不恭命。右不攻於右，汝不恭命。御非其馬之正，汝不恭命。用命賞於祖，弗用命戮於社，予則孥戮汝』，又何嘗不如是。故華特斷定三篇乃一人所作，且皆爲五行説僞造據，不知先生之見以爲何如也？

至《堯典》（《舜典》之二十八字，乃姚方興僞撰，故仍認爲與前一篇不另數）、《皋陶謨》（《益稷》亦不另數）、《禹貢》《湯誓》四篇，以後此之《盤庚》，（《盤庚》上虞羅氏以龜文校之，疑爲《殷庚》，甚是。愚別有《商代遷都考》，兹不贅。）《肜日》《戡黎》《微子》及周初諸作校之，其氣味似反不及後來者之渾穆淳古。衡以事物進化之通例，誠有未合，故向亦疑其非真。然前三篇原本夏書，（文字之能施諸記載，實自夏始。故後世所云黄炎等書皆囈語也。説詳拙著《文字正變源流考》）。《湯誓》雖屬諸商代，特其時仍與夏爲近，其文字亦當不相遠，此猶《盤庚》諸篇之與《大誥》《康誥》雖異代而文偏相似也。

近以中州出土之商代貞卜文字衡之，始恍然於由夏而至於商之中葉以前，其文字苟非代有移譯，即在春秋時，當已無人能識。東周人因不識禹鼎所造之銘詞，而以爲所象者乃神姦，即其證也。（愚別有『九鼎説』，以爲九鼎今尚有一二流在民間，兹不贅。）貞卜文字雖尚無特詳之記載，然近人以周室鐘鼎文字求之，乃截然不通。然則今人乃欲直接誦讀夏商之間之文字，則其展卷之所得，惟有如王孫滿，滿目皆神姦而已，此固情事所當然也。

最古之《尚書》其傳授皆出於後人之移譯，則其文詞之不類，初不足以爲全體推翻之根據，有可斷言。然其中尤必有不可缺之條件，彼僞作者固不容以藉口也。《堯典》《臯陶謨》《湯誓》氣體雖稍薄，但其中實多含古義，如所用之語助詞及形容詞等皆與後不同。又所習用之動詞及名詞，除今尚研究未得者外，凡所考得者無一不深合古誼。此不惟梅頤之僞古文不足語，即彼五行家之僞今文亦何從得夢想其一字。華之所以取消前説而不敢以菲薄視之者，概由此也。（簡單言之，如《湯誓》之『舍我穡事，而割正夏』，華以古文讀之，乃『舍我穡事，而征匄夏』即其一。蓋湯之征夏適當農忙之際也。）

然四篇之中《禹貢》則另當别論。以《禹貢》之文格尤大遠於古也。就中如、鏐鐵、銀鏤、瑶琨篠蕩、鏐琳瑉玕、鉛松怪石、礪砥、砮丹等，一切瑣碎之名詞，即在春秋時亦多未有，更何有乎唐虞之際？故《禹貢》一篇較之餘三篇尤爲淺近。古書之僞，實當以此爲首屈一指。特其間亦實有其不可磨滅者在，而不得與前云一切僞作同年而語者。蓋天下無論何事，初不容以簡單的推理遽行斷定者也。《禹貢》之詞旨雖淺近，然其所臚列之九州疆域及貢道，與夫導水導山之簡晰正確。此種地理學上之明瞭觀察，微特春秋以後人所不能了解，即在東遷左近，恐亦無人能了解及此。此固可於後來各書之言地理者參考，對鏡而得之也。蓋中國自戰國以還，人類之智識，其墮落殆已與禽獸相差無幾。彼於家庭跬步之間，尚以爲無益於人生之富貴利達而棄而不顧，更何有於天下九州之大耶？（近今學者反群推戰國爲中國文化極盛時代，竊所不解。豈見仁見智，固當如是耶？）故直謂《禹貢》爲真夏書，固有所不可。而直謂《禹貢》爲後人之所僞托，亦有所不能。以愚臆推之，《禹貢》在當時原有其書，不過文字代變，故移譯亦經多次。每一移譯中，便不免有若干之差誤及增損。其移譯之數，所以較其他夏書尤爲頻數者，以上古學者率以此篇爲地理教科定本，人於此篇特别注意故也。此意不知當否？尤賴先生代爲糾正之。

至其餘之商周各書，雖概屬真本，然其中不無微瑕。而有待於後人之考訂者。蓋《尚書》在春秋前，原係古文，及戰國間，隸書盛行（隸書之興在大篆後小篆前，故今書反較小篆於古爲近），古文之學漸微，儒者遂逐漸以意譯成今文。惟譯者之程度太劣，故各篇中訛謬錯亂之文字相望於册。韓昌黎嘗苦其詰屈聱牙，弊半由此，正不獨書之本質上有然也。今但即其最顯著者言之，如『文王』『文武』『文考』『文人』之多誤爲『寧王』『寧武』『寧考』『寧人』；『遹省』之誤爲『逆相』；我舊云『契子』之誤爲『刻子』；『害由觀文王之德』之誤爲『割申勸寧王之德』；《顧命》之『執斧』誤爲『執鉞』；而『執鉞』又誤爲『執鋭』；『俾受齊侯吕伋』之誤爲『俾爰』；《盤庚》『弗由靈』之誤爲『弔由靈』；『誕告用壇』之誤爲『用亶』。（『壇』古文本衹作『亶』。但既譯今文矣，不得不援轉注例，加之以上。）其如此類者，殆難更僕數。華隨時研究所得，雖薄有記録，然心終認爲今日出世之古文，尚不足以供校正此書之應用。又華近數年來，意所專注者惟在『三百篇』，雅不欲分其功力於此，故至今尚未暇爲有統系之整理。

要之，古經除『三百篇』外，厥惟此十數篇殘闕不完之蠹簡，爲我中國四千年來文化之所托命，一息尚存，誓當有以畢之。彼捨此而東塗西抹，以個人之主觀强指爲中國文化者，華之私心，竊不敢苟焉贊同也。惟是東魯士夫，其能讀經書者甚少，稍能上口者已暢然意滿，自命爲不凡，偶聞有議論與彼平日所習之高頭講章不合者，便驚走駭汗，如蜀漢之睹見日雪。故華十年惟閉户自修，絶未嘗問世，以當世之足以語此者，原無幾人；又中國人之習性，其於學説，乃對人的、感情的，以華之瓠落，必無望其能爲理解上之判斷也。然獨學無友，實爲人生之大不幸，華初非矯而出此，特其中大有不得已者在。今幸而高賢在望，且青濟之路一日可通，華又安敢甘於自棄，而不一質諸長者之門，用敢冒昧陳詞，聊就平日鑽研所得及其志意之所在，上塵清聽，以資就正。倘先生不以爲不材而教之，嗣乘間當，摒挡赴青，以飫聆教益。肅此並祝

著祺

山東後學吴桂華頓首拜上

又：　大著《六經真僞論》不知何處出版，貴處不知尚有存本否，如蒙賜下一册以開茅塞，實所深幸。兹特奉上拙著《學文溯源》一册，祈著述之暇代爲斧正，無任主臣。桂華又白。

康南海先生答書

秋輝仁兄：

承惠書談經，空谷足音，聞似人者而喜，不意大亂尚有其人抱遺經而究終始也，歡喜不任。雖然足下之疑經，以己意望文攻剖，惟數千年間，風俗不同，好尚歧異，後人之是非，未必古人之是非也。且人各有己，不能以己意發之爲是。且言人人殊，不能爲定論也。《尚書》《洪範》《金縢》皆在今文二十八篇之中，此二十八篇者，自伏生傳之歐陽、大小夏侯，立於西漢學官。凡西京博士弟子舉國傳誦，爲孔門真傳之書，《史記》《儒林傳》詳言之，若考孔門之真傳，是非必在於是。至於劉歆之壁中僞古文書五十餘篇，則除二十八篇外，皆僞書也。足下欲考經學，必須先辨今古，知古文爲僞，今文爲真，然後去僞存真焉。僕所著《僞經考》詳言之。雖然，足下真好學深思之士也，於今世不多得也，足下於《禮記》謂《明堂位》《月令》《祭法》三篇皆僞，誠然也。以劉向《别録》考之，比之《戴記》，誠少三篇，然足下非考據而得之也，乃以意推得之，此真非常之才也。足下又疑《禹貢》而贊之，可謂明過古今也。蓋《堯典》《禹貢》皆爲孔子親筆删古書而成之，故與《盤庚》諸《誥》之體大異，以與《易經》調法相同，故知爲孔子作。兹事體大，非一二言所能盡，故爲君揭其大意焉。匆匆奉答，敬問撰祺，不盡一一。

有爲謹啓廿七日

承惠大著《學文溯源》，至謝，容讀之。此間無《僞經考》，北京琉璃廠長興書局、上海有正書局有之。然近濟南，則星宿廟萬國道德會甫江壽峰有此書，足下就江君借之可得也。

爲又啓

再者，僕『長素』之字，在戊戌前用之，刻已廢，用『更甡』字。

再致康南海書

南海先生大人經座：

捧讀來示，勤勤懇懇，足徵誨人無倦之至意。雒誦迴環，欽佩無似！

但華尚有不能已於言者。先生之教華云：『欲考經學，必須先辨今古，知古文爲僞，今文爲真，然後去僞存真焉。』此誠爲不易之至論。然華原書開首便云：『《尚書》之有僞古文，自梅（鷟）、閻（若璩）、二崔（東壁及其弟邁）指摘攻擊，其作僞之跡已完全暴露，無復辨論之價值。』故以下所與先生研究者，概屬今文之範圍，絶不復及古文一字。而先生之見示乃云云，豈先生以華爲尚不知有此僞古文耶？抑先生對於此僞古文尚有疑義，而欲效毛西河之代作冤詞耶？抑或先生疑華之所謂『無辨論之價值』者，乃全然不知前人已有所謂《尚書考異》《尚書古文疏證》《尚書辨僞》及《四庫全書提要》關於《尚書》者諸辨論（如《正義冤詞疏證》等篇），而故作不屑之言，以自藏其拙，必欲使華再飯飣前人之唾餘，餔糟啜醨，藉鳴其博以欺世而盜名耶？此則非華所素日仰望於先生者也。

及復讀來函，則又有使華瞿然驚者，則以華之所謂僞古文，乃東晋時梅賾所上之僞古文。而先生之所以教華者，乃劉歆壁中之僞古文也。華之所謂梅賾者，即後來孔穎達據之以作《正義》、蔡沈據之以作《集傳》，前清垂爲功令而家絃户誦者。其文初非必果爲賾作（詳見《尚書辨僞》，兹不贅），而歷代之標名皆如是。而華生平所見之僞古文亦祇此一種。至先生所云之『劉歆壁中之僞古文』，實始終未嘗夢見。考梅賾之僞古文雖托名於安國，又以爲安國得之孔壁，然前人辨之已明，久無復有承認之者，故於其所作之僞傳，亦皆題曰《僞孔傳》，而無一曰『孔僞傳』者。以作僞者之自托於安國，而非安國之果嘗自爲僞也。若劉歆之説，則華之得聞其書，此實爲第一次，不禁抃舞者再。蓋孔壁當日果有逸書十六篇，至永嘉中失傳，其佚文猶時散見於《史記》，及晉魏前諸儒所援引。今先生云有壁中劉歆僞古文，竊疑其或即此壁中之真古文再出，而論者不察，偶誤以爲劉歆，亦在所不免，故深以得聞爲幸。至劉歆之不得有僞古文，則不難於其『讓太常博士書』決之。其書有曰：『魯恭王壞孔子宅，欲以爲宫，得古文於壞壁中，逸禮三十有九、書十六篇。』歆之自言已如此。則其時安於是國以今文較古文多得之十六篇，已盛行於世可見。（壁中逸書之盛行，馬、班二史志其可考見者尚多，以其於歆無涉，故不録。）夫以真古文盛行之時，而歆乃别撰一僞古文以與之對抗，又同托其名於孔壁，歆雖無識，似不至此。此華所認定先生所言之爲真壁中文也。故華切望先生將此書之源委詳細示知，從何處可以購求。如爲海内孤本，則握槧懷鉛，亦所至樂。蓋華生平常以此爲至憾也。若其書仍爲華所言之僞古文，而近人有考知爲劉歆作者，亦請示知，以開茅塞也。

至先生見教以『人各有己』云云，實爲華所心折，又爲華生平所懸以爲炯戒者。誠以經學之沉晦，胥由此一念有以致之。即如先生平日之所謂『增字解經』『托古改制』諸弊，亦概由此。（托古改制在先生原不專主經學言，然經學之類此者甚多，故併及之。）蓋經文原不如是，故特增字解之以强使從己；古原無此制，故特杜撰之，以便於己。己之説愈伸，而經之旨亦愈晦，此經學自七十子後所以失墜直至於今也。華雖不敏，以暮年瓠落、杜門不出之身，其説經也，既非以欺世盜名，又非欲假之爲竿木，如沿村弄郭郎者之比，何所取而必蹈此覆轍？若定論云者，不惟非一己之所得操，即舉世非之，舉世譽之，亦不容遽下判斷。蓋陽春白雪、下里巴人，須俟其賞音者之程度如何而後辨，以多自慰，以同自證，此乃吾國數千年來之劣根性，不足以言得失也。

特是，華之素志雖如此，然華之論著在於今日，則實有不容盡免於此譏訶者，則以凡人之恃以爲可據者，華皆視爲不足據。而華之所據，又非人之所及知也。蓋近人之所恃以考據者，不過曰：《爾雅》《説文》《論衡》《新語》《説苑》《新序》《太元》《方言》《山經》《吕覽》《淮南子》《列女傳》《尚書大傳》《韓詩外傳》及各家訓故、馬班二史。其上者亦不過涔及於管、晏、莊、列、老、墨、孫、吴、商、韓、荀卿、關尹諸子，或《國語》《國策》《吴越春秋》《越絶書》《僞周禮》，《公羊》《穀梁》二傳已耳。然殊不知考經出於何世，諸書又出於何世。其間近者二三百年，遠者或五六百年。（愚所認爲經者，僅《詩》《尚書》《春秋》三者故云然。）此而可據，將何時之言不可據者？違山十里之不見山，與千百里者正同一茫昧也。其爲之説者則曰：其時猶近古，所言當必有據。此等論調在中國人視之幾爲固然，實不足以當科學家之一哂。『曰猶近』『曰當必』，然則其所謂猶者，果以何爲界限？其所謂當必者，又以何爲標準耶？以爲有據耶，則當爲之臚陳其佐證；以爲無據耶，則自當仍以義理爲言，而不得作此莫須有之詞以求勝。況同一時代之言，而人各異説，甚至直相背馳，則又以何者爲近古，何者爲有據耶？故華之説經，於諸書亦時或引之，以資參考，然絶不肯依之以爲立論之主干。此人之所以反視爲無考據也。

若華之所認爲可據者則別有在矣：

一曰經之本文。文以載道，中外古今之通義。故欲明其所言之意，必當先於其文字求之。若謂古人文字必待注而始通，則古人爲笨伯矣。雖其間言文禮制、物象名稱代有變易，不能無待於後人之隨時説明，初不過其小部分，其大體要自不難領會。華則遇有疑義，必首先薈萃本經中義意與之相關者，用歸納法以求其會通，然後再用演繹法反之各處，自無不適合。（按此法亦有一二例外，然甚微。兹不及詳贅。）此即所謂以經證經者也。夫天下之可據者，孰有如物之自身？不此之信，而反信後來無稽之注，不亦怪乎！

一曰古書互證。經之自身，不必其盡有可證，則不得不稍加推廣，以擴大其範圍。按古書之出孔子前者，惟有《尚書》《詩》《春秋》，及《易》之卦、彖、爻三部。此外，若《論語》《左傳》《儀禮》《戴記》中之若干種，《易》之象繫文言，雖不盡純，要皆爲孔子殁後近百年之產物，其於經每相爲出入。故愼選之，亦可認爲説經之佐助。若以後之書，僅可資之以爲由古至今之過渡，不得與此同日語也。

以上二者實爲治經之不二法門。近日新學家亦多有見及此者（如胡適之、錢玄同輩），然其中實大有流弊，即先生所説『以己意望文攻剖，數千年間，風俗不同，好尚歧異，後人之是非，未必古人之是非也』。特華之所以防其弊者，則又有在：

一曰古文望文生義，本事理之所當然，而後人乃反舉之以爲戒者，則以今日經書所用之文字，初非當日之本來文字。又文字自篆、隸代興以還，六書放失，已由象形轉而爲符號性質，全無復義意之存在。故執小篆以求義，則其弊爲許氏之《説文》。執隸書以求義，則其弊爲王荆公之《字説》。此非文字之本不足據，實後人之所謂文字之不足據也。至華之對於經文，一以商代卜詞、周室彝器爲本，而又劑之以六書，其文字與經書實出於同一時代，且流傳於世者已將及千年，初非華之所能自作。又其器原非爲説經謀，更不得强目以爲番吾之跡，華山之博（俞蔭甫語）。況其中所載之事跡，實多有足補經傳之所不及者。如伯禽未封前之爲太祝（太祝禽鼎及王伐許侯鼎）；韓奕之韓侯名慶，乃召伯虎之庶兄（召伯虎敦，且因此推知召康公實武王長庶），《牧誓》之『羌』即『廧咎如』，在文王時已歸周（羌伯敦）；太公自其先世已歸周，故文王於伐密時，即先徂旅（『旅』《孟子》作『莒』，實即吕，太公故國也，小子師望鼎）；『徐儀楚即執於申』之徐子，非其大夫（徐儀楚祭鍴）；公子角，乃齊靈之子而非其弟。（師寰盤）之類，不一而足。此豈後人私意之所能左右者？他若即文字發生之次序，以推知上古事物變遷之跡，猶其餘事也。

一曰方言。經書所紀之文字，即今魯、豫、山、陝、直南一帶之方言。蓋文以紀言，自來言文未有不歸一致者也。自來儒生罕知世事，其對於經書之文字往往墨守師説，襲謬沿訛，甚且反與俗言相合爲忌。故音義每多乖迕。至方言，則衆口流傳，初非少數人私心之所能變易。雖其間年湮代遠，重之以域地之不同，緩急輕重之間不能無多少之差異。然其大體要不難考見。是以，凡文字上之失傳者，時尚發見於婦孺之口。如『輅』本音五稼反，乃以物止車之謂。《左傳》之『諜輅之狂』『佼輅鄭人』等皆是。（與《論語》『乘殷之輅』字同義異。蓋一爲會意，一爲形聲也。）今經傳存其音而失其義（杜注皆誤釋爲『迎』字），而不知河北之口語類然。古人謂臺曰『臯』，凡經所謂『臯陶』『臯門』『九臯』皆是。（古文『臯』字作『[illegible]』，象京上有宮室形，引申之又爲重申之意。

古器中『重皋乃命』，今口語謂申説曰『皋説』，亦其義也。）今《毛傳》誤釋爲『澤』，而口語上則有其音無其字。不得已，以『閣』字代之。不知閣乃庋置食物之廚（見内則），故今人引申之謂庋置亦曰閣（俗旁加『手』）音與義並不同也。古人謂覆蓋曰幠，凡《詩》之『膴』，《儀禮》之『膴』『幠』皆是。今各注誤釋爲厚，而不知口語上，初未嘗稍變，其類此者殆難更僕數。此外則有古本一字而今人口語乃變爲切音者，如藻之爲『鬧草』；蘋之爲『萍蓬』；蕭之爲『香蒿』；芩之爲『茵陳』；苹之爲『婆婆丁』（舊曰蒲公英，蓋苹字，古讀上平聲也）；鱉之爲『王八』（八古讀如『別』，即別本字）；蜩之爲『節聊』（或曰『季牛』，則以蜩在古本有條、周兩聲也）；厲（古音如賴）之爲『利害』；『儽』之爲『落魄』之類，尤非臚陳之所能盡。此皆隨時隨地可以證明者。以視彼一家之私説、個人之曲解，果孰可據，孰不可據耶？（若揚子雲之所謂方言，乃純爲各種注疏圓謊起見，實則無一語爲真方言也。）

一曰實物之考察。今之社會實由古之社會所蜕變而成，謂今之社會即古之社會固不可，然視以爲絶對歧異，了不相關，亦殊非通論也。況兩大間事物有隨時代轉移者，有不隨時代轉移者。政教風俗、典章制度，此其隨時代轉移者也；山川道里、草木鳥獸蟲魚，以及一般天然物，此其不隨時代轉移者也。（水道雖不一定，要必有其遺跡之可尋。若草木鳥獸等，雖有進化退化之説，然亦非一二萬年中之所能顯著，況僅三二千年乎！）其隨時代遷移者，雖不能即執今以例古，然要有其蜕化之跡。如『髦』，在周初原爲未成年男女束髮之朱錦，當時皆總兩角，故其制有兩。《詩》所謂『髦士』及『髧彼兩髦』者是也。至戰國間，則人不復總角，惟束其髮於頂，故惟存其一，且既冠猶不除之，必俟父母之卒。此即《儀禮・内則》之所謂『髦』。而前人用以説《詩》，乃適形其矛盾者也。至漢人則竟制以爲束髮之小冠，所謂小冠杜子夏也。至後人則竟以爲冠之通稱，即今之所謂帽也（『髦』古本官帽，今讀毛犯）。此類事關沿革，言論間動盈篇幅，故不容多所舉例。若其不隨時代轉移者，如物象名稱之類，前於方言條中舉例已多，可以參看。他若艾之爲『傲徠』（《春秋傳》『盟於艾』及『戰於艾陵』皆其地）；峯之爲『馬鞍山』；盧之爲『萊蕪』（晋齊平陰之役『上軍圍盧』）；絳水之爲『濁漳』（《禹貢·導河文》），又皆其關於山川道里者。究之，有其實者舉其實，無其實者舉其跡，要必使經云某某，即爲今之某某，或爲其遺蜕，而注釋方爲有用。若前人則惟恐人之議己，每言一物，不曰南越有之，即曰東海有之，否則造作爲種種神怪之談以亂之。（如駁，爲『馬倨牙食虎豹』；《騶虞》爲『虎，黑質白章』；蜮如短狐，在水中射人影』之類。）今人皆視爲可據，華性至愚，竊不敢有所附和也。

以上三者實爲華防止主觀説經之惟一武器。雖不能至，然心嚮往之。特其塗徑，胥由華一人闢之，而爲他人之所不及料（以古文説經，前人亦間有之，然衹一枝半節，故不具及），則其即認爲華一人之己説，亦華之所不容辭也。

嗟乎！河山猶是，風景全非。浩劫當前，雞蟲自鬬，此身已贅，遑恤乎身後之名？我生不辰，誰復知生前之我？特是餘絲未盡，僵等春蠶；結習難忘，聊存夏諺。知我罪我，惟有付後來之悠悠者而已。興言及此，當亦先生所撫膺長歎者也。拉雜陳詞，敬候著祺，不盡一一。

後學吴桂華頓首

書成未致，適馮氏倒戈，山左震動，聞先生已遠赴滬上，是以沉擱至今。近閲梁啓超氏所作之《清代學術概論》，則先生平日對於經書之意見已不難窺見一斑，此書亦不必再致也。

張樹材誌於新疆石河子醫學院

一九八三年三月十九日

附注

壬戌暮秋，於南京博物院研究員王熙如先生處，聆知先外祖與康先生論經之軼事，臆或即右書往還之時也。熙如先生言及，當時有爲先生原定在濟講經，期以五日。爲秋輝先生經説雄論所屈，方及三日，乃不得不啓道南歸矣。又胡適之先生之濟爲學界講《詩》，廣貼海報，且已確定時地，將於翌日開講。秋輝先生當晚曾赴胡先生下榻之旅館造訪，談論約二小時許（論説内容不詳）。俟其辭出後，胡先生當即決定訂票還京，毅然取消講《詩》之舉。熙如先生其時就讀於齊魯大學文學院，與欒調甫、解子義、張默生等諸學者皆曾師事秋輝先生。故對其生平軼事、學術造詣均知之甚詳。

一九八二年十二月，曾爲康、胡兩先生事，就教於親歷其事的冀蔚懷先生。冀老證實：胡適之先生當時下榻於濟南最大的旅館『津浦館店』，係民國十三年（一九二四）或民國十四年（一九二五）事。而康有爲先生游學濟南乃民國十四年（一九二五），晚於胡先生。吴老與胡、康兩先生學術交鋒之經過情形，一如熙如先生所言。其事轟動一時，咸爲濟垣學者所樂道。

樹材又注

一九八五年一月

又吴秋輝先生生平事跡之較詳備者，有張默生教授所撰之《現代學術界怪傑吴秋輝先生》一文，載《異行傳》一二〇——一五六頁，重慶東方書社民國三十三年（一九四四）初版；及上海東方書社民國三十六年（一九四七）再版之第一集。該書京、滬、寧各大圖書館皆有藏。另有梁兆斌撰之《梁啓超與吴秋輝》一文，載《濟南日報》一九八一年十一月廿九日三版。

注：本書據吴秋輝先生手稿影印。因作者曾幾經修訂，内容有所重複錯落，今保持原貌影印，特此説明。

第一册目録

己未仲秋

秋輝手著

己祭軒說經 卷首

序

余少不喜訓詁之書以爲纖[illegible]附會說經

[illegible]經反[illegible]人生而爲之[illegible]正每何苦[illegible]爲

是惕罣以經氏如[illegible]說經左傳無訓[illegible]

[illegible]

[illegible]

[illegible]

[illegible]

也○
合作此種○○
謬○足○為○耶

說經為兒才地○如秦延君說堯典十餘萬
字○朱普說尚書三十萬言○蓋亦支○蔓○流○宕○
意○及○讀者○知○來○從○篇○即○目○眩○頭○昏○厭○○○歎○睡○
又要○依○極○重○師○說○○○創○○○才○前○後○○○雖○
明○矣○見○我○亦○知○為○曲○學○就○力○為○迴○護○助○成○其○
誤○流○傳○已○甚○至○改○經○以○從○之○亦○所○不○恤○說○經○如○
此○不○亦○太○可○以○已○乎○洎乎兩宋○聚力滿積習於
事不師古○但從冥悟○於書一無所徵○不自

某字當作某，即曰某讀為某字而作叩字
說以則曰吾以理求之。嗚呼，理之字豈容人
說。獨翻前人，願者切之，那按時空疏字
如目不言觀之篆之，知心不惜人書之前諸生
室便抗顏以經師自命（王斠公之字）說表文
之癖偏開詞頌，始足代表當時風氣（風氣來）以致萬國
賢相對嘉慶歌澤劉之章京堂后犯懷
遠人而發傷歎之詠，五十不以少，辛字佩那棘

南宋以后，梦天合篇（见朱注楚词天问篇）
有讹未达，则指为衍文；例有讹未安通，则
疑为错简，讹合随心，意窜路人，任臆纵使在
春，直目不得深见，于后前推见功罪与汉
人，初未易显，如轩轾。至腾清，乾嘉诸儒
学于是之失，惟以汉人之学术研精宋人之
义。理义又求之而通圆而说，又求之有据于
经义，义颇有讹，是正，于是讹根据之特，残

缺不完之說文解字文以經本增古文歷史中
書已和乎矣（見吳氏說文古籀補自序）今
以數百年深之以篆繩之豈猶以羅馬文字詮
釋埃及文字墳之墓誌間有說得亦但是
訴今所存甬以常不及之勢自文宮書說以說文說
經說極精審據之極至亦不過說漢人之說
經所出以說文乃漢時一種通行文字便亦可以
考釋說經之紬繹則漢固早已先秦而為

之不無傒乎盖人之由隸書而小篆而猶渴之也
篆說經之為此曲折者之如此說文所以叙
源者之於學識加能透過於古人之文精以書時也
古文之學東京以後視為最古之字典者說
矣非無他唐時代限人雖英傑亦無能為力
若今日則地不愛寶古器之發見於日多貫
致訂訓釋亦漸精確雖若吾子少然節此
千數百字而善運用之則精騎三千未必

不勝於藏新十萬矣況古蹟之供賞玩未
有已而印刷之精良更足以促其流布兼頗料
數千年後古文學一派必將樹為大國起而
傳導學者之慮而代之是蓋勸進以來
上下千餘年之圖畫蓄積至今日而猶傳其
果有志者不能相合吾知其必不肯顧惜自
甘說從以大業讓與人又惜余於拓本也存之
流雜精力摧頹殆盡近復迫於衣食依

入作將絶無安硯之時力絀心長汗出如瀋
目昏而慵難前僅就所見發夜枉雜書
之其似無關古文而於經義有所窺者亦
間附焉以皆未棄者之喤引曆諗人見之
以為大雅椎輪其稿上不過眾之而閑之以
蒙僻靄顏是知余之顏源幸者也
八年己未山左吳桂華秋輝氏自序於京師
之寓廬

說詩解頤錄序　侘傺軒經說之一

世皆謂詩亡於秦出於漢而漢儒傳此第秋其節
見其言之未得其實則詩之亡實在於戰國之
世漢儒之所傳者特其存者而已其大義微言
則至今日尚未有人能見及之今余之所以此言者
驪黃之外者蓋不以為狂易也經文具在知者以有
以證明余說之不誣蓋詩之所以亡者其罪原於陋
儒之謀解小序至毛氏傳詩時小序與陋儒之

八
公旦氏言

詩之經，以序而已合併為一，不可復以析，則謬種之流傳，而不知其為時之說，知凡經之雜錯見付書。出焉毅然盡屏毛鄭，與其於詩篇之旨多所漢會據條畫因簡冊錄此書之詩以繫其詩之亡也。寔亡於戰國，文漢儒說起，不知序之言已雜出，謬說以其為出自子夏，乃就詩言強為附會，以經文之與序說合者，則患加以別解，不知因經以疑序，反據序以疑經，此詩學之所以

50

洎○漢○之○世○迄○不○能○大○顯○至○漢○儒○所○讀○之○於○前○

儒○之○人○能○明○知○其○不○足○而○時○代○遠○年○湮○無○所○

資○以○考○其○疑○又○自○漢○以○降○凡○世○之○號○稱○儒○生○

者○三○年○皆○埋○首○案○頭○不○講○廢○務○對○於○一○切○名○物○

制○度○之○詳○由○於○從○不○解○為○實○物○之○考○察○惟○自○

取○前○人○相傳○舊○說○反○覆○紬○繹○以○冀○其○有○當○獨○不○思○

舊○說○果○有○當○又○何○待○吾○之○紫○之○為○耶○故○其○說○

非○每○衡○不○信○即○東○鱗○舊○說○而○適○以○為○舊○說○所○

愚此書之前以所治學之與錯亘而手餘年而
際晚如文掌文不幸生[illegible]此文字絕續之交介
念及詩學之因因（湊書）窮頓委傳之其窮自章古
文之學垂代後以貝西以供史傳之考稽文
字之外匹切正後又少而文賤身能於事物之
傳象名稱之精能窺見崖略數睹觚寡筆
承詩義之不合者律貝大田訂正之成為說詩
解頤錄八卷蓋即舊說而詳言之無

不足資人嗢噱也然讀中則無不讀此篇諸

錄僅見一鱗半爪至欲蘄經術之昌明則兆

兩全詩之加以疊空不可此則關乎國家文

化之盛衰與而兆義所能自期者已

十年辛酉青山左吴桂華秋輝氏自序於

燕京

以音韻稱頌觀之則其奇異出自音人無疑

漆大稿移下

例目總話

一詩之原本當日究自何人古書中罕有言及者

人臣無不稽攷惟新序因小序有風雅頌正

變之言乃後說詩中隨意亂摘詩句者為正何

者為變詩正者端周公時所定變者則孔子所記

並自作如詩講歷歷其一一詳為考辨遺書之著

其曾襯見古人所告以其不信之秘者漢人之遺臆

者作為此類不知古序之所謂正變者乃注

公豈氏書

卿各诗之得失美刺言之称孔诗风於各国

之外更分为正变雅於大小之外复分有正变

今观其所指为周公时所定者汝南東正雅称

平王之初則正称成王之子成王

之後則後周公正久（成王崩不後則不得称謠

文如（而平王則正入東遷之後其言當足与雅

卿其所定雅尚孔子所録其尤厚標旗

夫孔子厚称诗三百又称诵诗三百則是当时

詩〇之〇數〇原〇已〇有〇三〇百〇而〇舊〇使〇其〇由〇孔〇子〇刪〇國〇風〇中〇從〇周〇公〇至〇國〇此〇數〇則〇不〇應〇不〇稱〇行〇世〇之〇本〇亦〇無〇稱〇已〇詩〇之〇最〇後〇作〇品〇為〇詩〇之〇時〇代〇不〇遠〇於〇陳〇靈〇公〇月〇出〇株〇林〇二〇詩〇是〇也〇（月出前人以為刺靈公作）其〇乃〇在〇宣〇之〇十〇年〇詩〇之〇編〇更〇於〇其〇後〇則〇其〇去〇孔〇子〇之〇生〇中〇間〇僅〇四〇十〇餘〇年〇（孔子生襄二十二年至宣十年止四十八年）〇殆〇當〇孔〇子〇時〇師〇儒〇所〇傳〇誦〇詩〇之〇本〇實〇只〇此〇數〇孔〇子〇特〇取〇而〇整〇齊〇之〇耳〇觀〇其〇

返魯樂正雅頌各得其所之言則孔子於詩
之篇章次第實皆有一番修正特謂其作於
孔子則未免近誣耳
前人於孔子錄詩之外又有刪詩之言其說始昉
自馬遷史記孔子世家云古者詩本三千餘篇
去其重取其可施於禮樂者三百五篇此說在
前人即已疑之啟孔穎達謂書傳所引之詩見
在者多亡佚者少不容孔子十去其九誠見甚

且古人之為詩皆用以合樂，又安有不可施於禮樂者？其如謂此禮樂指興禮賓會宗言則伯有所謂奏書時已訊之今其詩明載於篇其有樂詩所稱其者可施於禮樂耶？

是後儒為調停之說者，則又謂孔子刪詩，但刪其字句。此亦無稽。究之孔子之刪詩，無確證。更何謂其所刪者之何在耶？大抵為此說者，皆因經傳所引之詩間有為經之所不載者，故遂億測此逸詩，不知一書尚不能備家說，此乃勢理之所必至者。古人之說其不甚為人信。論其說在方式一二人之手者，其多其為彼倚。相之時尚不能知，而於後之詩其可在孔子前已

渴○謂○其○詩○先○被○孔○子○删○去○耶○則○三○百○篇○之○外○更○有○
逸○詩○又○烏○容○疑○耶○
孔○子○豈○但○不○惟○未○嘗○删○詩○且○嘗○增○詩○則○商○頌○五○
篇○是○玄○孫○孔○子○所○稱○詩○三○百○則○是○時○所○傳○之○詩○實○
以○三○百○篇○爲○數○今○以○全○詩○計○之○除○去○商○頌○及○笙○詩○[illegible]
於○[illegible]○之○篇○外○恰○合○此○數○則○所○謂○詩○稱○三○百○篇○[illegible]○爲○
舉○其○成○數○言○之○並○非○強○未○加○深○考○不○曉○爲○之○詞○也○
蓋○全○詩○所○載○皆○有○周○一○代○之○詩○初○不○涉○及○前○

代而詮次則年無譁不得詳之篇（馬遷合商頌
計之頌為三百五篇亦此篆故舊傳之詩僅有三百
孔子自以為殷商後人（商頌加三篇）又係其先人親删故特
求得今已亡其文懼其久而復有散佚乃取其所
餘之五篇草而附之於全詩之末此亦詩之所以（以其得傳）
稱三百篇而今詩乃有三百五篇之文觀於孔子以前
商頌之文稱不為人所稱道則其為自孔子始從
加入無疑此則篇章具在不難於參指數也不

八公且氏言

此之故乃反謂孔子為刪詩不亦適相反背耶

孔子論詩之言甚多編詩者宜萃其言冠詩編首以為後來學詩者之指導其尤要者則為不學詩無以言一語蓋詩人之善於詞令實足啟發人無窮之智慧故孔子又以使於四方不能專對為論詩者之大憾子貢於詩稍不見有所著作（詩傳乃漢人偽作其言甚陋不足以誣子貢也）而夫子亦許其可與言詩者徒因其如切如磋如琢

物慶之所言，蓋與和日之譏，偏其溺於詩者甚深，

故未知以此評之（知此則可以知作詩者之誕妄

知）乃詩自一般陋儒妄加箋注，淺陋狹隘，

竟一家而半成支離不通之說，則學之轉得無

言不能者耶？然豈非詩學之大厄乎！

詩自孔子後，其有渴溺於詩者，當首推子夏。今觀

其所為小序，雖止寥寥數字，無不千錘百鍊，自

鉥肝劌腎中來，其言悉抵虛鉤玄，置身題外。

公具氏言

無一字入詩之中卻又無一字不隨詩之腔矣
子既謂其可與言詩而記者又將其所謂詩者記
列於無數之後之隨儒不知詩因之以不知
自夏其序乃直一概括合詩中所有之字匯以遂相
附合之詩義既乘而序之精絕於此不見宗儒
不能識別遂周之群而併磨之於是子夏之苦心
遂湮沒而終古矣此則不可不急圖救正者也詩
代詩義折中知後序之謬而廢除之乃何不

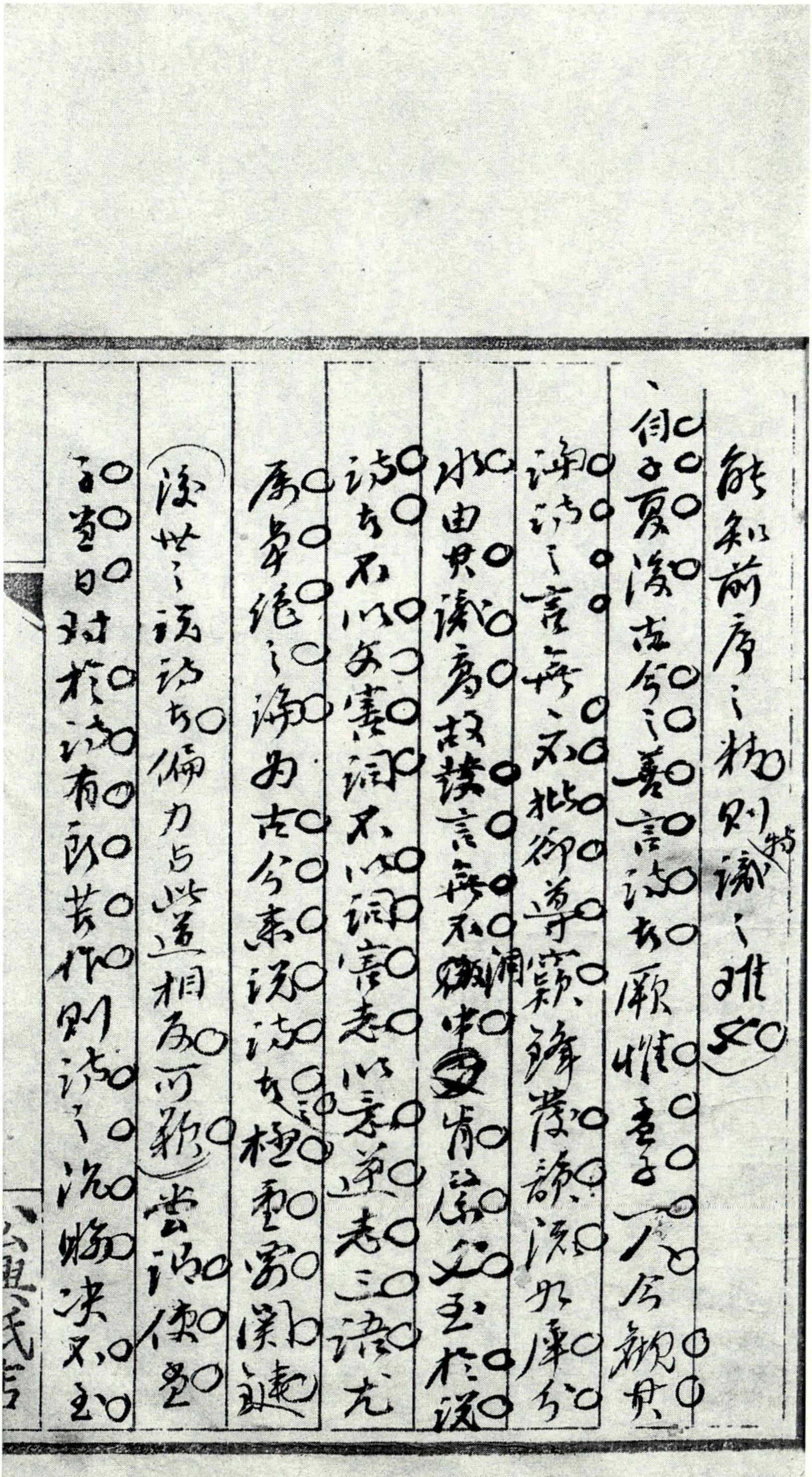
能知前序之精则识之难矣（特）
自子夏后古今之善言诗者厥惟吾子一人今观其
论诗之意无不批郤导窾豁发蒙滞洵如庖丁
此由其识高故读言无不洞微中要肯綮发玉於说
诗者不以文害词不以词害意以意逆志之说尤
属卓绝之论为古今来说诗者极重要关键
（后世之说诗者偏力与此道相反可耻）尝论便是
王曾曰对於诗有所其作则诗之说决不至

於今日無外其責在匡時補不暇肆力及此也
今為子弟者咸以嵩之徒得挾其惡習不通
之見以隸其緣語而說字義遂不可問矣（大抵古
今東西人之材識卓越者多不肯留心於藝術因
之藝術之道乃為以歸之一般過于拘泥固之人之手
拘泥固之人其猶可以藝術乎哉此三代後所以藝
術為多而有用於繪事詩之不明所由此弊
由書寫之言觀之則詩在當時人所多不能了解

要乃之於竹書蓋不暇與竹書相對校正前
予多取材於詩與於幽王六年書夏六月隕
霜以（係據詩讖）正月繁霜之詩於成十二年書
□城韓王錫韓侯命宣四年書王命蹶父
如韓韓侯來朝以係由誤會韓奕之詩與
此類甚多作者為魏之國史所見猶淺如此
則彼私家之著述尚可問耶故如渙詩之亡
亡於秦火或純由於漢儒之未加注釋亦非

拈手之論也

漢初言詩者原有齊魯韓三家齊魯早亡然今

世傳有詩說題魯申公撰又有子貢詩傳與□

象相出矣然即由其徒所偽託以攙亂於子貢

乃其於之義頗離奇矣有十倍於毛者以毛猶

僅從文字間摭摭附会而二者則昧於文字外經

遺子家也則其詩之不傳豈非不幸然鄭箋毛詩

時有採用其義者似康成時猶未亡也韓詩至

唐猶存今則亡此存外傳諸書所有引用則與毛
不同之字以資證而其以意義釋之大抵韓氏而
毛是則其書亦不足為矣故詩之流傳至今者止
毛氏之家而已
一毛詩雖傳自毛氏其書果為何人所作則殊無可考漢
書所載記各家之授受源流殊難據信大以
寄諸師誦之詩而謂其一代正傳有一人寧有是事
觀於古書中引詩者之多則其傳授之不一至于是可

纔言文大抵各家之徒分門別户各欵託其傳

於重門故物於其中簡擇造出許多義有甚麽

之名字以明其源流之有自此在漢人中摘取為

當然之經典而倣造說此經之支耶然今人則共

信之矣

詩字之勝全勝於續小序者一人之手此以枝節

義之程度實在理尚不能顧而順乃妄欵說話

非詩字之大意固惟如智識不足以知詩因之以並不

能知子夏之序彼雖不知序却知其序之權
出於子夏故其讀小序者一面據拾詩中之言
内以解釋序言而不知子夏之序乃悉皆置
身題外凡讀詩而亦知其彼必不再言而此公乃
者於子內未之與所謂南轅北轍其何異則
其不能有合於詩義固其勢之所必至也乃
不幸而此公之生也較早而後世所傳又過多
此公所據之本此其所以詩學說勝至今文

一毛詩旨曰：接伺何人，其詳已不可攷，然其書
以爲最古之書，則有可疑。言以其所載異說
錯誤不識之字，知之也（凡雜引古書之
真贋，旨註其誤字觀之，疑旨曰彼猶不識之
此字又寫瀉誤乎？又寫瀉誤瀉，恰好手竹書
或指爲晉宋人作乎，以誤字攷之，知其書之
確出於鄭國，其物名不可信耳。然非賦力
則須人自具眼）。此其作詩之緣，小序也如

以時代甚遠，如彼已不知矣，小序已經人
誤讀，讀則彼讀小序者之選擇猶能知矣以
者至此已不能解矣，此可於茲三子見序
中即可證於之，此詩原序云羔羊美且壽
之貝可已於讀小序者知之，詩不復緣以
其詩說不甚難解，其以美之人已具詳於
詩中無以庸俱章隨附會文王毛傳則
已不能解篇中仲氏任只之義乃因左

傳有戴勝為生於公莊薦以為臣子之言
千載下猶誣戴勝以大旦之乎貫實吉
者何嘗有此事蓋仍漢以至於今而莊薦之
本以美仲任者乃以美戴勝矣以此知續
小序者之時代去後來姓氏不知之時代尚
遠者
續小序者之於於不知詩並不知序而作
毛傳之鄭則於不知詩不知序之外要加

但以並無知序之論，乃作如論人所釋
蓋無見之原文，而遍覓諸家序之中，俱無
為不能通，而惟此讀小序者之數言，當為以
漏其塞畢，此加程序之所實，獨鄉趙之甘
第蓋疑之，翻孰九以於是，不論讀之義旨為何
考一向讀小序者之言，附會物類，切解說字
義，乃作隨意訓釋者，雖一字解至又全義
亦所不惜。自經此一番解說，而讀不惟我

詩人之詩私于家之詩乃直感爲讀小序
者之詩矣
讀小序者之不通只要初不難頭兒（故每）人作即
詩言要、講解便自覺與序言不合此
只要作人猶或忽之不存意時待接之說大
便師乃首感只固難於之道乎待明理久人
漸知以序言之不覺足據於是異說蜂起
各出只私見以曲相附會自不能通則更

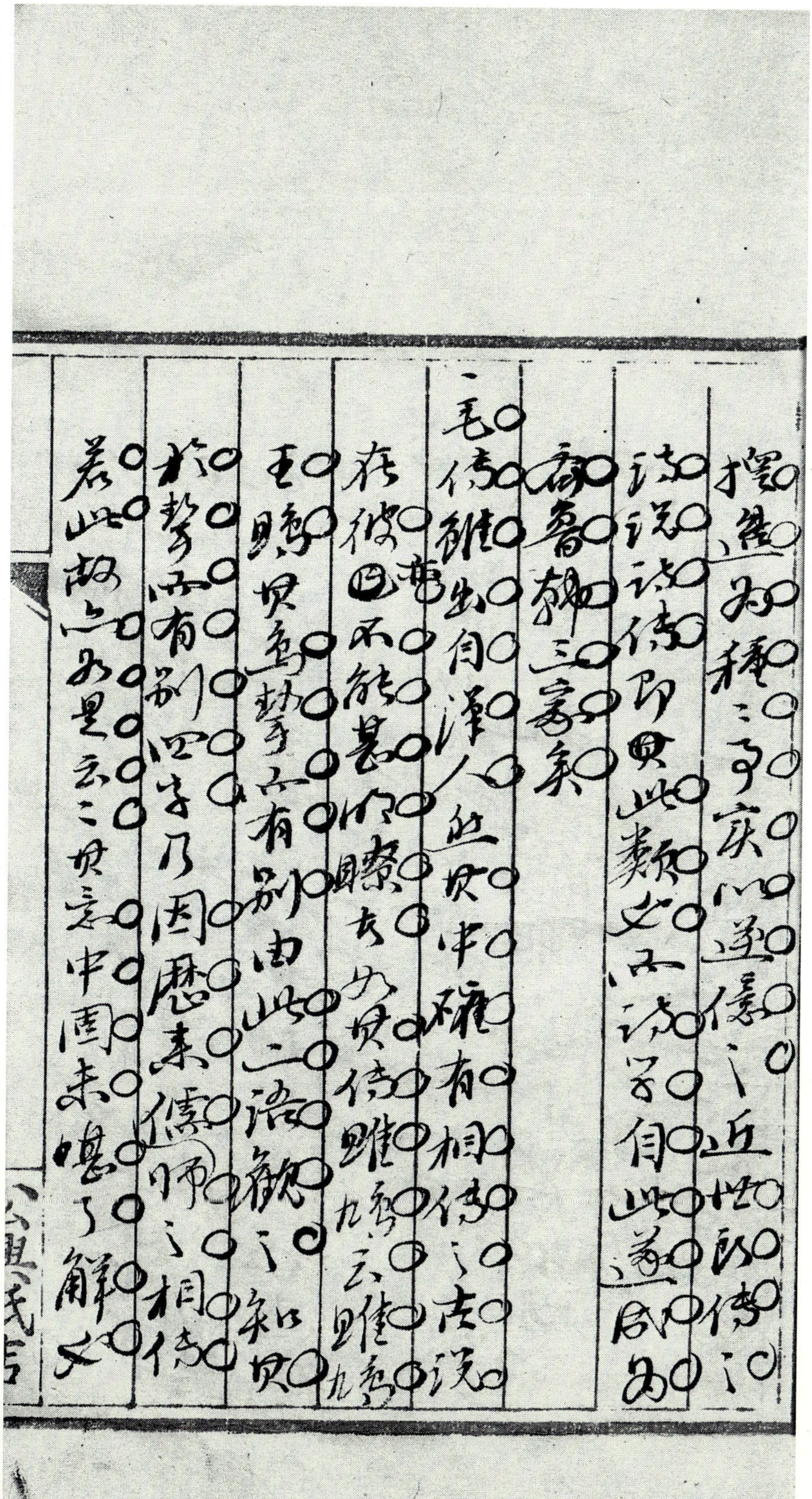

何如彼爲真能了然於此四字而又能指

雎鳩爲並無此物之王雎彼改以王雎二

字支離擾塞即可知其於此字已稍來了

然父此圖可以見至經秦類如今

、毛傳之漢國國戰掬拿於讀以序加之謬文亦費

對於字義胡亂加以解釋與其弊之大如因其

不加解釋後人猶可因經文以因知序言之

鄭自經此一番之亂解經文皆曲從序淺識

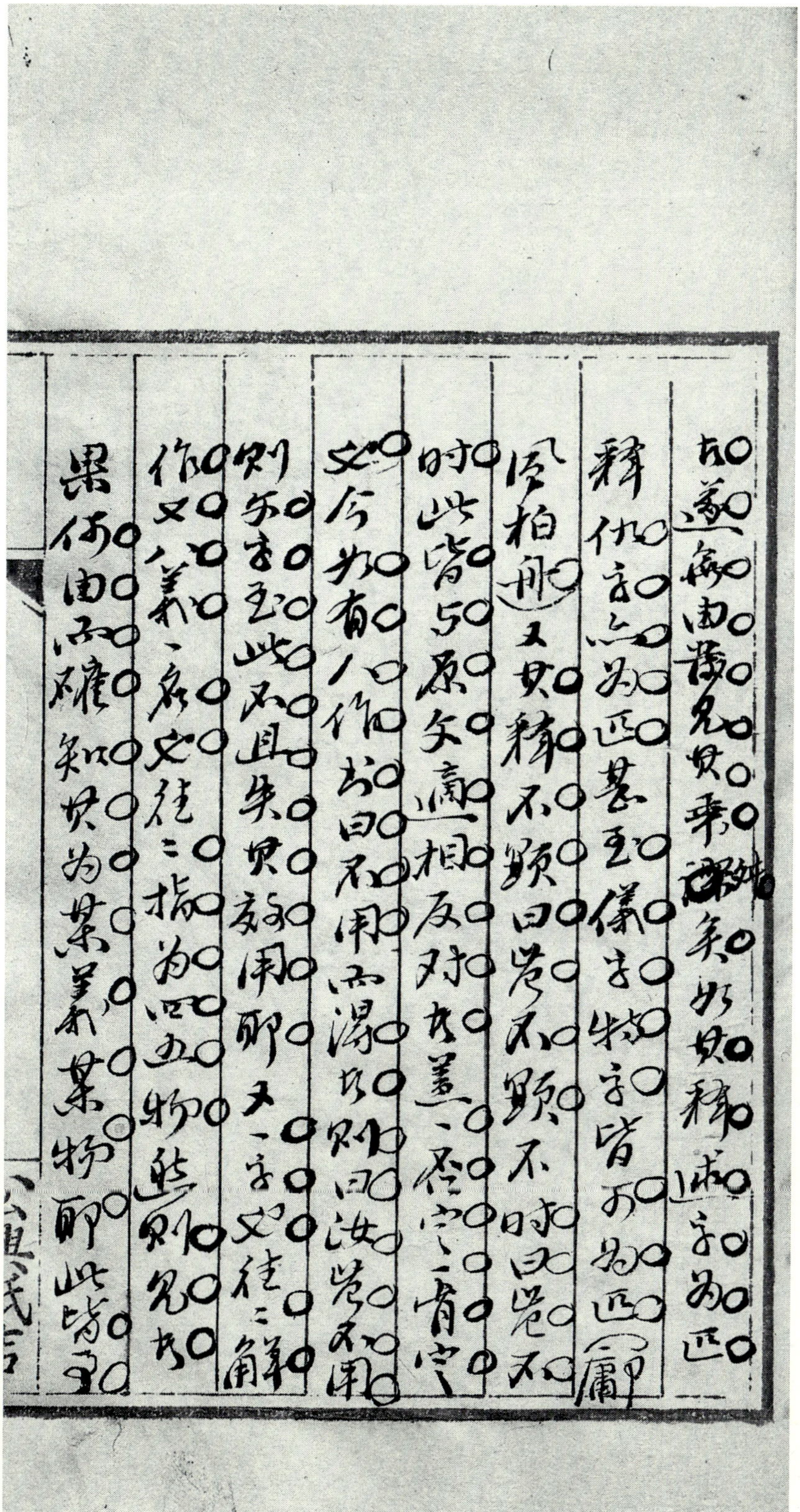

理之所以無其所自來，竟無人敢聲言其理，則以其私易知而剖析其是之難也。

爾雅之書，在漢前人總無有道之者，自鄭箋以是獲貴，世俗知之。然其書實要出於毛傳，後以其多有襲於毛傳之文，是其尤可笑者。凡之草木鳥獸，輒羅舉多名，其一物一名，乃自然之理。以名多則難窮，以知其物也；縱物名不能窮，今古之異然，不知物之以名此[illegible]，古名之至今未改

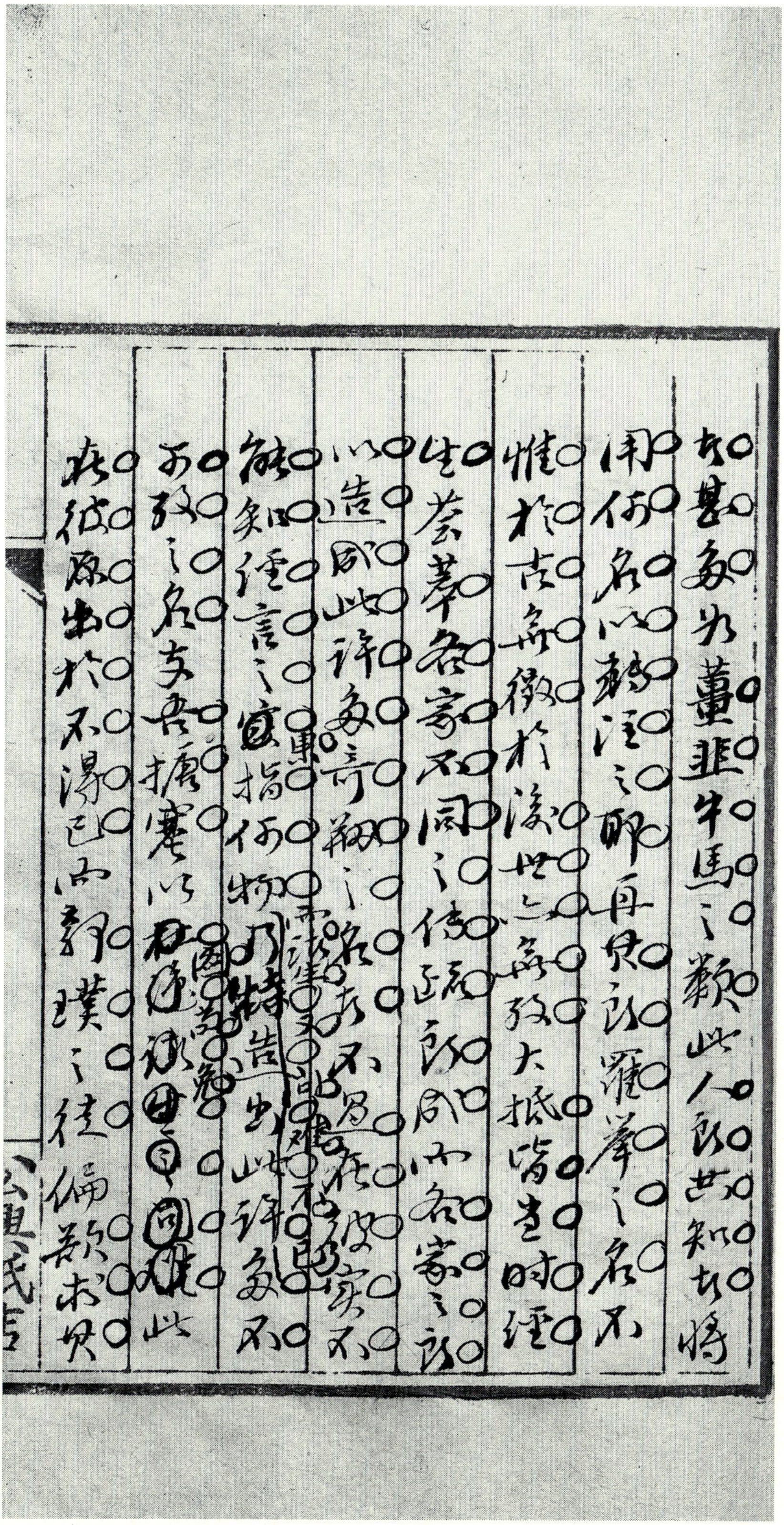

用術名以數注之耶再見説羅摩之名不
惟於古無徵於後世亦無致大抵皆書時

物以實之說何不為前人所竊笑耶

毛氏經傳之家固不可遵而其使經之功亦不可沒

以其所傳者確何為豈國真本文其為真本

不第以冠有子夏之序知之即由其不識之

字亦不難以發見之文如有孩童身之類字繼

靡從甚之靡字如存當時彼周不識之為

私言奉之相傳如是彼如不解為此誤文至說

矣所引各詩之異文乃漢季諸儒數改經矣

不佞世不治之极以违时流之传习已久名

有宗本僅〻寄〻人而〻世莫之知乃僅存為

〻種之学说许氏無識物據所之以廣異聞

形聲之原本果如是乎乃今之陋儒竟有實欺

據说文所載之字以改經文此種人不惟不足

以知經文并於说文為何代之书尚未了之矣

、為漢人之釋解古書雖不免具有種〻之紕謬

然却有一事為後人之所不可不解法者則對

八 公且氏言

於古義訓傳之文字不敢輕有訓說曷是之兆毛
傳箋並曰度（聊風柏舟）箋皇曰匡（破斧）箋代曰
助（常棣）萬訓在彼原和解釋字義不爲因
經文原字於訓釋不合■特■挪移之字以代之
加攷其訓撰之字於義意不必其相通而於用
諺則求其可合蓋彼豈曰之請習傳授國即
以其字作某字讀之故彼私家之請習傳授雖
然且而對於經文却從不敢改故後人猶得

以致知其真篆已著於淨處人則作偽猶恐其

不瞭要在此休風矣（觀說文許叔重之字即可

以想知其時風氣矣）

、漢人之商識經文偽撰其字其用心想為曲折

識不知其何苦為此又維摩維苦之摩宜其

書門原康蜀漢及作不雅故以其不合古書

文乃商款識之文但款識其字為書門則從革

以門作鞘是矣而其心又疑人識其淺近於

公宜氏言

是千方百計想到鳧鷖在亹，亹字俗音
之讀為門，實則此字讀門亦不合，然却又不
皆直用貫字，乃別取一與亹言猶近之亹字代
之，而亹字遂造成矣。寔貫既以為此字不為
精，以撞貫於撰之跡，又以貫字形音稍使人疑
之，如古京雅既鄰之字，多此類，皆前人用甲
以欺世之語，實則此公學力極淺，彼並不知
古文最忌煩，彼視以為古，乃古人之所無

之。實如鬱字何以能有心意而古今載籍中

又何嘗有鬱鬱字從人造之而古今竟絶無，

人道用以淵識之字耶，而世之無識者乃且

羣奉之以為寶之（又如雅頌詩經原本無

之不俚淺可笑，蘇不違於彼術，貫嚴淺近者，如

係竹椅之係，本指竹口色言，自毛氏誤指係

為王鞠而彼遂杜撰之，蒹者以易之，實則古書

中何嘗有蒹字，覺古人未為此，詩遂此之字耶

況下章更有綠竹如簀云云，是竹可以如簀也，
王肅亦第以如簀耶。此最易顯見，如在
毛氏之釋此詩也，已屬蒙昧，而此公乃歎美其之
所說之，吾真不知其與古之詩人有何仇怨，乃
必千方百計，務將其極明瞭之語內穿鑿
易使之不可復通而後快，如此種妄人又何時
蕩有矣。
、古之妄人，除作爾雅之外，當首推作說文解字

知之許氏此心心用中之說有如此爲當時之流
傳之一種繆篆（繆篆二字以之證漢人印篆 印作
之小篆極合故特備用之以別於秦篆文
其於斯翁所作之小篆尚未能多覯（觀其所
文字爲古字信古字爲篆古字摘抄之刪若是
其於篆文之源出者於漢人尚不及知所謂其
能多見秦篆亦不至有此謬論也　皇遑論古文
更何論乎上古之文（其書所載之古文籀文亂

（眉批：如苏东坡则其尤之流）

战国时之一种变体，即在汉世久经传诵者。故以古文校之，不合者常十之八九，且只体势与古文不类，不得直认以为古文也。此皆昭著。乃言许慎论文字之源流，则颇近之，又与王荆公之作字说者何异。然王氏作字说，在当时有识者犹或讥之，故其书不久辄止，而说文乃流传至今。今又经清代之汉学家者之提倡，录视以为金科玉律者，则以字说者以今文为主，今文以前書的有隸書小篆，故其尊易知，若說文則作於隸書既盛行之世，今之證漢篆，宜因已不啻古文、隸書之興甚久，殆直謂李斯之小篆，而起者在西漢初期，或猶沿用小篆，至其後則但視為一種文體，有大興於時沿用之，而實際上所習用者，則為一種非篆非隸之文字，即世之所謂八分書也。此但現傳世漢器，即可知之。若漢篆之與漢隸，則原本同時代，本無甚差異。甚或隸書反出乎其前。觀於隸書所傳之字。時或与古文相近。而篆文則反有相去甚遠者。即可知隸書實從秦人之小篆而起。非從漢人之小篆而起也。不過在漢初時儒者之視隸書。蔑之為一種俗体。故篆猶賴以不廢。而無如後來加厲。篆之趨日以繁。傳隸之趨日以簡捷。至其後結遂無往而非隸矣。此亦讀書學者之所當知也。况其所託雅俗。又為一

種字形之古文而真正之古文日滋久遂已不傳於
世則其說之豈容人人盡從察知其由得見此
正讀之既去惑易為獨馬難之許氏惟
其謬隨故其書說收之字雜奇紛繆於
不可窮詰有宜有而反無者而列為圖狀而
彼反無之字則非字體字者乃經典所習用
者亦滲不載此類甚多有本無而反有者而
引經之各種異字甚多有部居錯亂者而御

公其氏言

衔本古卒字，彼
则以为行賣

字本从辵，而彼反收入彳部者，大抵其于部首尤甚谬无理。故以古时文字之简，彼竟能分至五百四十部。实则即今日文字之部，其常用者亦不過三五十字之数，不至有如许许多也。有高秦乘，许年進者（如蛊本古徒字，彼则以为草怨生之類）。其余如秦、东野语（如張古悖字古文为西戎颠倒之類）。此种字无论其草篆隶，如何作法。结者时无谓者之谓言也。毋乃谓

記○卯解役牛語法人想羊皮以駕馬入市故之 不當

如牛馬之類○其言直是使人喫飯也○乃三尺童子

之所不能疑者○而彼竟不惜大書特書○且謂可

見○之閱不都入可語極甚謬之[illegible] 能字○其於引

用○經文經說之處○在彼原自意明○何據自

出○的○各家各家之書今俱有在○其言猶多

不○暴○擇○是○經○其引用及是擇乎又其所引

之○經○後之有同此之的○而文字即前後不同

者是非彼之已尚不能明定其是非而世之人
反欲以其言為斷然則果何適之從耶平
心論之秦漢以前之國字書世久無傳竊謂
古人所云不容無字書不過經戰國及楚漢之亂
上下數百年間人民蕩析離居殺死不遑無人及
此而遂遺失之耳凡秦以前之書籍皆非是世但
歸其咎於秦火猶未為知言也前漢人又無
致力於此者則許氏此書[illegible]確為天地間不可

如○之○蔑○作○惟○其○謝○太○隨○而○不○足○以○上○窺○古○人○之○

者○之○原○且○物○據○捨○豈○時○世○儒○之○從○說○以○廣○異○

聞○益○增○真○贋○雜○糅○異○說○莫○辨○而○古○人○造○者○

之○真○義○反○隱○世○但○知○其○者○以○傳○古○今○文○字○家○筆○

上○之○一○種○參○效○而○不○知○所○之○旨○以○之○說○經○則○善○已○

（段氏注說文極力為之解說而須許氏之功侵然仍

不免有○○○處○強○猶○孔氏之疏解毛鄭如

之說○矣○在○豈○明○其○者○務○不○甚○類○何○此○舊○額○之○推○臨○

公羊氏言

猶之稱道之書南唐徐氏父子後為注者乃大行然六書家言薦用之初不甚以之說經自勝清乾隆諸儒鼓於經學中別闢一境界以與宋人之空疏對抗遂資之以攻詆以其雖不足憑然較之宋人之純出臆造者尚有別也（然前人之知說文之不足據者實尠）近則末流甚村儒偶覓得一部說文解字便視之以為天書第見其上有篆字便不更問其書之

出何时代见经书有与之不合。故即一味乱改。初犹择其近似者而改之。继则不论情理。惟以将经书改为不成文不成字为尊。矣

江陈氏淡古编说左右芼之之芼。依说文宜改作覒。字其说持之原理。则以说文训芼为草覆蔓（即此三字。已繁赘解。说覆则覆取。蔓则蔓取。何以说之覆蔓。吾不知说文寄以何芼择也。）而毛传则训为择。及细检说文。乃得

一、覸字訓擇与毛同，心巨喜之及栢康熙字
典（余私刻茛此公之学，反不能有玉篇也）兄玖
截玉篇。玉篇云：覸，擇也。与茛通，請左右茛之逆更
不细阅玉篇为何时人作（此等腐儒，固視儒
筭年以一日之蓋一夜言字已（色積）换之矣（鄙迂）詞茛書改
覸，又貝於節南山之節中，從趙凡文之說名
昆文，則識凡文矣。詞節字實毘字之訛，貝
從詡毘省作尸（毘亦不知其何省作尸，尸本作

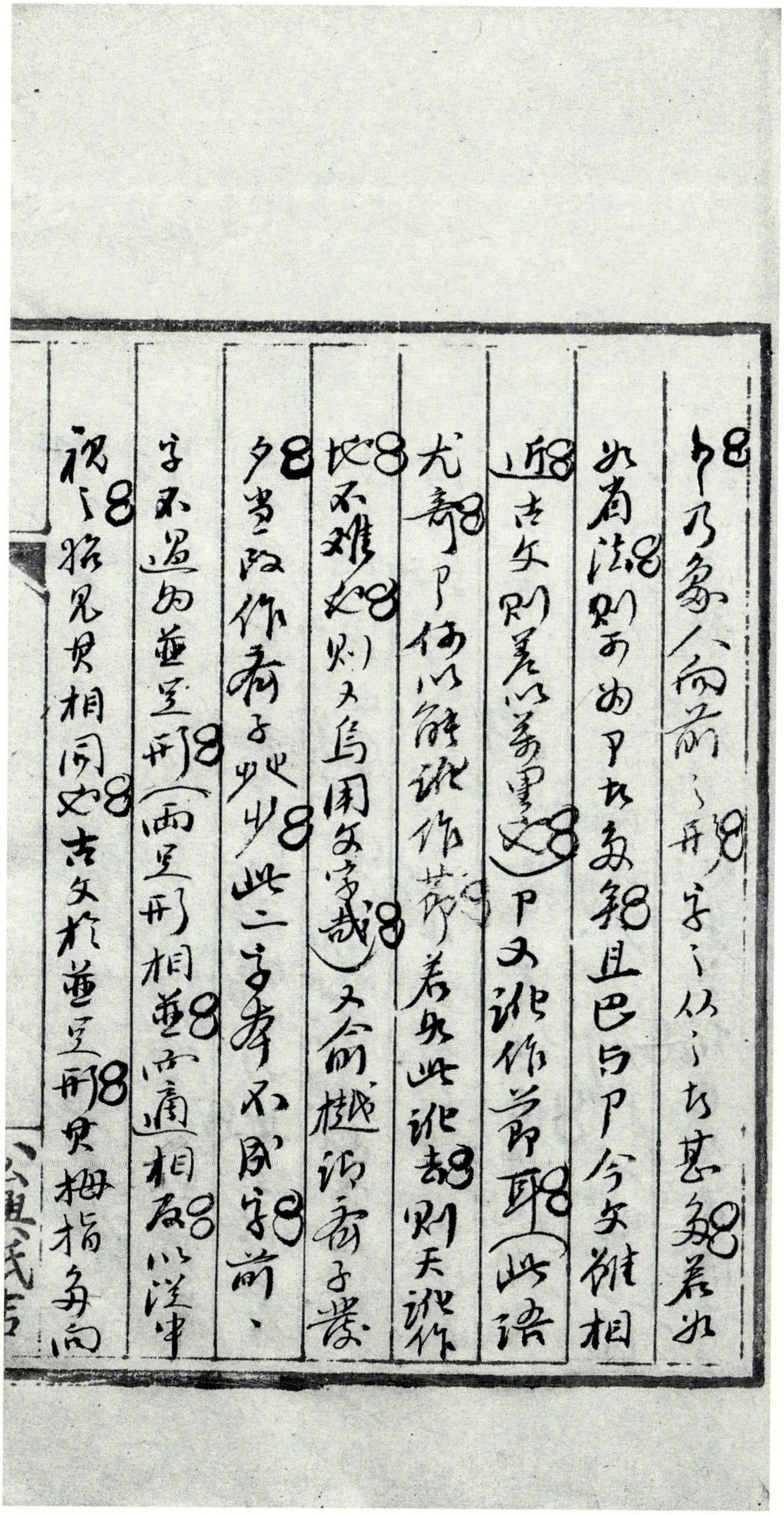

内此自本形此亦有向外长则文便文若今既存

长头登发 其则從其字长文 後一字则趾字之

古文之（甘 李象足趾形加 为止足之止之

步文因其 与语助词同 青 故常借作

语助词後因久假不归中古乃於止旁别

加之字以别之 师灵寿王继正师氏即王

之正师氏之许氏训此为刺撥（此北方俗

语 语雨股分张之 训步为蹬 足为不谬字

義。亦與俗人生長南旋。不知刺撥之義。乃克
合此步二字亦通文。此不必論其於詩義不通。
即其自已之所言。亦不通矣。蓋人欲刺撥必不
能再路坎也。凡此種表心病狂之談猶清代
説經之書。然於不可解。其意本不在説經。不
過故弄玄虛之談。以驚世駭俗。冀盜虛聲
以圖富貴耳。今世刺謂時章太炎。尚以此得名。
此後當稍戢矣。實之説文爾雅二書。出不重為

詩滌兩重魔障。世間真能讀書者乃有識。而羣前
之書。其存於後者有跡。人但稽諸注疏說如彼。
求諸二書大如此。則欲身在醉夢中矣。余謂
天生二書。乃正以與古詩人為敵。孔過論也。
一毛氏之後。說詩之書。當以鄭氏詩箋為最哉。
鄭箋雖曰申毛。然時亦自標新義。今兩
之家之義。比較之。則鄭義之較勝於毛
者。不過十之三二。而其不及者。常居十之七

八此則因鄭氏之生後於毛又數百年（毛詩

私毛二人所作其中多說自戰國如）去古

遠所聞見在毛氏或猶能知之故毛鄭則

已無從審正因鄭氏又因其嘗注禮乃於

詩義中往往無端拉入不相涉之禮制作

無謂之糾纏如說關雎而闌入九嬪三

夫人說之歷說湛露而連及同姓異

姓說涇渭而連及士娶之越國不越國

公祖氏言

法如此類。難以悉數。寔寔作滿自詩。詩

義蓋不以。而祇意亦愈刻深。此其中更別

有故意牽扯。以餡（諂）為其注祇曰（作地步）援如。

此種卑劣手段。淨宗儒倡優為。而鄭氏

則其尤甚者文。玉真正麻用祇經之。然彼反

莊手不論。然亦第隨（者）反附和。如其於兩髭

之新。面（則）仍不能援祇以糾正之文。並玉此以

復。詩第則益微矣。

箋萬措衛

前言漢儒說經不輕改字。有改之者。因則

自鄭氏始。鄭氏於韓奕句膺鏤錫之

錫字。不知其正轉讀。焉意仍書与上湯

旂綏章之章字相近。乃為於錫字上

加之金作錫。且自為釋之為馬當盧。此

則因毛氏以清揚為眉目之間。鄭更引

伸之及於馬之眉間。毛氏猶以清揚之

字是之。而鄭則竟以錫之半當之。因

公其氏言

此之故乃崇性華貝所注之三礼凡有

錫字皆作賜之此字今見免使人靡所依

據所謂貝文報仇貝字行錫在之不知古

今俗當有錫之易与易罕今文雖相

近在古文則判若胡越 以易字乃由沙

轉成之（易）而易則由易轉成文（賜

字之轉變甚多亦不及備述 但華貝

近古言之 此句錫字与上句寫之下二

句幭厄字皆韵乃鄘陌鄭正音毛氏
於錫字無傳以正於由坐於錫句釋誤
鄭不發文鄭氏肯亂之貽誤至今無
公校正而見自正釋圖三禮亦不能自圖其
說無所依甚爲此外究之此公之論太隘
汁光紀感靈仰黄帝以入經則任是不
可為訓
、漢儒之說詩其支離甚深然讀者為

猜一猜，即不难见出，然无人敢攻
之故。则以附会之说，而自求其里难之。
此争在他人，犹可以不求甚解置之。至唐
孔颖达奉诏作疏，乃独取其弊，以疏文
就以申明传注，凡传注之不合处，在彼犹得
以含浑了之；至此乃不觉全行暴露，故孔
疏中更对于传笺提出疑问颇多，无不洞中
肯綮，然其弊仍犹之前人，知其非而不解

別求其是，又為其律例之說，拈傳箋雖
極無理，亦必須緣飾而附會之，而終滋閑
其說。此其說以於詩學之義例，終不能有
若何校正也。
詩自孔氏作疏後，雖曰申明毛鄭，然實不啻
為之暴露許多之弱點，以其說附會而緣飾
之故，實則不能有補於其原書之不合，宋
人因之，遂不能不懷疑於漢人之傳注及

更加攷察則舊說之可疑者正不止此而、
追尋其誤說之所由來則實原於序於
是乎以不信漢儒者乃上及於序漢儒之
學說並此已不啻根本動搖然漢儒所
攷文序宗所攷文至子夏之原序則不可攷
文此其義東萊呂氏已見及之故其於詩
有前序後序之說自子夏後而千餘年中
惟呂氏所說具有特識然呂氏雖能知前

序之不可廢。至其於前序之精妙處，
則仍未能見及，以其於詩之本義仍不
甚明了也。乃不意此時更有認識獨肩道
統之考亭先生出，以其正心誠意之學發
為傳注，別行其偏壁虛造之認識新序者。
舉此一源之明揀而後劃斷，使近八
百年間之學者仍後來雖顛倒於黑海
之中，以至直於今日也（余之為此言也紀

以助朱陸之攻，第以朱氏所注之名而观
之，其人實為君子，不敢玉道学二字，乃八生
立身行事之大者，而不得倾之，以为免也。
之今疑朱氏之为集注也，其於诗义私有
慈何之疑？览不过见旧注支離，而序言又
不可尽信，遂之意推翻之，而为一己之名之
也。至其於诗義，因果能有当与否，则私所
计也。故其雖注诗，而其对於诗言實未

尝为详细之推求。今但观其所以为之序哉。仅拟诗中之一二言。（如雄雉于飞、风雨、苕华）见其中有君子。则指以为妇人而其诗即为淫奔之诗。若此类甚多。又或仅拟首章。以后虽有多章。亦皆置之不顾。（如其序注）丘中有麻。诗首章为淫妇望其所与私者而不来。因意丘中有麻之处。别有与之私而留之者。子嗟即为所与私者之名。其於

公退氏

首章尚不言如。若合下二章言之。則此淫婦與私奴。實有三人。約其同時而至。而三人於三處。各有留之。其宣孔笑柄。是此公作注時。並未見下二章文。其中此類之甚點。乃不知其注詩之意。惟在苟異前人。以自為名。其詩序相傳為子夏作。故其攻之尤力。務求其不稍存留而後快。其有後序者無論已。其並無後序。且絕不見

其有可議者。亦必加以深究。俾相排斥。如其

於序所指為刺某人者。則曰詩未免其必

刺某人。詩序所指為某人而作者。則曰詩未免

為刺某人作。此皆全無義理之言。殊自

類於村婦[illegible]之[illegible]。卷古今人

分作。詩必須將其所指之人所言之意道

自己之姓名履歷。一一填入之耶。然其

說竟得行矣。

、朱氏之作集注，其表改在於處係小處，故其
書亦以處去處改爲正，處處文改處則其
於諸舊說可也，新說亦可也，或舊說不可
用也，而又無新說，以意之，則由本其正心誠意
不昧之處，異以隨意（遷空）捏造，欺人以自欺，亦無
不可也。凡其造爲新語以欺人之處，復當於各
篇中指出之，至其尤擅長者處，則爲貌
襲孟子說惡民之詩之形勢（式），遇有難解

處。則就原詩。加以數語助詞作為順衍。便人讀之。如。一卷四只於詩義。固自瞭然。而有所不知者。然而即其語以還叩之。恐其自亦不知其作何解矣。此類甚多。如其說樛木云。南有樛木。則爲葛藟纍之矣。果以君子。則福履綏之矣。其說有狐云。在梁則可以裳矣。在厲則可以帶矣。濟乎水則可以服矣。其說大東云。有饛簋飧。則有捄宋人之中，其學術稍高者，首推東萊呂氏。惟其學術高，故其人品亦高，絕不肯效朱氏標榜處。者之所為，其名之所以不及朱氏者，以此。然至今人仍知有呂氏，則東萊之所以有異

棘匕。周道如砥，則其直如矢，豈以君子所履，而小人視焉。此皆其最為顯著者。觀其言似甚通，進而求其義於彼，亦亦不能自解，蓋其平日於詩義未暇研究明了，又不肯示人以不知，以減損其聲譽身分，因其嘗注孟子，讀書有得，乃於千有餘年後，竟得此絕妙之筆法，以為藏身之固。然則彼輩所謂之道統，其在斯乎。

於新安文8此注

添其於炘字下

（朱氏說注之書雖

多8然無之有心得

者8其知名之極𢧐8

乃並注及魏伯陽

之參同契8此又

一朱氏之作集注8意惟在於攻序8而不專在說詩8

既如前述8然使其學識材力8果有以高出前

人8則經此一番涉獵8當然於詩教之真義8

亦以稍窺知其一二8無如朱氏本一學士8其於

經無所不用其注者8則多名啫[illegible]8原本[illegible]於所名8[illegible]

[illegible]其腹中之所有者8惟自六朝唐宋來輕

薄側豔之詞8（朱氏之詩文8在宋人中實爲卓

之者8惟世人多震於其道學之名8而能知之者

何異鄭康成之
注緯實之人果能
有所述作則之運
已恐其不能見之而
必無此語多間情
逸於此敘觀之之
藝術但規其多步
術可知 此注源
原本於好名

少耶 故其於古人深切著明溫柔敦厚微
婉風刺之旨實生平未夢見 故其於古詩人
亦只視為李白杜甫蘇若蘭李清照輩之意
於懷人念遠登山臨水流連光景諸處求
之以此等眼光而讀於三代上之古人詩
猶鷽鳩之見槍榆枋而投之以測大鵬之
所至其不能有豈圖也然之勢之故集注
中於前人所指為比興者則臆改為賦而

於學之中。其義之所從以知者。則概指為比。而於其所不知者。則概指以為泛語。其云與。如先言他物。以引其所詠之詞。則其意固謂與其本不必有關於正義。而惟用之以為局外閒文耶。獨不思詩僅四句。而先去其半以為閒文。天下果有此体例否耶。（平心論之。漢宋人之於詩。雖同一舊說。然漢人猶知於深處求之。而不敢上薄古人。宋人則竟以

公羊氏言

古人尚不通文理。故於後人本可以二句了之者。於
古人則必須先其以之的泛話。搪閒文上僑於正
文。又於後人本可以一筆了之者。在古人則僅就
前章。語句只二字。即刪作一章。甚或憚
聯至四五章亦沒。藉亮帶幅。宋人之此種
意見。於集注中無處不可以徵實之。在雜
未數故的言藉着古人而只是俠如是。是其主者。
尚不及漢人之精妙近之。又然宋人之此種懷

疑在彼，自行解釋者，則君實足以引起人研究

之興味。乃自此以後，政治上竟以宋[illegible]氏學為宗

主。凡學說須一稟之。此在政治上固別有其不得

不然。（考試科舉事，為一般中材所設，惟在於

審視其人之於文字之通不通，固不必其能發

明經義。若求之為之專，則語雜言厖，無字之真

精，難見矣。凡此等之在對科舉者，其所言固無，

能見及科舉之本義者也。）然於經學上則未

八公盦氏書

免貽以絕大之影響矣

宋人之推翻舊說其可因不得謂之是非出兒前

人之私見而正能別求其是難此皆前賢學者

舊說之得以存留至今者以此宋人智出前

人甚遠非前人怯而宋人獨勇乃宋人既不

自量其力率其臆見其月竟毅

然率舊說而推翻之推翻之甚乃進此其

說以為之太私淺陋不明文理即鑿空

於古義之無所徵。其尤可笑者為推翻舊說。乃於舊說中之叢謬至極者。反之從用之。而不敢稍有所是正。（如之生戒訓為四五義。又其字本無其義。乃強附以此義。又其於草木鳥獸之隨意亂指處皆是。）是則其所謂推翻舊說者。特其名。其於學識材力。實無不足以語於舊說者。以此之故。晚清以來。雖以宋儒之書。列為功令。而學者之攻之者。仍復先相

八公且氏言

理至有清一代則更有所謂漢學家者
起者執一鄭說或宗雜而與宋儒詆列
是非蓋經學至此乃不在經而在注釋此
詩之真義所以直泯晦至今之
以前所言乃詩自子夏後二千餘年中之塞
後流轉發尋上源於我國時人之誤釋小序而
下逮於漢學家之遺棄僅依漢宋人之
私臆雖其間亦自有深淺亦不之而言然其

無意於詩學之宏旨則一故詩須自夏

來之無人能得其解飛過淨之宗嘗以

詩之原文錄之則其義原自明瞭且其字義

以今之無異雖其所言之一切名物制度典

章乎宋因時代之更改語言之殊異

易有待於註疏始知其然之說甚難之故

爰須詩於意日與種之以相亂則但存之原文

其泥滯不至於此之久蓋世人之讀大

抵皆不甚求解。意有所疑。見前人已有解

釋。遂不更問其所解理之果合與否。即模

糊置之。間或有功於詩言。猶多研究。則其

人又多係僅御廣。儒其識力。不足以超越

乎常識之外。乃惟是尋章摘句。拘拘於行

墨之間。排比。以自矜其博雅。至自言窮

經。訪終日只是窮經。故終不能以打破謬說

之範圍。而別於本原上有所發見。此吾之

戴以深为孟子惜也。究之论学之失传，至今已
历千百年，后之人胸中又常横亘一古是一层
见人之为古人，便是其言无不是。无不是则即古
人之中所之焉，以评论其时代之远近为汉
学者之攻宋人，此即为其最大之源。理谓汉
之去古为较近，而宋则已远也。为宋学者存身
空疏之士，特崇其易，而为之者穿凿，无以折衷，而
仅恃其虚渺无征之理，以清弟相搏，二者

終日顛倒於一古字中。實則終日顛倒於詩學失傳後之古字中。此其所以終不能有當於詩之本義也。

侘傺軒說經序

吴子秋暉以所箸侘傺軒說經卷第
十四見示說止王風自黍離至采葛八篇意主尊序
而能根據六書發揮新意如釋括為牿釋揚為朗皆
（繫）皆引博徵匯通聲轉而非望文生義者比其他比附
（詩）推義推廣言之類皆傷今思古設（說）諭諷時雖不盡合
經師家法然推衍設經鄉先哲斗空山先生已開此
例固有合於韓詩外傳遺意而不失以意逆志之旨

者也[illegible]用世以來未暇專力於此惟聰懷舊學[illegible]
[illegible]得書雖未窺其全[illegible]披閱數四猶想見鄒魯諸
生斷斷持論氣象信乎致用必本通經能者固無適
不宜也因識數語而歸之

侘傺軒說經 卷一 詩

甲丙雜述

中露

詩式微胡為乎中露集注中露露中也言有霑濡之辱而無所芘覆也此說大非朱子不知攷古但知涵泳白文不明古文之義例其弊多此類按古文於同聲之字多假借不惟草書之字古時係作艸字即草書之字亦有時係作字古亦不適之適有時竟係借作蔑（左傳）朝夕之夕有時竟係借作莫（楚詞招魂）皆是此露字亦路字之係借中路猶俗言半

不但村落不但處言無所但宿也後人常從用中道

中途其字義當本此且崇不猶此露路字為然行露章

厭浥行露豈不夙夜畏行多露首一露字亦為路

字之係借不然三句中兩裸露字古人雖疎忽亦不

至此也且行露二字既不辭厭浥二字亦難解舊

說之章誤作彼故強以此之濡說文浥溼也而集注

則併上厭字意入之自厭浥溼意行則釋為道路亦

知行露二字既不可以後世行雲行雨解之乃不得不從

指從某字如用行徹行之類以求其稍為近理也然道行

露之字最细按之亦何尝不足以骇人听闻只冒然出此者盖亦不得已耳厌浥行露犹云恶湿行难路中只正以明下文之少不能夙夜畏行多露正以为恶湿之注脚乃贞女托辞以御强暴者意微以辞拒谓性本厌冒湿而行路并非不能夙夜特畏其行时之多露耳意微以辞拒千载下犹可想见其言之妙最若集注所言则是道上真有露女之不为所污乃真得力于畏露矣岂非大可噱哉

驺虞

余於古今音韻之學素無心得，其作詩以宋之三百
篇之叶韻，古僅係信口開合，但求其順耳，全不問
古母今之曾否有是，故常有一字而兩叶以叶者，作詩古
一切之人而竟有兩呈，即此亦足見其不足據矣。其尤
謬者莫甚於驪雲一篇。古歌辭每有送聲，如
子夜以持子送，鳳將雛以澤雛之歡，聞曲以歡聞
不為送聲。又竹枝歌之竹枝，女兒採蓮歌之舉棹年
少之類，猶今俚曲之有哥哥、花夜夜、游女雞驅雲
原只二句，末句乃曲之送聲。如首二句為常，而末句不

复集注乃出後之使與上二句相叶以致以而（韻）而或叶如
牙（按古無麻韻，朱子不知，即以叶韻讀之，讀如音悉
而不得讀平聲也）或叶如烘，卷乳叱之，懂乎至下麟趾
篇末句吁嗟麟兮句，與此正同，乃又不叶，則朱氏亦知
其說之不可通，而不得不自亂其例矣。蓋按其例，首章
之麟字當叶理，第二章之麟字當叶令，第三章之麟
字當叶鹿，其章末豈出此？其未始非其一時之筆誤也。
近有人謂吁嗟乎騶虞之乎字與乎字相叶，乃自成一韻，其
其說較之朱說相去不啻十倍，然迷終無解於此一句法。

之麟趾故知其説亦不足據也

不可休息

漢廣南有喬木不可休息漢有游女不可求思息
韓詩作思是也蓋是詩思字皆語助詞休字與下求
字相叶乃韻字若改思作息不惟本字與下求字不
叶即休字亦格於例不得與求字相叶矣息與思形相
近而誤此當依古本改正者也

有齊季女

采蘋誰其尸之有齊季女注齊敬貌季少也其説

從鄭氏千餘年來未有疑之者竊謂有司二字殊不
合文理且祭祀之禮主婦主薦豆實以菹醢初不
關以女從子兆謂少女即指主婦既為婦矣又指
之為少女古人稱不若是粗忽也按有司當讀如字周
初異姓之國皆司為大姓與王室累世通婚姻觀何
彼穠矣之詩可見嫡長多適王侯故此王朝卿
士大夫之女多屬仲季有司猶有夏有周之有季
乃女之行次蓋以夫家言則為主婦以母家言則
有司之季女也古制婦人多從母姓如鄧曼衛

5

暱皆是閒有稱謚去則須云云之後從云之謚是穆姜字姒之類恭之稱有高季如乃是通情之不得不然以余是更別無可稱文

江有汜

二南風雅頌純以聲爲別其詩不必作於一地一時觀周南有東遷以後之作豳風有周公居東之詠可見宋儒不達此旨對於二南必欲指爲南國之詩殊涉牽強武斷其尤可笑者莫過於江有汜章注云水決復入爲汜是汜乃大水歧出

小水之通稱言江水猶不能無汜以喻嫡猶不能不有
妾媵其義本於此斯所謂汜為地名也至詩序
乃謂是時汜水之旁媵有待年於國而嫡不與之
偕行者乃作是詩是又以汜為地名矣然則次章江
有渚亦當云渚水之旁三章江有沱亦當云沱水
之旁三章作於三地有是理乎蓋注詩者膠執、
南字處之思向南國字附会不章此詩所用之汜字
為地名之汜水又因為一字乃強謂嫡其作於汜水之旁
而不悟其與下二章不可相通歟又按楚有渚宮見左傳

本亦有泥洲見袁黃宋儒未嘗云三章各為一序謂其詩作於三處其卓識亦不可及

維參與昴

詩小星嘒彼小星與參與昴注參昴西方二宿之名按昴為十一小星集合而成理之如雲氣團可謂之小星若參則由七大星聯合而成以之為身四為足其星光皆居星等中一二等地位絕非八等以下之昴星隊可同語詩人亦謂之小星殊不可解殆參宿中間有小星三曰伐星其光與昴星

3

相似而微大詩人之所謂參差指伐星所言即詩言

參之古人之所謂參者初不出今之參星即伐星

也參之一部而甘石經星實起於漢以後也

誰謂鼠無牙

行露誰謂鼠無牙注牙牡齒也義本甚明牡

齒即今之所謂切齒鼠本嚙齒類動僅物有

前齒而無後牙故云然也至俞曲園氏不知古人

牙與齒之分誤以齒為牙遂悉鼠我無牙語鼠本

有牙有牙而謂之無牙者乃以喻訟詞之以無為有

然鼠無牙與雀無角為對文鼠既謂之牙而雀實不能謂之有角乃强行穿鑿謂觜即角且以觜字從角謂為觜可稱角之證讀之殊令人失笑不知觜之從角者乃以觜與角同類（古觜字僅指鳥喙而言非若後人直以為口之代名也）豈得以其字從角即可謂之角若然則雪霜雲霧露均可謂之雨筐籠箱籮均可謂之竹乎俞氏生平說經之文大都類此近日章太炎氏實親承其衣鉢余嘗謂此種考據專為南派若北人則不肯如此也

7

（毛西河乃此派之卓卓者此派大抵以顧亭林為圭臬）至鼠之有齒相鼠篇已明言之而俞氏猶未一細思之又按此詩前章以屋獄足後章以墉訟從為韻其餘角字牙字及兩家字皆我韻朱氏因角字偶然合韻乃特與信口開合之秘訣謂牙字當讀烘兩家字一讀谷一讀公以一字而出諸同時同地之人之口竟有兩音乎我怪乎余前謂朱氏以不呼乎以麟等字叶上三韻為自知其不可通由是觀之亦不必然矣

騶虞義

豫射義騶虞

卷、果滑備文云

混滑詩即指騶

八虞爲言漢儒

跳解騶虞爲獸

賈誼新書謂騶虞爲騶人虞人見說甚是

蓋卑詩李言田獵騶人具車乘虞人司山林

澤草木之屬獲獸之多皆二人之力故承頌及

之至漢儒乃歸爲白虎黑文不食生物之說謂

爲獸名徵論天下太平有此種之獸且以

獲其五豝五豵與騶虞之獸又何與此即以文理

論之不能通文乃相混千餘年章不知此漢貌且

聞以詮議高矣宋儒離別義泓泳白文此處仍

取舊說不覺其於文理有不適然則其說謬

[illegible]

詠白文我不过借以为其穿鑿傅會之説簡嘲其

真渴乃於白文尤亦僅矣

9 政事一埤益我

北门 政事一埤益我 注 埤厚也 又云 政事一切以埤益

我是以埤益二字连读而以一字作一切解然古

今初不见有如此文法且下章云政事一埤遗我

一埤字不应而益字独应为遗以叶韵则埤字当属

上一字而不得属下益字明矣窃谓一埤犹云一切

一切乃後起之词始见汉書平帝纪在古书称一

埤蒼方言一批字也即為貝韻旁

10

之美盖弋矣

桑中美孟弋矣注弋姜秋或作姒盖杞女夏后氏之後此說大札姒自音祀與弋絕不相涉注者知弋當為姒雅而不得其說乃因姒從以得聲與弋相近遂附會為此說耳按弋本作姒乃古時國姓古文姓多省女旁如姒常作以之類故字亦作弋漢詢弋夫人即其後近日出土古彝器銘載古之姓此者甚多字皆作㚤猗㚤鄦即其最著者因

古之婦女稱姓，冠以夫家之國名，如晉姜、
鄦姜，未敢決其姓之果屬何國耳。若以常例論之，
則稱國即豈姓氏？注左氏者以為風姓，恐不必然。即
古器款之，後人所傳各國之姓多不確，如邾曹姓、
小邾鄶姓，因此皆是。按古器邾自姓妹，邾不姓曹，
之（古器未見有姓曹者，乃姓風者，鄆字雖有之，然
非姓也）。說文䵼娥字不得其解，乃臆指為女官名，
然遍稽載籍，并未見有此官。文盍之，猶上云盍姜，
即下章盍庸亦此例，庸注未詳。按即鄘之省文

蓋前代之貴族以國為姓者如鄭即姓陳即其例
古器中有墉夜居器意即當時之器特載
籍無可證耳

淮夷來鋪　鋪敦淮濆　12

江漢濮夷來鋪集注鋪陳也並濮夷來陳
四字殊不成語又常武鋪敦淮濆注亦曰鋪
布也敦厚也厚集其陳也文尤支離此皆不
識古吉金文以後世之語義強合古人故以鋪陳
之語在古人惟曰敷陳鋪字乃古文薄字在此處

本原借用其本字則當從戭𢦏〔攻〕伐之在古彝器
中習見之宗周鐘云王敦伐其至戭伐厥都
兮田盤云敢不用命則即刑（行字假借）戭伐散
氏盤云用矢甲戭散邑（用因之後世用其二字
本此）諸作伐〔攻〕解與後世撲字義相近而範圍
稍狹淮夷來戭猶云淮夷來伐〔攻〕古人語言往
之例〔如此〕甚著在後人則直云來伐〔攻〕淮夷也
敦即宗周鐘敦伐之敦讀當與玉樂珠敦
之敦同音原本一字擊戰也不敗敦云汝及戎大

40

敦擊猶言戊戌大擊戰之鋪伐

擊之寡子肖以敦不淑康乃邦言子寡（章子雅讀評家）

子自稱也）惟有呼篇及帝室求尹擊伐不蕃古以

康國邦國之鋪敦猶戰伐即攻擊之也

古人常用語然此古器後出其不為集注

章務附公亦仍不能通古字者矣

肇敏戎公

江漢肇敏戎公集注戎汝公功也（肇開）謂肇開

敏汝功亦非肇乃發語詞猶肇章經肇

41

牟牟肇公為假借字，本意作工，戎工猶戎事也。不㬎敎云：汝肇誨（按即敏字，乃竟寫作誨字，古器中多此例）于戎工。稱孚于白懋庸武于戎工，皆謂戎事。亦借敏于戎工，亦有時假借作攻。叔弓鎛亦曰：汝肇敏于戎攻。工之又工則作攻，亦此之假借作公，故與同一例。蓋古人於同音之字，皆可假借也。

自召祖命

江漢：自召祖命，集注：祖，召穆公之祖康公

又恐亦將是居公出于伯康之祖，雖傳有明文
於伯康敦亦稱列祖益公，然於祖之予孫不
詞古今絕無。此稱謂，故且篇中稱益公，故凡三
或出自稱，或出王稱，不應此處獨變稱益祖，此
亦由後人不通古文之失。又蓋古文居銘本處一
字，觀居伯康敦與盂鼎銘文字可知（又
同古頌文命作龍頌字，亦與此同）此處居字本皆作
銘弦為目路寫今文，附以篇中此字凡見五
皆作居，此處寧容獨異？因亦居釋之而

不悟彼皆名詞，而此則活用字也。後儒不識
召說本（之為）一字，又不幸召公適因君序之祖，
遂於是一誤再誤，而古人本義遂湮沒不可復
覩矣。獨自從祖命獨直（乃）勉其（克）自從續乃祖
之命（令），猶前言君公是似也。蓋召公實先受命
于周公，屏文學之故，深理其克繼召公之命
公也。蒙案：易明若此，殊深注說云云，不惟召祖
二字難通，而自命二字亦因此無從索解矣

王猶允塞

43

常武王猶允塞集注猶道孔也猶即猷字古文偏旁往往任意易移凡字類然詩猷字皆作猶如秉心宣猶猶之未遠謀猶回遹等皆是古器則多作猷如宗周鐘朕猷有成亡競雖友我和以大猷陳猷釜等然實之字殊時代有後先故明國尚有不同耳（如從女之字在甚於前多[十九居]在後此則漸[多]在左右至小篆則無不在左矣）猷皆訓謀集注則時訓謀時訓道全無定義然設其訓為道者以義求之實

不存

無不以訓謀為協也

戎雖小子 戎有良翰

詩民勞戎雖小子崧高戎有良翰之戎字注皆訓汝殊有未安微論訓戎為汝於作者語氣不致見即以文義言之崧高周邦咸喜戎有良翰語周人以申伯入謝為周之屏蔽故咸喜其得有良翰也若訓戎為汝則既語汝矣誰乎注者亦自知其不可通乃不得不委曲其詞曰周人皆喜而相語然非原文只寥寥八字反覆推求卒不見有相語

語義文匹此猶可以曲為訓釋文王民勞則舊說
以為召穆公刺厲王之詩集注則以為同列相戒
之詞若如舊說則厲王既非童年且既無有
臣子直斥其君為小子之理即如集注之說朋友
相語亦既不得横以小子賤稱加人此則情理之必不
可通者也謹按二戒字皆當訓我小子二字本古人
習用自謙之稱其見於詩者亦不一從無之稱人者
或疑二字為君上之專用詞我臣下豈敢援用
(以見於詩者也多屬於君上之自稱)此則不過見於

詠偶適此其實則不以此文辭（叔弓鎛）數今數（鐘
名謀田數）皆自稱為小子義出是下〻曰知前説
〻不足據之（惟不㝨敦有曰汝小子肇敏于戎工
〻語乃長官訓令其屬下〻詞此可以證〻君上
反同列）戎有良翰猶我有良翰乃周室自喜
得良翰我喜似人〻得良翰之文義本極明晰
乃因一字難例遂致荆棘叢生良可嘆之抑進
發〻戎字微獨當訓戎且其字實即為我字〻
誤以戎字〻古文作戎（白盤不㝨敦叔弓鎛）我字

以上二節可不存因韓奕尚有以佐戎　不存

〻古文作我我（見古器古甚多）文極相似稍

有剝蝕便難辨識（二字在今文亦極相似）漢

人於古文學本甚疏略則其易致錯誤自意中

事觀於正字通竟將古文我字收入戎字〻下

注曰篆文戎字（作我）前人亦認未必即無此字不過

及戴鍔王極堵坊（不容）〻以此有稱戎或稱人者除此二詩

（及烝民）外不二見而又

纘戎祖考王躬是保

烝民　纘戎祖考王躬是保　此戎字似以訓汝

辟句訓我不合也

為宜殆即民勞於齊二戎字訓汝之証相據

然細論之此戎字亦我字之誤蓋之句實例

若句乃宣王善於輔保王己身使得繼成文武祖業

之功然此頌其嗣祖考以保王身者則仲

山甫與宣王同為文武之後故有此語不然

古燕半之冊命文字易其德繼承其祖父之

勳業者多矣殆皆用乃字未見有適用尔

汝者也

揉此萬邦

詩為揉此萬邦注揉治也此是按此揉字乃

柔之假借訓懷柔也即柔遠能邇之柔揉

字前未見有訓治者前人不知古文之每假借

恒膠執本字穿鑿附会曲为解說此古篆所以

終不能明也

敦商之旅克咸厥功

13

魯頌閟宮敦商之旅克咸厥功集注敦治之也

咸同也言輔佐之臣同有其功而周公亦與焉

也大非此本言武王牧野之事故上曰維用文無貳

□案：上帝臨汝，即直用大明語意，祈與周公無

與[illegible]輔佐之臣同有（作者用意在周公，□特兼表揚周公之聖德，所以得云）

其功，又即可說為周公有功，又且更證之中不惟無言

周公之文，即訓臣之文亦不見，然則所云能同其功果

誰何指耶？在古人當不致（至）有此不通之文矣。抑（字）敕即敘伐

敦，報乎之敦（說已見前，敦彼淮濆，鋪敦淮濆，下述），敦商之旅，

猶云殷（伐）商之家。若訓為治，則治商之家寧該成語。

克咸（畢）其功，猶云克咸（畢）其功，言克咸（畢）太王翦商之功，又

咸之訓（畢），古義久湮，後世所傳僅訓皆一義，而能

皆其功又不可通於是不得不更就其訓皆之義伸之
轉訓為同見同其功然上文既敘皆武王一人之事絕
無可指為同功之人而下文王曰叔父句適指周公於是
乃硬歸同其功於周公無與周公之有功於牧野
絕無根據且僅一同字又不得不坐實為周公於
是不得不迂曲其詞語謂同有功而周公亦有功
千迴百轉訓可謂極牽合之能事矣不知王曰之
王乃成王（據注疏以為成王固有叔父之稱限制之
父不然然又指為武王矣）魯侯之封蓋果係貴周

公牧野之功則曰赦武王遣函畢行又[illegible]日朱[illegible]十四年之誥文（據竹書武王克商在十二年後五年王崩伯禽之封在成王八年）此皆由後人不知成之訓畢又不知敦之訓改伐乃緊承上文伐商之事言之遂致以極明晰之文左右支絀不可解也是則昧於殄古之過也嘗致成之訓畢乃成之本義古彝器中往往用之趩尊云王格於太室咸誥王有子於太室子畢文毛伯彝云[illegible][illegible]王命毛伯更虢城公服甹王位作四方□秉繁□□命錫鈴勒咸王

命毛公以邦冢君徒馭□人伐東國[illegible]㾓戎咸（下文云王命吳伯曰以乃師右比毛父王命呂伯曰以乃師左比毛父遣命曰以乃族從父征徃城衛父身云云）頌王命毛伯司鄉城用公服具錫[illegible]旂四鋚攸勒（即倅筆）既畢又命毛[illegible]（即毛伯因前命已錫公服故改稱公）以邦冢君徒馭□人[illegible]伐東國犬戎[illegible]畢之又驂子卣云王格于呂□牢于□咸呈彝亦同（下尚有一字說在因諸有學命咸宜自釋爲宜字之咸字從文从為教令文字皆不敢定之）此皆

古義之僅存者，以前人多未知，故对於
提要多有以咸耕并三字成文者，并并之見於
古器者不一，胃無咸字而咸陟此國名又非族氏，尤
殊不合，且对毛伯彝之咸字亦不可通，是以人多疑
之而不敢從。然本無有能明其真諦者，多云即
其字義推勘之，而知咸之訓果為確不可易，且
為其最初之本義。如畢之義從咸字引伸，故咸
與成同從戊，以畢即完成。如由完成之義引伸
之，故咸又可訓備，以完成即完備，如由備之義引

伸之故戚又而訓皆以備至即皆至之○此皆由一義孳乳而生者猶老字義本訓畢盤鼓其文從手持帚滌器既盤則手將已告終故老又而訓終極終其義畢之又而訓皆故老之而訓畢訓皆同一理文此詩首述后稷述姜嫄之所以述后稷所以著周之有國繼述太王王季文武成功所以著周之有天下至回錫分下至土田附庸所以著魯之有國周公之而所以甚当時主祭之此皆其開國承家子蹟之榮之大者祈此從述世序依頌揚其祖宗功勳之

訓為故，重為文王，賢為周公，亦只輕輕點过，別無

一語及其功烈，以文偉周承之文，後儒既不以數

商二語之真義，又疑魯人頌揚先祖，不在於周公旦。

語忽畧，故並遠而為此說，不[illegible]惟不詳[illegible]

功業[illegible]

周[illegible]

作召公考

江漢作召公考，集注，考成文、詩作康公之廟器物銘

出勒王冊命之辭，以考其事，即如後又引[illegible]

云云往云病宋人不通古文此外又為古文所誤矣

注古第見某（上文屢）拜稽首對揚王休之句古器物銘

中多有其語蓋硬釋考字為作廟器勒之冊

命之辭而考其成不知二語乃人臣受冊命時即

習用之文非作（廟）器物時即所用之文又受命不必

皆作器作器不必皆受命又烏得有拜首

對揚之文乃可決定其所以作廟器耶且以之考

字又安得色若此作廟器勒冊命考其成許多

後雜義云云此皆不得其（真）旨義而強經之牽合附會

銘之。既勒之。又按段訓考爲成，則不當更云考其成，
以考字爲名詞（係）。若云考其成，則考爲動詞矣。此皆中正
無主故，臣亦不能自圓其說。今按考字，新廟薦成
之祭文。左傳隱二年考仲子之宮，杜注成仲子之宮。
而安其主而祭之是也。竹書紀年宣王八年初考（斯干序云宣王考室也）
室（即指其義），成安先靈而祭之也。周宣王
之亂（遭室如幽王），又周書大戒之擾，故逮王八年宣王始後
新而祭之。此史所以書初考室也。蓋宣居室同張
宴飲以繪之，則頌之歲。左傳昭又年和楚子成章

舊說以召虎爲康公十六世孫恐不合自成王至厲王不過二百年安得有許多世耶

華之臺郊以詩儀禮之是文宗廟成祭祀八
安之於詩之考此考字即序傳竹壽所云之是
也作召公考謂爲作召公廟落成而祭之蓋諸且
儀不得祖天子召公爲文王子故王召康受命
始得爲立召公之廟又考爲宗廟落成之祭名
故以言考作廟自見
晉執王冊命曰考之文義始可通宗儒雖武
斷然不敢自信如此世之能知考爲祭名者亦
鮮矣

此和詩序乃集注說云史序當王孝寶史竹書即本此詩

44

詩小序斯干厲王既流于彘宮室圮壞故宣王即位更作宮室既成而落之然則竹書之記邵考室強即此(時)事蓋居室不先宗廟宮室既新宗廟亦必新故書記考室而詩咏落成也是亦考為祭新廟之名之一證從僚父誌

于胥

于胥叙美詞猶嗚呼於戲也三者皆双声叠韻且同居一部強(同)字而異文觀於戲之為嗚呼知于胥亦即嗚呼也（嗚呼二字後世昵

者用為悼歎詞）讚歎詞本有音無義故
固因不妨隨意書之古人於有字義之字
尚多假借則此種純取叶聲之字其不能
拘於一格乃知後儒不知古人文例之寬但知即
其字面求之此說有不可通則穿鑿附會
曲相遷就雅文離誕怪而無以饜此所以說經
而經反晦又如詩有駜于胥樂兮乃涼讚歎
其樂之詞猶後世之言悲者云嗚呼哀哉噫
嘻乎悲哉之注詩者不知因胥有訓相之義

（書盤庚胥匡以生）乃亦訓為相與下樂字
取义似亦可通相樂可解也于相樂又作何
解耶猶可以曲解解也又篤公劉于胥斯原
之注曰胥相也言公劉至豳欲相土以居則是
胥字不第可訓相與之相並可訓為相驗之相
矣天下有如此武斷者乎此曲說則言其訓說
而亦可訓為喜說（即悅）之說亦可訓女（即汝）而
亦可訓為男女之女矣而胥字且更可以訓寧相
相形相之相矣有是理乎且篤之注者徒知墨守

字面而又圓執胥[illegible]相其義字以隱而費通不幸此
胥字之下適與語助詞之斯字相屬成文而相斯二
字實不能成語於是乃不得不更從相字上着想
而由助詞之相轉而為動詞之相（其[illegible]若此有時
代之限制[illegible]且以胥斯[illegible]為秦相李斯矣（一笑）不
知胥之訓相原不過相之一部此胥字即完全同於
相字猶馬牛同為家畜而不得謂馬即牛也此義
至易明[illegible]乃竟不悟故蹈之且益紛窮靈竭不得
不為此自欺以欺人之注書如此亦云苦矣于胥斯原

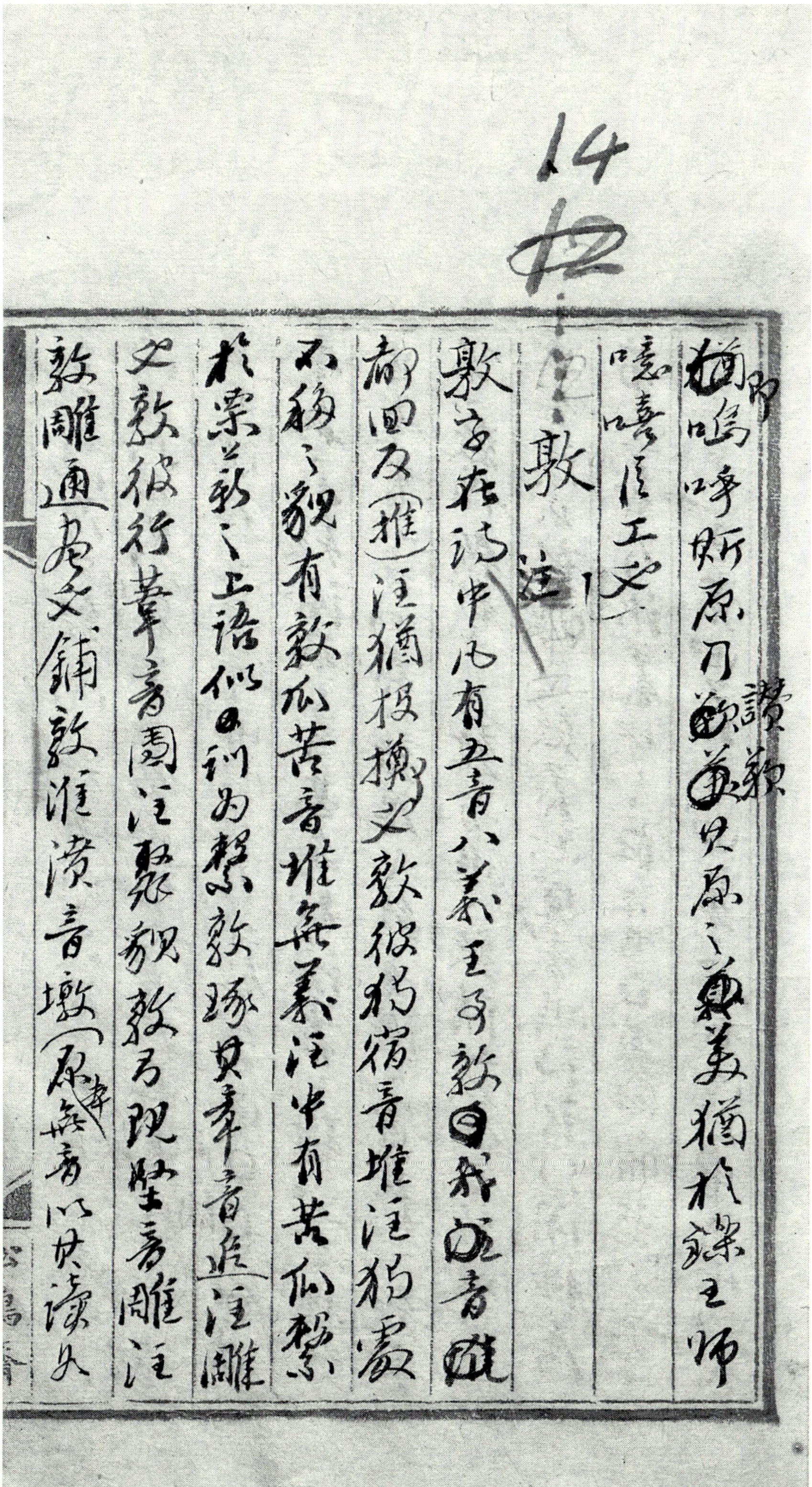

14

猶嗚呼斯原乃讚歎其原之義美猶於鑠王師

噫嘻猶工也

敦 注

敦字在詩中凡有五音八義王事敦我 音堆

敦回反（雅）注猶投擲也敦彼獨宿音堆注獨處

不務之貌有敦瓜苦音堆無義注中有苦似繫

於棠之敦之上語似田訓為繫敦琢其章音追注雕

也敦彼行葦音團注聚貌敦弓既堅音雕注

敦雕通也鋪敦淮濆音墩（原無音）以其讀久

字义）注厚也敦商之旅音堆注治之字音義通處不
同文只於見（敦字字再見）而義乃有八甚（至於）詩之中離（音義分離）
然並陳（行筆）寧非怪事乃千餘年（上下）通（應）鮮家注（論）
竟無一人疑議及之甚矣於讀書之難也今按敦
字本有三音四義、敦厚之敦音墩、篤遵敦之敦音
銑、敦伐敦擊之敦音追、敦請敦促之敦讀迫
义今讀此敦（厚）之敦義亦通（雅）音追詩所引用概屬
第三義乃該義中之最古者（第四）（惟北門章係
第四義）至第四義乃由第三義而引申者似討伐

即有猜迫意文後儒既失其真解乃不得不牽就

各文而湊意通勝無所述之運用不同殊難得其

通貫通勝所得合於此或不合於彼通章從又不

通章此左支右絀大有舉足不論荊棘之勢非獲

已乃不得不將良心一橫不論是非信口開河以

暫解目前之困厄章而數字之見於詩者僅

此數字若以此例推之即以此一字而概括全部

字典亦難也所最可憐者不字而創為八義固

足奇矣而此八義之中竟無一能得其真義者

者不曰大奇也乎此猶尋人之書而沒便謂過以後繼
詢遍天下人之往覓其辭費耳教義之至明顯者
莫莫甚於教齋之旅內以上文無貳無異之語雖
奉揚天命尚未及伐齋之爭實文無兄注長之心也
有一周公死而周公又不見於伐齋歎問周公身上開
力於是乃訓教為治以周公雖不見於伐齋實有
功於治齋也此等文字猶不能通情則其餘益不可
究諸矣教之來訓攻擊斬伐前已有說鋪敘維
漢教齋之旅咸嘗其地解中求謹將右教字

15

依次解説於後

敦彼獨宿

敦舊説以为獨處不移之貌是特因下文有獨宿字而傳会之耳處而不移或尚可以制一字以形容之若獨處不移恐古人無此許之特制字也且上文蜎蜎者蠋烝在桑野而此乃云敦然獨宿亦在車下然則所謂敦然獨宿果何物耶抑即上文之蠋耶(以文理論之即當指蠋)此皆未深思之过也桑虫之不能離乎桑猶戰士之不能離乎車

16

彼蜎〻蜎在桑野，猶敦然之獨宿，終不離乎
車下。若如舊說，則上下之語殊全失矣。

有敦瓜苦

此字舊注惟如前字音為堆，無解釋，今觀之似
以前已有解釋，此不必重出者，然有似處不適就苦
瓜實不為語順，解中有見苦瓜繫於栗薪之上之語
是知注文意中國以敦字為繫，只以不肯直注
為繫，故因前敦字既已訓為獨宿，不能同在一詩不
此又別訓為繫也，前異實不可通。於是不得已乃於

17

注[illegible]于不满藉以藏拙亦毕满[illegible]中則一望即过

[illegible]谓[illegible]极支吾之能事矣而无头其

終不可捨之有敦而苦言有我代之可[illegible]也

苦思在粟上我粟甘木[illegible]言[illegible]苦得甘之若水舟

注則當云苦而不得言而苦矣且苦而整以於宗

上又何与於自我不见乎今三年耶（我字乃征

文[illegible]詞我作文自謂如舊注亦我）一

敦琢其章

敦攻治也舊注[illegible]為雕似是實我[illegible]乃粗製枝

敦有勇猛精進意

18
19

玉在頑里非他力不為功故借用敦字猶之鶴鳴之

言攻玉也又治玉者先以須削斵之使形体粗具

後再施以琢磨之細工以完之順序此之言敦即

淇奧之所謂切磋琢即淇奧之所謂琢磨也蓋利

為雕則成細工也於語言為無序矣注者意中不過

因行葦有敦字張冒語妄意以敦為雕故先訓之

此敦字為雕以頭為下文是膝段經曰切如其不詭

之作偽日拙矣

敦彼行葦

敦伐之敦本訓攻、戕殺伐行葦之言、敦猶伐本
訓討伐、而伐不伐喻亦不言、伐之行葦既見被伐、故
因戒牛羊以勿踐履、若云團聚之行葦、則可以
斤之、以踐履爲戒、所以盡行葦見伐、則所餘生櫱
已屬無幾、若使牛羊踐履之、則生機盡矣、下文
方苞方體之內、以申明既伐行葦不可復踐履
之故、以喻人由父母之身分而爲兄弟、已有日益疏遠
之勢、猶行葦之既被斬伐、於此若再任其疏遠而不
思親近、是猶縱牛羊更從而踐履之、使其僅存之

生機而亦歸於澌滅矣此正古人體物觀情極微妙
切至處以興起下文戚戚兄弟莫遠具邇兩句實屬
貼切不可移易若行葦未經斬伐何以即見其方
苞方體維葉泥泥苞行葦團常如是耶說最可
惜古詩所言方苞方體維葉泥泥實為行葦初生
萌芽之狀然而注者乃竟注敦為團苞行葦甫
在將生未生之際即不見其葉然團聚耶蓋注
者本不明敦字作何解見詩係因兄弟而作兄弟
叢立團聚乃遂硬改敦字為團字而不悟其與

19

下文方苞二句相牴牾，又是蓋中無所主，故無論如何說來，無不呈其剌繆之一

敦弓既堅

舊注敦雕通，畫也。天子雕弓，其說甚悖。敦與雕通不知何所本。古文通假必其同音（聲）之字。敦古本音追，即敦厚之敦，今音墩，亦係後世由追轉音所成。通敦為雕，實屬糊闇，且假借亦絕無，不見於他書。大抵注者既不明敦字之義，而心目中先橫亙有天子雕弓一語，於是直情徑行，硬指此敦字即為雕字

且吾先不解注云當日何由即認定作此詩者固之又
為天子也芳人云詞宗人勇於攻經由此觀之謹人之
但畧稱宗不下於宋人也敎弓言攻戰用之弓者固
弓制有攻戰用及遊射用之二者此本咏遊射而
乃言敎弓者所以明其為力也惟其為敎弓故下言
既堅又言四鍭如樹（注如手就樹之言貫革而堅
正也）又言[illegible]序賓以不侮（注詞不侮敬也此是賢不
侮不可侮也言挽弓命中序賓且示人以不可侮也）敎
語皆由敎字生出敎字之義一失而以下數語亦遂

失其根據矣（凡其注不悔曰敎也今弟子辭氣語
無條無教無倫立無躐言也或曰不以中病不中
也又射以為中為傷以不悔為德支離惝恍自己亦
不能自信也）敍言之病困甚廣故詩中屢及之此
要不外乎攻戰殺伐二字義苟得其旨則所有各敎
字無不可一以貫之乃不求其通僅即各字而逐一附會
至此詩則附會之計亦窮乃竟橫說武斷硬指為
並秋此字字安其義並字字其言其書當有一定之義詳
其章未嘗直並其事而易之耳亦豪矣引

王事敦我 20

毛詩作敦字其可稱異義者僅此字耳敦本訓討伐討伐即含有督迫之義故引伸之凡以事相督迫者亦可稱敦猶敦訓敦掠而以勢相挾制者亦可稱為敦矣後世敦請敦促之義即原本乎此注者乃訓為投擲言作敦回反（敦）是箋注者因不明敦之本義因以私意妄訓為投擲言箋義家又因世俗讀投擲之投轉言如敦（北語多如此）亦箋釋作敦回反以助成其誤而敦字義遂又多一異言矣究之訓為

按擲者無根據言作都回反故亦曲為迎合之也

制彼裳衣勿士行枚

集注勿士行枚未詳其義鄭氏曰士事也行陳也枚如箸銜之有繣結項中以止語也其說甚怪詳致鄭氏所言之枚大似今人所用馬口之銜人豈犬畜類之無知歟使無語必須有物焉以制之且古今之言軍器者多矣曾未聞有所謂枚者也鄭氏殆因周禮銜枚氏掌司囂之語而誤以古兵致之周禮頗不足據即如鄭說亦只可言銜枚而不得曰行枚

枚卷行陣與枚並詳解成語，即集注不敢徑從其說而僅附之於後，殊亦以其太不近乎情理，故不如直注之爲未詳也。今按枚樵採也，枚即伐其條枚及有條有枚之枚。汝墳注：枝曰條，幹曰枚。枚之蓋材木之最適於樵採者，猶芻樵採謂之枚，猶芻蕘本即刈之草名，而刈草亦可謂之芻蕘也。行乃行，猶行役，行枚即行樵也。行樵最易於採損衣裳，衣裳既弊，於行枚故不便製新衣也。句云行枚，正此上文制彼裳衣句來，義云已不從事於行陣銜枚之事，還裳衣果有倒係聊以為第謂軍兵事已罷，將去軍服而易著常服，則古人之語妙全不出矣。

東山小序

東山四章皆託為征夫喜於得歸，思擬其既歸日後家人以樂團聚之樂之詞，非於其既歸之後即其事而一一實寫之文，故首章云我東曰歸，我心西悲，言其猶未至於西也。制彼裳衣，勿士行枚，亦虛擬叙其家人之詞，非實叙其家人，故下又云敦彼獨宿

亦在車下花既归则無可更宿乎車下也第二三章
乃思擲其未归前家庭荒凉々情状故復々以示
畏也伊可懷也花既归则無可於懷也第三章则
就有室家矣軍事之軍士着想因在途中遇零雨因思想
家庭々中正有鹳鸣于垤婦亦懸歎于室不須
懸歎可即洒掃穹窒以我征已于至也若書道有
兵戎々事殆如瓜々苦而今则有如栗薪矣迴計
自我々不相見于今殆已三年矣二我字皆其夫
对於其婦々詞湮在乃語其婦洒掃穹窒以待

其归而其女则已至矣然则其归何以诗其女安在
耶又诗云见苦瓜系于栗薪之上而曰自我不见此
亦已三年矣岂其女不见丑其归乃喜见苦瓜栗薪
耶且归后何以即见苦瓜栗薪耶第四章则就
军士中之无室家者着想直写其归而亲迎
时婚嫁礼仪之盛而终之以新旧二人谐笑之词
尤觉风致曲包写来无不精微切至人情
入理就军士之心中抉择而出此正古云
人之善于体贴人情处其最神妙者尤在第三章

數句中有情有景有比有賦焉今讀之紙上猶
時聞有笑聲而注者乃獨於此篇多致錯誤敘其原因
皆由小序室家理汝之語誤之也小序雖多可取然
亦皆出於秦漢間説詩者之手其言於未可盡從宋人非
之不爲無見特其一概抹殺並其不可易者而亦去之
又其改從故舊按其得失正復無以大遠於舊斯其蔽
耳即如此詩序曰一章言其寬也二章言其思也三
章言室家之理治也四章樂男女之得及時也居
是之於人序其情而閔其勞故以説也説以使民民之

忘其死其惟東山乎按雜説東歸不明其意意所指
首章云言其室也不知所謂室者果作何解如謂兵
乎室憶之則全詩皆兵乎室憶乎也如謂家人室婦也
則前未嘗室婦也如謂兵士室全無關也則詩中並
未、言及兵士果室全家也集注謂室謂全師而歸
無死傷之苦殆亦不得其説抒漫而為之辭耳三章
言思殆也因詩中有伊可懷也之句故云然全詩何
莫非言思三四或有所不明首章獨明言我心西悲
獨此宜思乎三章言室家望汝殆亦因歸歎于室

两字樣因指为室家望汝不知此〻歸歟于室乃由征夫心中懸揣而出正後世〻所謂对面寫法杜甫鄜州望月詩今夜鄜州月閨中只獨看遥憐小兒女未解憶長安即本此意以讀此詩而謂为家人怀杜甫室此笑話不然下文我字更作何解耶第四章〻言衆男女〻及时大覺頭巾氣不可僞迨成归迨娶乃遽然〻矛私周公因軍士迨娶而罷归亦私戍归而必須迨娶又云云〻序其情而閔其勞〻序其情則有〻矣於不見有一語閔其勞又說以使民〻忘其死

22

云云則竟不知所謂大抵其意在歸美周公乃極力鋪張此詩之功用而不惜其於此詩固無當也小序之胥濫迂拘泥乎漢人說經習氣遂由秦以前人看重絕无此等文字與其說中無存古說故亦不容其廢也

受言藏之

彤弓受言藏之者謂受賜者藏之也文本甚明東萊呂氏乃謂爲人所獻藏之王府以待有功而下文中心貺之指爲賜與有功然則下二章之所謂載之櫜之者亦王府櫜之載之乎而中心喜之亦不可解

爲賜予乎宋人所以爲異說而不求其心之所安類如此

中心好之

好乃以物投贈藉重情誼之詩左傳所以大屈是也朱氏以爲好文亦只篆注訓爲悅與亦通然我古義也

載沉載浮

菁菁者莪載沉載浮注載則也文乃是則沉則浮或何語耶按爾雅釋詁載則詞也載沉載浮猶今言

作沉作浮凡載清載渴載驟載驅皆宜作此

解

六月棲棲

舊注省建未之月文棲棲猶遑遑不安之貌恐非

作詩者周人不容反用夏正魯居外藩孔子又風

主行夏之時者其於春秋猶壹以周正為年豈識

内之民服教畏神餘二百年尚不知有周正矣大抵

其注心目中先有司馬法冬夏不興師之語遂隱以夏

正合之以見王事之急而不悟其於冬時相左也周正

26

六月乃夏正四月建巳之月正農忙之候丢不宜于
與師去樓〻乃忙亂之狀言六月中（正壯子）農子四樓之甚
又樓之二字乃從六月生出死言樓之手出征又六月
樓之戍卒既歸言六月中忙手農子正自樓之然而
戍卒則既歸矣此正寫出征之急促今之驟以見
手前絕無預備也若如舊注不惟樓之二字無根既
字之神亦不出矣
載是常服
前人之注經有至今令人大惑不解者其於原文

深晦難通之處，而設以穿鑿附會，猶可說。文若原
文本自明了，不知就原文疏通之，乃反曰經文言雖
如是，而意則不如是。又甚者，古人當日屬文，即逆知後世必有
注之者，乃由是心以求相發之文，以待後人注之，而其
義始明耶？是真不可以理解矣。詩六月載是常服，
文明之曰常服，而注者必曰軍用之常服。若然，則古人
第曰軍服、戎服可矣，又何必鄭重倒錯亂本文，改軍服而言常
服耶？且箋注者不知即經文深加玩味，遇有所譯，即運其私
臆，以肆意妄亂經文，以強經從我，此所以解經而經反

晦之從弟兄詩咏出征出征者不衣御常服故特曲為之說曰軍用之常服不知軍行而著軍服乃當然之事又何俟載之而言而詩人必特別著明之耶四牡騤騤載是常服正言四牡騤騤之盛（騤騤強壯貌）言載者當為軍服而今言載者乃悉常服正以見當日出令之之驟赴事之急事前絶無戒備即軍服亦不暇俟其咸而即以常服就道故下文曰玁狁孔熾我是用急二句正以申明所以常服之故屢出注說云云又何以見其用急耶統觀此詩前三章皆以四牡騤騤載是

常服二語為主，餘備以描寫軍行之狀。從下章比物四驪二句，乃承四牡句言之，言至此乃得齊其毛色也。三章以言悉遙出重繼此六月既成我服，我服既成于三十里四句，乃緊承【接上文】常服二字言之。蓋常服究不可以淫乎，故即在此六月之中，而我軍服【亦既】戒成矣。然【後我】軍服既成，而我行已三十里矣。蓋師行一日而軍服始成，又三章則既至戰地矣。四牡四句，仍承前四牡言，蓋四牡至此則益形長大，故能薄伐玁狁，以奏膚功也。有嚴有翼，共武之服，即指上章既成之服言之。共武之服

供武事之服也威嚴肅敬之服供武事以定王國也
通篇脈絡分明層次井井但即原文讀之即不難了解
乃經注者妄加詮釋遂致迂曲淩亂不可復通既尤奇
者前二章服字並指衣服而第三章服字又注云服
事之語為將帥當嚴敬以供武事也然則全詩何從有
將帥字而有嚴有翼四字竟有形容詞而能被形
容者之主体也耶讀者耶吾真不解前人何以不善
讀書如此也（服固有時作服事解然奉事之事與事
物之事一是動詞與名詞注者往往誤服字作事物之事

27

解大惑

玁狁匪茹

古之注經者往往不加深致，遇有不通之處即隨意捏
杜撰一義以就之，之字其義字之果若有此義與此義
之能否適用於他處亦不問也，故自漢以來異義叢出
至於他處，所以其義不可通用，則別撰一義以就之，故
之字往往有數義，而義各不同，正不獨數字以之字有
一義之特制，如茹字在柔亦不茹內，則注曰納也，
因其與吐字對文也，至玁狁匪茹，內不可以云玁狁匪

納也則又注曰節度以獵犯侵鎬及方至於涇陽
陽太不守法度也太以獵犯而責以甘法度奇矣
遊旡侵鎬及方至於涇陽而猶責其不守法度不
尤奇乎是皆不明節字之真義而意為解說者也
今按節柔易敗之謂也今人對於柔軟不需咀嚼之
物吞食之謂之禿節（譯音）而謂人之遇敵怯懦者亦
謂之禿節乃殆即為古節字之殘餘至今存者柔
宗節謂柔也宗以見柔弱而吞食之此之獵犯匪節
謂獵犯初非柔弱易敗也侵鎬及方至於涇陽

28

乃正寫獵犺孔柔弱易娩之故卷云獵犺不度量何易責魚之赴壑之獸之走壙耶且彼方巾大服之儒者固優為此膏闊之論也

夜未艾

庭燎夜如何其夜未艾注艾息也我是按曲禮五十曰艾注髮青白色如艾是也艾本人年邁之道中就衰之語引而申之故一切事物之道中就衰者皆得語之艾左傳憂未艾也言其未衰未衰之憂正無未已衰歇也杜注為絕亦我是二者強僅據其思義言之

24
26

（其絶端可以概括（截）一層在内而就事實此者絶之）而未
云即就原文添加体会之也即以此詩首章言未央
謂猶未中也此章言未艾謂雖已至中猶未过中
也差过中即曰鄉晨矣故下章始言鄉晨也三章
次第井之初不得於中間驟言未央以鄉晨亦即
夜如之也艾字直注為央不如（增）注為向央為有分寸也

無相猶矣

斯干無相猶矣集注猶謀也大私古猶猷相通故
猶常訓謀然猷為名詞猶為動詞故猶可訓謀略之

謀不得訓圖，謀之謀猶胥可以訓度乎之乎，而不可以訓

乎物之乎，胥可以訓相互之相，而不可以訓相驗之相

文。注乃往往渾者詞併為一談，殆歆未共說而不得不得不

藉此曲曲為附會以為成其且以求其可通也。今據猶乃

尤之假借字，古字猶尤由繇鄒胥相通，猶尤訓相，猶訓相怨

尤也。字或作就，相友者相謀則不詞也（注支為中之

相謀圖訓為相圖，既相圖謀，雅互訓相圖究不得訓

之相謀也）

君子攸芋

斯干君子攸芋集注芋為大也君子之所居以為尊且大也之文義殊不成語不惟注經者不能明即注語亦令人莫知其意之所云也大抵注者因揚子方言有芋大也一語而君子所大又不成語於是又於大字上添加尊字與君子所尊大仍不成語乃添文其辭曰以為尊且大也意在使人不解而不深求而吾責則既考矣注經如此豈非自討苦吃耶是又何如直注為未詳之為愈耶今擬芋字殆即左傳楚雅之芋字楚之奉姓孏見王子申熊作嘉孏聲教（舊作盞蓋

西係原文經手改字）古雅盡西從女母稱嘉彌獮陳侯敦〻稱嘉姬歷來金文家等不知其為芉孝字乃援李賢傳阿彌〻〻文稱以為祖母〻稱不知祖母例稱祖妣且祖母上溯無有則以嘉字在說源元和春秋時已一千又八百年迄後世俚村俗俚語（阿彌字乃俗俚方言並非當時通用語）反是上繩古人所嫲〻轉而從芉孫後人因另本文太繁〻故物假借此音同其而文省〻芉字代〻觀於楚詞彌犹字猶作彌（蓋彌妣些今本誤作順彌代些詳見拙著楚詞正

誤也則知楚人稱己身國未嘗姓羋也（歷宋玉時代已
去楚之不遠）羋之本義今已不可考說文羊鳴之說
亦不足據大抵後世既不知羋之出於假借而直以為楚之
姓故其本義反日就湮沒無人復加以深討淺人不過
因其字之從羊而附會之耳今欲從羊之字多具
於善之義義字如羌養善義祥美等字皆是羊或
與此類亦可云然遽[illegible]疑其為弭之假借
於理似猶為近之也蓋弭有訓止息之義左傳自亦以
往與其猶弭矣杜注弭息也是也君子修政羋

32

猶君子既止息，與下文章君子攸躋、君子攸寧為同一句調。若如舊注，不惟獨義亦有未通，與下二章亦不合也。（蓋下二章不得謂為君子之既居以為升也；君子之既居以為安也，故云然）

不騫不崩

此句凡兩見，一天保，一無羊也。天保謂山言，不虧損不潰，以無羊謂羊群不走失而虧損，不驚擾而潰散也。義本相通，文亦甚明，乃無羊特於崩字注曰群疾也。轉以不解，不知其既謂群疾，其謂虧

31

50

犀瘃病字柳犀中相互瘃，瘃即拔崩字止作
潰、裂、解、缺、分崩字本見，漢人好穿鑿，於天保崩字
踏云自上墮下曰崩，然則羊羣之崩字當解之曰從
上墮下乎

或寢或訛

無羊或寢或訛，訛之訛[illegible]即兔爰尚寐無吪之吪字
本當作吪，其作訛者同音相假，如集注似亦知二
字之為一字，故二詩皆訓為動，然細玩之，吪字皆与
寢寐字相對，則文其義意似不能以動字之廣汎

又今按吮寺殆即噩寺之異文夢驚也周禮春
官占夢六夢二曰噩夢杜子春云噩當為驚愕之愕
謂因驚愕而夢蓋近而案此噩字由驚愕而夢乃
由夢而驚者也吮噩乃一聲輕重之轉字皆從口
公意吮本謂夢中驚呼引伸之凡人夢寐初醒神
氣尚未寧從而惝怳迷離之形狀亦得曰吮猶今人
謂夢中囈語或動作曰撒囈掙而於人睡夢初
醒神氣迷惘之狀亦稱曰囈掙此皆可以印
二證蓋玩索而得者若非舊説誤列訛為動則上

矢庤阿飲泌佉曰我乘此又烏得遽言動耶三句則分寫其羊之五種形態，庤阿飲泌寢三者曰各具一種特殊狀態前，不得以概括詞之動字譯之文

四牡項領

節南山、駕彼四牡，四牡項領。項領，頸後（說文）；領，頸前。秦風有驚其領，注、領，頸也，乃概括之詞，合言之即頸，此四牡項領，言四牡引頸，竦首靜待人驅策，曰此如故，下文云我瞻四方，蹙蹙靡所騁，則人只蒙方一概已及莫知謂之矣。集注乃訓項為大，真令人大惑不解。

謂之尹吉

鄭人士、彼君子女，謂之尹吉。集注云：尹吉未詳。鄭氏曰：吉讀為姞，尹氏、姞氏，周之昏姻舊姓。又今按鄭說甚是，但謂尹姞為尹氏、姞氏，則非。尹氏族，姞則姓。又吉故男稱氏，女稱姓。尹氏為周之望族，姞姓之齊故，貴女稱尹姞。尹姞之稱，猶盧蒲氏之女稱盧蒲姜，子夏氏之女稱夏姬。又先儒昔日於古人氏姓之說，每不能明也，每致錯誤。李氏謂周稱尹姞，猶晉言謝，唐言崔盧，意亦以為二姓，不知尹即此姓姞乃私氏

雜纂二人而雅氏端峯古人初無此體例

二月初吉　十月之交　正月繁霜

作詩者周人不察而謂周正，予前於豳風七月標之，解之甚

詳。言之再不知注者何心，乃以於詩中凡言日月者

並從夏正而後正，是真不可解也。惟以情子正月十月之

參照，斷道理述之，謂不過是月適有是象，因而誌其

時日耳。蓋此物有所用處之，乃注云日十月以夏正

言之建亥月，又繁霜從獨思其必為建亥之月

如此之說者又加日食最忌正陽之月，夏正四月為純

詩特用一歸宗何
苟明證乃又以條

陽。故謂之正月。十月爲純陽。陰疑其無陽。故謂之
陽月。若然。則日食最忌純陽。日食於純陽乃其宜
矣。詩人又何爲醜之耶。是嘗附會之。又不能自完。然
從其說。正月繁霜。詩明言正月。乃注以爲四月。夏
之四月。謂之正月。故以純陽用事。爲正陽之月。又然
則春秋之說。經春王正月。杜曰。以爲夏王正月矣。
何以又書夏四月。又取正月。爲周正。建子之月。正繁
霜之時。故詩人見之。起與以繁霜爲嚴寒之候。頗
比以興起。詩云四起危难。將至。又正月二。句乃興体

方大真任意胡
云也此注夾入矣
时人下

祈明祀畢頌氣候失時也然二詩之為周正非夏正
明乎周正故魯史猶未有確切證也之證據不以商其（旁注：難甚顯明）
以至小明之二月初吉而詩中屢言歲聿云暮云
歎離寒暑則其為周正二月夏正十二月明矣其乃
注以上二月為四月夏正之建卯月之黃[illegible]（旁注：若然則周之四月夏正建卯之月周之二月[illegible]）
[illegible]月[illegible]後[illegible]有[illegible]
春中[illegible]因此改[illegible]定時[illegible]
于[illegible]歲聿云暮采蕭穫菽此正周正之明證若
夏正則歲暮不得尚有蕭菽也蓋作詩者自夏十二

月初間但西至夏十月將來獨未得四中間止差一十一月

未免周年以懷四滿寒暑而若紀月用夏正紀歲

又用周正照古今無雜亂氣象之如御花

天之扤我

詩正月天之扤我箋注扤動也大學天之動我我

不能克理按注者本不論其義皆為此錄說之詞以

觀之文字扤字從扤字之誤應從古文字作甶

元（古器中甚多見公鼎番生敦皆是）本象形字

當时傳本或偶有缺蝕失其上端因遂沿誤不

然由瓦字故扼字除此處外別無所見也厄字本服馬叉項之木（詳下金厄解字）故引伸之凡以手叉人物之項而絕之亦謂之厄後更加以手田偏旁作扼合為形声字猶厄本字後或加以車旁作軛也（古詩牽牛不負軛）扼扼搤本一字史記搤天下之吭而拊其背正合古義長楊賦搤熊羆亦謂叉熊羆之項而殺之也說文（作搤字）釋搤為捉於扼字釋把皆非其本義也天之扼我甲謂天之搤抑我故下文云我不我見也（物是）由傳誤（田）甲見之由來已久故說文亦執其說

然於某處來文

乃棄爾輔　無棄爾輔

洋人謂吾古來遠近中更戰國及秦摩洛上迭起急

激之後，使先民之文物制度摧蕩無餘，其留貽至

洋者千百中殆不得其一二，故洋人之言古制與今人

殆無甚差異，以其同出於想[意]像也。其才甚者殆莫

過於洋人之說禮，由[經生][illegible]家言之，識若古人之

一舉一動一器一物，[illegible][著][illegible]有一定之限制規律，其繁

文縟節直[非生]後人[illegible][說][地]海[illegible][illegible]所思所言之也，則周以

为先王之大经大法，乎治天下之道，舍是末由也）即以
事制职之谏，致之谭人所言証事制殆無是处（据见
下篆藉錯膺金厄誣解也）則尤顯甚者厥為貝
說輔字，挟左氏云輔車相依（詳見說文輔字下段注）
又古文之从輔得義者，如師之次即曰輔（今文
作傅，古胥作輔，見師穌父敦）及輔佐、輔弼、輔
相等，皆舍有極鄭重依賴之意，則輔必為制上
極重要之一部，可知乃漢人久不知輔之確
為何物，故貝注左國下文有唇亡齒寒語，遂多

後附會焉訓輔為頰車謂兩頰車相依不知呂覽
亦有此文呂曰猶車之有輔也車依輔輔亦依車則
輔車二字固不得混為一物也說文於輔字下[illegible]引
傳文末復曰人頰車也則許氏亦不知輔之本義
也段注輔字猶可強解為之獨至詩正月乃棄爾輔
及無棄爾輔兩輔字詩明言爾車既載則實無計再往
頰車上樹柱以支車不諳其義乃不得不支吾其
詞曰輔所以防輔車也此種苛細說法解釋不惟
經不能明即其注語亦幾令人莫解（防輔二字甚

奇（邃）嗣又見下文有見於此輻語，遂（後）疑易其說曰：輔
所以益輻也（見《刊誤》）。其說尤為奇特。夫輻內（著）於
轂，外著於輞（周），乃車輪中輞（周）之物，無外物隨附
而以損益者，若此（其制非）者，其公輸復（生）而亦無以爲
命也。是皆中無所主，而又不肯闕疑以示弱，乃特爲
此游務新奇之說，自欺以欺人，而不知正心先不了了，
無論如何說來，必無理。其有命也，審書即輔字之社
義，致察之，而知所謂輔者，乃車箱兩側之屋也（按
箱者即舊日輔之俗稱，以箱廂古通，廂之本義

為主房兩側[illegible]配[illegible]屋之名，而車之兩輔似之，故有此稱，
後乃漸從旁兩轄兩箱之間亦曰[illegible]箱，今鄉里俗猶謂
大車兩側之板為箱，而兩轄箱之中間曰箱裏，即其
證矣，仍用舊義。凡車必有輔，而後乘載。[illegible]其不
害其顛躓於車外，故凡從輔得義者皆含有屋
正扶護之義。又輔必有兩，故又稱夾輔，即頰車之
得名為輔，亦以其位於兩側，以防食物[illegible]外溢，其
形倚助用，[illegible]似於輔，此皆就輔之引申[illegible]義
而推測兩知者也。至說之言輔，[illegible]義大明，顯然若道

車本不可以無輔，而既載物則需輔，大車乃反棄之。此其所以載輸爾載之，又孔氏疏此詩時為洋人迷離之說既誤甚，而其說不得，百無聊賴中，乃更杜撰出一縛車之杖。微論天下古今必不容有此制，即令有之，而縛之於輻與車中之物，又何法實以一棄之即輸其所載？且今世之車多矣，絕無所謂一縛杖者，作從而載物之，初未見其有缺徵之不便也。孔氏之誤，雖原於舊說，而不明其詩之旨趣，實為其字病之最大原因。孔氏以詩有「乃棄爾輔」一語，遂疑輔為

可棄之物不知何以之說誤乃棄爲輔正誤其以
不可棄而棄之非謂其可棄也若其可棄則詩人亦無
所用其疑誤矣此章及下章孝悌譬喻之詞初不必
實有其事若如孔氏所說則詩誤離誤雍與角則雍
以有角俾出童羖則童必生羖真可謂癡人前說
不得夢矣至所謂無棄爾輔員於爾輻者所謂輔
所以益輻蓋全車之重皆支於輻及輔於車即
加重於輻員之訓益乃增益之益非附益之益也
夫以此萬種明晰之文極習見之物漢人已不能

了
解則其俗（說言）一切讖圖冊悉微蹟之（儀）制更何足據（信）
而世之倭漢古方且墨守之詡說文穿鑿傳會以為
說經之秘鑰不亦大可以已乎

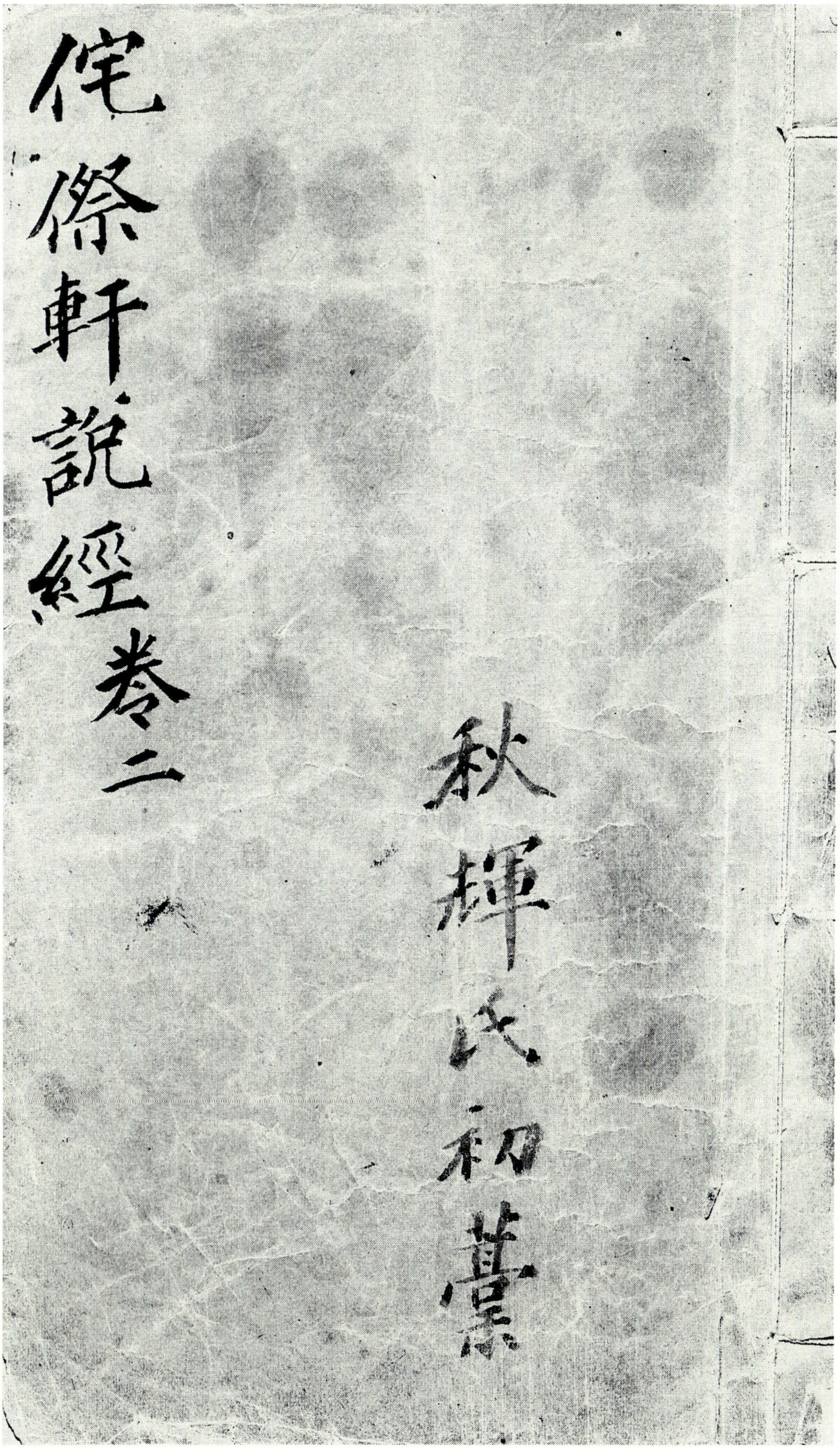

侘傺軒說經卷二

秋輝氏初藁

侘傺軒說經卷二

輔字後義

輔之本義既如前述，抑又思之，輔既居車中最重要之部位，而古來傳記何以涉及之者殊尠之原故，殆能知輔之本字在古文時代已早湮，說作文，蓋輔本車輔之本字，故送車，詞因引伸之義，咸從而本義反泯滅之，偶涉筆及之，而又恐與輔相淆，輔之文相混，因更別撰一𨏥字以示之，乘車之輔

此注宜在柎𠛬字下

從得

多襄以箋故以箋爲義而取専字以諧其声（専即古文數字）毛公將敷命敷政之敷皆作専，此據鎛等字之說從又，仍宁為形声字，是猶其字為箕之本字，故其字純象箕形，後因乃假之義盛行，乃更加竹於上以別之。字本柎之本字，後因乃假之義盛行，乃更加木於傍以別之。觀古貞卜文字可見。文字以輔類此亦甚多，難以盡舉。說文不明其鎛字之本義，乃曰車下

202

索文不知此字在古金文字中孰為習見大抵
凡紀錫命車服者十有八九及迻文忠曰是
鞹鞃使鞹鞃果為車下者何從旋以繪是且車服
計以辨等威明貴賤只有計宜示之於其顯者
若其裝飾最因於車下之璲許氏本不識鞹之
本義因其字從革又以其字與鞹相類疑鞹
即可用以束縛之物故逆臆而為此說（金
文中言是鞹常與是轄同相屬成文說文
轄車伏兔下革也此伏兔已不足以新物梁

若伏兔大革，則大為隧，且極微細，斷無可

以旋繞輿之理。漢人所言車制，多不可信，此亦

其一證。（轉為車壁，則輢當為車前之式，

即由當字引申得名，然別無確證也。）攷左傳

襄二十四年，皆踞轉而鼓琴，此轉字當即

轉字，亦即輔字。蓋古文從之偏旁，常可

以隨意增減（時變），如牢字本從牛，有時亦可從羊

（見古貞卜文字），匹字本從四，有時亦可從金從

匹，武字從金匹（見古籀補），此類甚多，大抵

殷其家質而變文如宰有大小其從牛故即
素以其為大宰其從羊故即素以其為小宰若
別有大小字以[illegible]之故則兩字不通用一[illegible]本
器四之而其質為金故或金或四或併從金
四或併不從金四[illegible][illegible][illegible][illegible]置無之字此
字之從車故以金文訓轄[illegible]為遂為路
服常用革飾之故[illegible]從革兵車無飾故仍
從車[illegible]本[illegible]（大車亦無飾故謂仍用輔字
字即此意）玉專之轄為[illegible]則以其文本[illegible]相近

而從東從專，又不可識（說文無轉字。集韻、類篇
有之。足證漢人本不識此字。集韻注：東下垂
文。合之知其為轉，轉、異文。惜乎其仍從說若說文
之。譌文。因隸變而為轉字，形或僅以便誦讀，
久（篆迻）積非成是，而無復知其為從東專者（古書
傳訛之字，數此其甚者。詳見拙著林、詞古文
孜正字）。猶是轉雖習用之字，於文實不可通（迻）以
轉本為轉詞，初不可以言說文，故自漢以來。即疑
以傳疑。絕無一人能加以解釋（說文轉字下不具

此義[illegible]服氏[illegible]
[illegible]
[illegible]乃附[illegible]為之注也。緌衣紫纓，微論緌
字必不容有此義。（緌字從車得義，其亦衣紫緌不
意以義里。字無以史義理，緌為弦纏車上衣紫緌
衣而紫緌，以置於車上，便須另易一名矣）從今
有之。義爭何[illegible]車何以得有機帶衣紫緌
之理。況二子乘乘之車，近敵騁驤及廣軛二十
縱究心服矣。此隊亦機帶衣紫緌，亦是位置於

乘車〻衝而不能先取此策急〻將填塞於濠
車〻內（若使二子將乘〻以降敵於則此說得之矣
一策）且兵本山尺乘去已三加以寡眾果難戰器
更從何處再著二人〻而策（以此元戎〻未御
於諸居中二子諸路轅故知其有兩也掩卷思
之寧非笑話豈蓋這一於本不知轉原為轉〻讀
（既知一不策由其解）而苦思車中又不見有
兩路〻將以下文有取冑於寡眾語又因辭
想而及於衣〻不兩路即再聯合而為衣策

衣裝可踞矣，而無此貝，太不近乎情理。何也？蓋
轄字本因轉字而轉，即金文之轉，即今
文之輔。踞輔而鼓琴，二人不居車中而乃
踞車旁而輔之，踞而鼓琴，車行顛
踞之，極不易，故二人特借之以示閒暇，且以示
巧。若為衣裝，則人安能之？左氏亦不必特記之
矣。二子卅車即踞輔而鼓琴，既免仍踞輔而
鼓琴，則雅從稍未嘗一入車內，有不屑與同乘
之感。此射犬之所以怒也。[…]

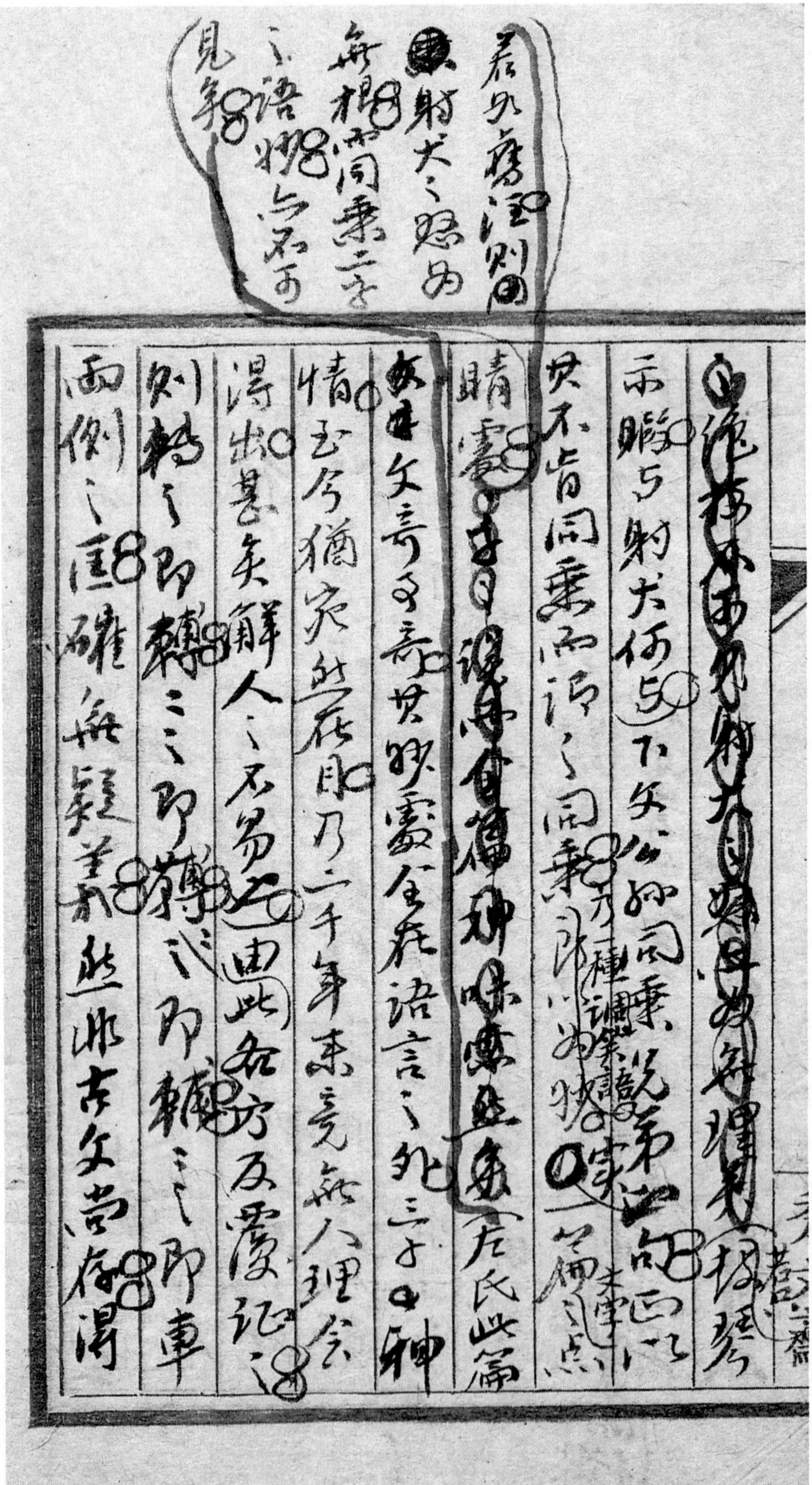

以約知

□□漢人種種謬誤，終無由於此耶？訛（龔）誤，為經疏家之由後，而一一是正之，其有功於經傳，不綦重哉。

不我告猶

小旻："我龜既厭，不我告猶。"集注謂不復告其所圖之吉凶，其意蓋猶以猶字為謀猷之猷，故特宛轉其詞而謂所圖之吉凶。又猷古不得訓圖，臣詳前。無相猶矣解也。按：猶乃繇之通假，龜卜之詞曰繇。左傳閔二年：成風聞成

季所繇注繇卦兆之占詞是也繇字与猶猷
由通爾雅繇喜也鄭注禮記曰人喜則斯陶
〻斯詠〻斯猶〻即繇也古今字耳是漢人
猶以猶為繇也

淪胥以鋪

雨無正淪胥以鋪集注淪陷胥相鋪徧也
謂相与而陷於死亡義極牽強相与淪陷也
書曰胥淪而不得云淪胥且句中無死亡字
實際 當云
而相与陷於以徧尤不成語況更有無

淪胥以敗□□□□□□相見於□□□釋言淪率文注相率使頻(合)古義(爾雅乃漢人說詩書之書傳或以爲出自周公殊謬周公豈及能於身後注小雅乎)淪胥二字大抵爲古成□□習用之語故小旻亦云無淪胥以敗不曰胥淪而曰淪胥者淪乃一種副詞(殆即渾然不分之意)初非實字猶云相相不可爲相易也爾雅本漢人說詩之書既釋淪爲率而後人率從之者實緣誤釋鋪字之故

抑云無淪胥以也

爾

蓋既以補字為稱，若再釋論為形容詞，則全
句將無主動用（旁改：若成語助）詞，益不協於文理。又不知補乃
古文戭字，即鋪敦淮濆之鋪。殺戮之（詳見
前鋪敦淮濆解中）。兮伯盤云：所不用命，余
即刑戭伐。詞即加以刑戮。又論胥以鋪，詞
渾然相承。以即殺戮（旁注：淪胥）正承上文斬伐四國
句來，猶曰[illegible]之無淪胥以[illegible]詞之無[illegible]渾然相承。
以即於殺戮。淪胥以鋪，與羣柔戭胥及溺
兩同一句法，知彼戭字之不可作實用字解

則知此論亦不得訓為陰也

不懲其心覆怨其正

節南山不懲其心覆怨其正毛傳正長也

孔疏云汝師尹不懲止其心乃反邪僻妄行故

下民皆怨其居長由師尹行惡而致民怨之其說

甚曲集注蜀之曰尹氏猶不自懲創其心

乃反怨人之正己者不為說見此訓正為人之

正己者亦涉曲牽強愚正人又不懲其

心覆怨其正語見師不自懲正其心反怨人之正

故善即韓非子華國皆狂者反以不狂者為狂意思要覆四字本甚明不知前人何以必若是之曲為解說也

在宗載考

湛露在宗載考箋注夜飲必於宗室蓋路寢之屬也考成也篆顏雖解釋之舊說則夜飲必於宗室句乃出於毛傳至訓考為成則鄭氏詩箋之文也箋云載則也考成也夜飲之禮在宗廟同姓諸侯則成之於庶姓其讓之

则止者也。陈敬仲饮桓公酒而乐，桓公命以
火继之，敬仲曰臣卜其昼，未卜其夜，乃止。此之谓
不成，文其说殊文辞可笑，微论在宗则成四字
殊不能成语，即以其说言之，则以宗为宗庙，
又原释同雅磨生云云，似又以宗为宗族，末后
章之一句不相同之敬仲以为不成之证。湛露
为天子燕诸侯之诗，见春秋传，乃天子饮人，此人
饮天子，敬仲饮桓公酒乎？与此绝不相类。岂
郑氏之意以为夜饮之礼在同姓者则可行

在異姓長則不可行乎然天下無此煩苛無
理之禮制也鄭氏似亦覺其說之不可通
乃不敢直注之為應姓則不成特秀貴詞
曰其讓之則止然則應姓若不讓是亦非不
成文寔則敢仲辭俟桓公乃主人辭客並
不得詞讓也又何以云同姓則成耶蓋鄭
氏本不識此句之字義第知孝本訓成而推
宗則成又不能成語乃但取一成字百計穿
鑿以附會之務亦用毛說以宗為宗室矣

如謂夜飲於宗廟則可，於他處則不可，殊
不近理。因又移而以宗為宗族，然謂非宗族不
許夜飲，亦涉誣悖。因又隱章一溯不相關之敬
仲以為之證，况敬仲之辭桓公夜飲全篇
貫不同，雅耶？且皆胸無真知灼見，徒拘之於
字面，隨為牽合，以求貫通，故自己說來，亦覺左支
絀。宋儒敢一切實解釋以貫本不成義
意文。按此考字即江漢作召公考之考字，宗
室稱落成之祭也。居室之祀成者曰落，宗廟

之義氏在曰考春秋之書仲子之宮作書
之書初考宮是也（詳見作居公考解）生
鄭初之將之（見爾雅釋詁）鄭考厥言之
即新落成之在宗廟考語於新落成之
宗室中也文至明順然（尚非先明）考其之吉美風格
正未易言也
集注但著云考成也而不取鄭箋似亦知之
其說之不可通然卒未能別加考釋故
僅作此模棱語以為藏拙地步按

成寶考之本義，故凡用考字之處訓為成字多可通（如稱考室、考仲之宮之宮，若其不可通者，僅作居公考一句耳）。以考之本義國邑有成字在內之（成為通用詞，考則為宗廟彩成之考用詞，其物固作範圍有廣狹耳）。即如此句，若訓為在宗稱成，未始不可解通，其說通，無須無人道及者，其實遺漏處尤在誤釋執字為刻字，一誤再誤，真義遂無由窺見矣。致誤者執字絶不免有訓則之義凡箋注之訓爲則者以前字之意易之無不適合（如鄭訓浮爲今語之作流之作浮因字輕今之作或即由古之鄭字轉音渴來又鄭作一音之轉）不知前人何以叔爲此累也

王事靡盬

王事靡盬〔曰監〕四一讀其見於詩者強不下十餘處也如古人習用之言細其義至不可解故古之注詩者一近即不可見說爲於四射如淫四隱不

問○圓○又○於○轄○明○又○滙○曰○噫○不○攻○徽○又○同○此○自○同

此○家○而○前○緣○覺○有○而○義○老○收○薪○字○然○此○德○又○

曰○言○宗○圓○相○逍○日○原○本○義○語○言○異○既○為○免○王○

字○麽○不○堅○圓○戍○麽○不○攻○徽○殊○不○取○語○且○就○從○

詩○孫○之○義○大○不○合○伏○不○見○論○即○以○前○一○立○言○之○

王○子○麽○不○堅○圓○下○乃○記○我○心○像○些○老○王○子○不○堅○

圓○[illegible]然○徵○拱○不○心○多○又○云○不○皇○逍○落○盡○

不○皇○逍○得○以○不○皇○逍○得○母○老○王○子○不○堅○圓○始○得○家○

處○亦○奉○蒼○見○父○母○爭○此○四○壯○年○之○不○知○通○文○

王事靡不攻緻而乃云不能蓺稷稻粱芑

也乎不攻緻治幾黍稷稻粱字此又義

明篇之不可通也餘各篇中凡用此語者考其

下文以上之詞相反背無一合者則轉注之不通

揚顯然盬可見盬即鹽字之篆改亦從鹽形

聲其本篆自當為鹽庶左氏傳的瑕氏之地

沃饒而近鹽注鹽鹽之是也（說文以為鹽池

殆即本此文附會而成以傳訛訛近鹽即指鹽池

而言然不得謂鹽即為鹽池鹽也）周禮天

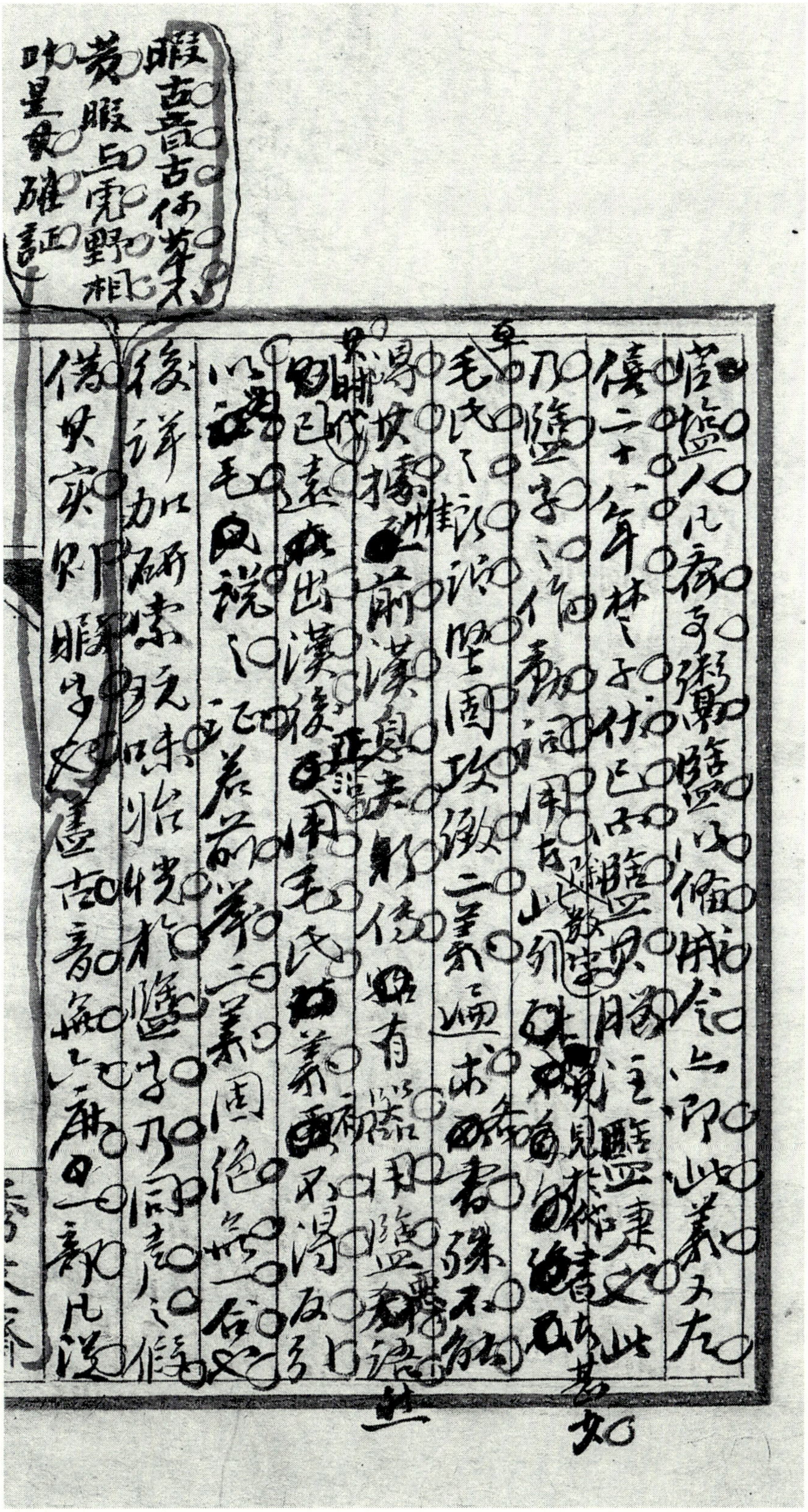

追我暇矣飲
此滑矣暇滑
相叶亦暇本音
古之證

段得者皆入魚模御音皆如古若鰕暇遐
等〻〻一字通用如表叚余〻非暇組与
曾伯霥簠遐不黄耇萬年盤曰敢揚對天
子丕顯叚休命三字皆同作段則其義如一言
不知今惟鰕字尚存古音遐則字轉入麻
部作夏平者皆暇字更轉為胡稼切音
如夏与暇之相去日遠無復有知其為同
音者得相通假故叚暇之通假借作遐猶
滿〻假借作蘢豎蓋恥之羞之假借作

縢蓋之蓋（今之蓋字，即今之縢字，故從手持草至蓋趾蓋厚之蓋，自秦漢以後已不傳，今惟毛公鼎尚存其字，作以手捧皿狀，并已鑄毋武咏蓋亦從本文，惜原器不傳，据氏處經摹刻，只有出入，惟大体尚可辨）

蓋古人之同音假借，必擇其義之又不可用或各用以免之誤，今因原文義不可用故兒即可知其為假借，如後儒不識其義，遇有此等處偏考於字面求之，又何怪乎其愈穿鑿之命之能通，即今盬字，若以暇字讀之，則之初疑難，皆無不快然而解矣。四牡詩曰王事靡暇，所以偏勞，所以不遑安居，義極較明；鴇羽詩人因王事靡暇，所以不能力穡，皆眼前義，以頭腦一經道破，即無不渙然冰釋。然昔非就思古文義例，則更不為毛氏之所誤，附會而仍不能通者，蓋亦鮮矣（按字典盬字各義，惟方言訓盬雜，但史稍為近之，然適得其反，蓋逆億之詞，必無理其武斷也）

兩服上襄

大叔于田兩服上襄。鄭氏箋：襄，駕也。上駕云在言為驂馬之最良者。集注謂馬之上者為上駕，猶言上駟也。此是指下文兩驂雁行，乃言驂馬在前，曰次序與服馬次序猶如雁行也。有於驂馬言駕馬之前序於服馬前言馬之次第之謂，若今決無此文理也。今役夫乃去驛字，舊說凡存馬而駁說文馬首低昂也。六即此昂義，蓋馬奔馳則其首低昂

此須馬首低昂即須之驟也言文簡質
凡同意之字多通用至後人始加馬旁之
馬之去用詞出於前漢書韓彭英盧吳傳
雲起龍驤驤猶作襄則知魏晉時
八圍猶知未驟之為一字也上猶前文正月
上旬正月之前前一月即朔日也凡上丁上九
之類皆作前字解上巳即在前騰驤故
下云兩騶雁行也騶之雁行即衣服之上裳
而言若解上裳為四匹上等之馬則騶馬

五之雁行當為次第之匡氣含有以此公須人故

象凡此但即原文讀之即了然見其乃二千

年來竟無人見及此也之吾甚不解其前之人

何以不羞讀書哉是也

雞佩以贈之

雞鳴知子之來之雜佩以贈之則予不甘静矣

注云贈則十音則大非也訴中讀曲乃古音

李翩是後世音隨之說不合因而隔異、

仍讀古音以合之耳非其字李無此象物因其

與他說不合，故隨意曰安作，既覺，乃以意說之。援其說

文。後儒不明此義，遂有不可通之處，即直為費解，信口杜撰。

且一言以蔽之，且名之曰叶韻，殊甚有可字無數。

後費言曰：此某字也，此某字某韻，推其意能通百字之，

不能使其合為一韻，即一韻之又難為百字。

似此字無定音，一字無定義，吾不知知音人豈同之。

諸又何以能未明其意思者，此等前人論者甚多。

古之音義寫，大抵皆不免此弊，而尤以朱氏

為甚。於作者即將此贈字窮以前人雖知其

不儗然章未有擬議及之故蓋於古無徵不
敢臆說文王朱氏乃毅然注之曰贈財曰賵
音知古今東漢曾之何以能有此音若
然則東漢字之何不可以作擇自即思東贈之
字之何不可以兼也下文順篇錄亦當為救誤
耶蓋不有其此理文今按賵本當作賂即
賄言之賄字古只作餽遺解動詞若作
名詞則財貨之通稱也左傳文十二年厚賄
之注賄贈送也是又至後世賄轉為賄私之考

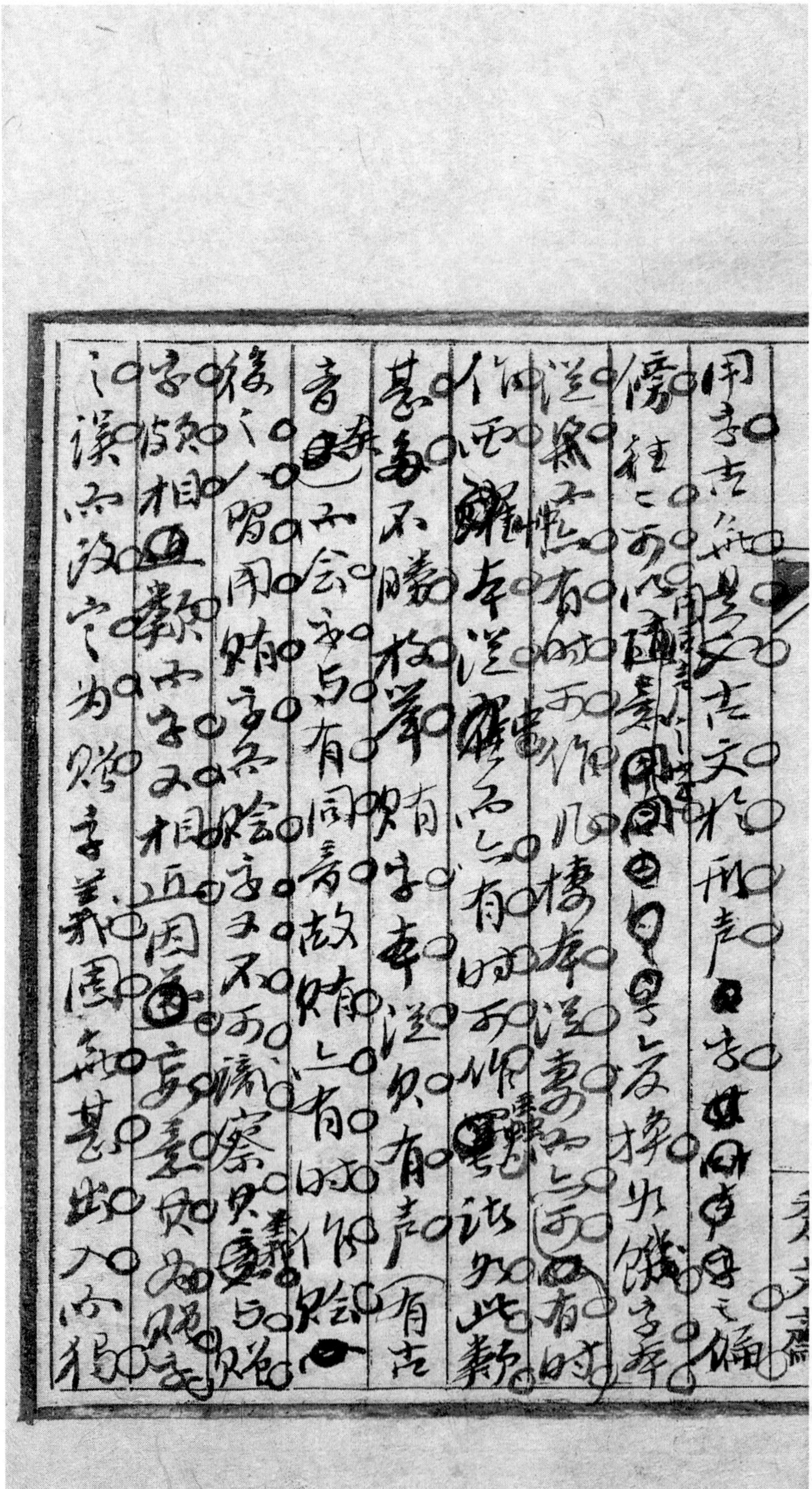

氣數貴為旁之而譌傳如將會苞二字存今文

圖樞相近而存古文爲尤甚畢殷數會字作

會而曾伯霥簠之旁字則作會相差懸殊

據繇之間援以易說儒人之謀合從則陰字從屬

別傳爲世人之所不經見即傳見字乏今存

在古音之讀亦尤可想見當證之見爲則篆之識也

而無人能知其爲何則之異字也況時則之奉華

已早經考定耶

予所蓄租

鴟鴞予所蓄租，集注訓租爲聚，其義
甚確。且其句對上予所捋荼句，文之理
亦覺不倫。豈即集注之說發之，知其說
殆本於韓。蓋毛詩租字原訓爲。此殆毛
氏本不知其義，第疑其如作爲之一種，故
特以此義說之，以訓租之。毛氏於不知之義，每
多以此類釋，如訓化爲動，訓杌亦爲動之
類甚多。蓋於無可知者，則寧曲爲難於指實，故特
用此等廣泛語，以冀其或有合，是其不可過從信

無足深辨（俗不具論）即如上文蓄字，亦已是
為之一種，下文因言為，是後能成文理，韓詩
則訓租為積，弦因毛說，訓為之廣，注見租字
與積同從禾，又適與上手蓄字同義，故段訓
為積，集注之訓則如積字，積注亦甚出
故文於租之訓積，韓不從，見韓氏果何由
公出弦之想宜如之文，今按租字宜即前章
八月斯萑之字之假借，蓋則古人租知字之偏
旁往之可以假借，宜知其為耕作物之一因

特没溼手出要葛长文卑皆溼也占时亦可
没溼全之類或沉去人之额是易偏旁必本
無水字而淺者則又从段敵字本溼手而不败
教没溼言傳竟或論作字本不溼知其特
弓鑄更加文旁竟成殺（致字見师私分）
敦教字不本溼也而徐王詳係其教没溼也
竟麻盖（王子申教之行）皆此例寬要之细
字之本字作首則無從又首毛傳麻子人
蓋為類云蕃聚之條各用之食樹六月令

汉汉犀鸟养蓄为亾鸟巢中以又可叙之
物蓄苞正对上句将茶言以将茶以蓄本
蓄菌道以防饥请营菜田以之急务也自汉文樊谕清
以来以不明古人假借之法而古人文字遂多
不可读矣

柔也无戊

弟棣柔也无戊之字既不可解和与上文侮字
韵谦图不合历来经家罕对之莫敢不加以
精密之研究托拟议百端卒无一能通

渴其窾窾矣○毛傳、戎、助也○毛氏殆亦莫明其
其義而其辭又不可通○故特擬一○助字○以代之○
也○毛氏於此不能通之義○往往如此○此外不可勝數○
注窾度也○蓋謂其字○之當作度○我謂窾
即訓如○度也○鄭氏不知此義○故於徽猶迺
窾之窾○仍據毛傳釋作度○且更轉而為
法度之度○誠可謂之治化謬矣也○四
國是皇○注皇匡也○蓋謂其字○之當作匡○
此謂皇字○即訓為匡也○此注助○亦即

此義我說戎即有助義，若曷戎為助義，
可通矣，韻亦合矣。然知所以作戎何以得讀
曷為助，此即質之毛氏，恐亦無所自解也（河
間紀氏謂宋儒遷就造勇於改經，觀此則漢
儒已嘗為之矣。然大抵皆因貫義未可通，不得已
而出此也，與宋人為微有辨）。余少讀詩至此
即頗懷疑問，三十年來每一遇念及此，思覺
如梗在喉，窮極思致，終不能通貫，擬稍類
疑戎字古文與戎戎甚相近，二字皆與俗

字韻相疑，如草書誤，然近代字義既不可通，戍

字則無異，又更無殊，決其意見，先生

矣，字甚無出假借，深借義，則亦本義，反復今觀。

實古今之字義常有不想像而

得也，說文之言均草八之勝說不足按

又且全篇知與俱極謬轉，大不知此處

蓋此極臨證之語句，是以日常往來於心不

然志日前偶取詩經，先大儒始知其

不惟非誤字，且義極是了解，讀極口

常武首章以我字與祖父二字相叶，即其證。（添）

以是上

顧古今來多數學者讀書於此乃竟無一人見及，真異事也。蓋古書讀我如汝，故其於汝字往往假我字為之，如我能汝大我的言翰贊我祖考以佑我[illegible]家。皇毛氏於汝我字皆注曰汝，而於此處又指亮之在一則因彼四處安美蘇縣一則毛氏孝正從乎美得之從知汝美之世們汝因道經我字原有汝美而又知我實之實[illegible]汝父我字以挾吾僉意之自即如汝以是

經

[illegible]系古人論詩而不似今人之斷章文[illegible]此

人高遠浜寫文即天生愛民與我羅之照之

之前汝言雅寫[illegible]係為荒汝如是文此汝字

乃詩人作如兄弟相語之詞[illegible]視其從詩成

[illegible]字父兼緩曲敘毛氏之時未能見及而前

插一點字以代之然和悼以移助調遠不要汝

之親切有味文此詩自取责之感至此消

言有事之時友生素不如兄弟之可恃哉

上章云兄弟急難每日雖有良朋

實日即詩時人猶語常時為每日矣

古語之留遺去今也然況之江之甚長新耶

況此之此章則言兄弟雖鬩于牆外禦其侮

世衛之每日之有良朋雖密文然終無戎

如此故處也和表即據言表亂除和之後人

又況視朋兄和不如友生豈厚深以中明之

力成人之視友生不而重於兄弟之毛氏因

之字謂遂云說字辭字皆謂二字皆注曰發

語詞犧不思夫下豈有從溫詞之下即繼

以七字表出之六勢之訣如左文二千年之徽

統一旦以無善中滿之且見萬口之在眼前

可云厚偉攘章書此為之歡躍去累

目不知彼經史學会中之訣大經帥

視之為何如文 庚申六月十三日夜

四國是皇 四國是吪 四國是遒

破斧缺斨 周公東征 四國是皇 毛傳皇匡之 大和皇

而解四國匡國之義毛之訓匡而數不明皇字本

義而私擬一匡字以為之左文 觀千必取其

叶韻可見○説已見前○毛氏注○只○更○宜○本○加○

弟○乃皇○字○阻○而○訓○皇○主○正○○又○与鳴○鳩○四○是○

國○義○正○合○乃併○四國○四國○改○訓○為○四○方○之○國○

果○致○較○完○而○存○於○八之意乃命○遂○紀○於○今○按

皇、即○惶○恐○也○言○周公東征○而○四國○皆○惶○恐

也○四國毛以為管蔡商奄○甚是○（按蔡仲

之命云○乃致辟管叔于商○囚蔡叔于郭鄰

霍叔于庶人○則四國者為三監○及商○武○三監

說○知○也○即○商○地○商○鄰○無○地○則○者○為○三○監

及夜究之則周公之說征知確為四國則
無可疑也物一時不知皇字即惶之通假乃
妄意其為匡（古文皇惶常通作皇如皇皇即
惶惶也）宋儒因胸中橫亙着一是四國
之說遂併四國之義亦不得混為一則是周公
之東征知其所討商奄乃直征四方之國矣
是知理勇武曰周公之一人其罪兵也不當徒
使人畏其威而懷惶仍當以匡之義為長矣（終）
則周公征不當有東征矣且破斧缺戕又

化字兒武儀
武化解中

何如為如耶吉人頭直移不知識也江為訪良
讀如此使皇字果不作匡字解之何嘗可回
甚而無欺可絕無極擇何如皇之之慕、
知因之而次章此守三章道者心章達
並謀此毛傳化如此國曲時則但哉、詞九辭
[illegible]雖從化得者的移不
訓化訓化也詭字訓詞武詭如心如此化字也
此化字乃當深求化之化驚也與皇匡同義
觀此章之言化則前章皇之為惶愈無不疑者

適（邇）文。楚詞拾遺。適相迫也。是足證言也。
國皆邇。自文。毛傳訓為同。是周從之東征。
乃箋。周箋蔡。蔡邕文案是知。笑。楊。鄭氏
別訓為聲。亦未合。集注乃無一處。四欲而周。
之文。則更模棱兩說。諸矣。是皆不知從經文
研求而拘泥於傳說之失文。
視民不恌
鹿鳴視民不恌。集注。佻恌偷薄文。視也
示。同。詞示民以不偷薄。美義亦可通。宗切詞視

此訓為祝。身之祝，祝之長，即臨民也。非乃排
之假借。移，排為達字也。注，排，儀字也。
是其本義。非，非字乃表主威儀言也。不得
以倫為文。後世或別作俳。
胡不旆旆
出車：彼旟旐斯，胡不旆旆。毛傳：旆旆，垂貌。
案：注則以為飛揚之貌。二說皆非也。此二旆
字乃動靜詞，色量狀字，時言之字時語
之之歎。我黃之形容詞也。首一旆字乃

於旗上……

左傳昭日武旆以会之旆謂揭於又次旆

謂乃左傳定大旆之左旃之旆謂繼旐之

旟文爾雅釋天日繼旐曰旆旆也郭注尔

雅何休注公羊以謂以帛繼旐末為燕

尾曰旆彼旟旐斯胡不旆旆之謂彼旟已

設胡為又以旆之文盖旟為方旗貝首

外有旄旄旄下後綴以長游曰旐之末後

綴以帛曰旆注云於旟旐旄旆之紀致

究未能十分精明了無無或本貝説未全

毛传训墙有茨之茨为蒺藜，遂并训楚楚者茨之茨亦为蒺藜，不知蒺藜当称之为楚楚之棘，且楚楚之者为

无是处也

墙有茨

此诗至为熟习，凡学诗者无不知之，其义（实须知者）

之人能言之。乃传诵习逮二千年，竟无一人悟及

所以然者，但知坐候诗人之言，因本意不溯，傍

于后世甚多解人之不易索之文，今试执人之

问之曰：茨字作何解？莫不曰茨即今之蒺藜。

又墙有茨何以不可扫？则曰其蒺藜多刺，

扫之恐伤手也。其说似因非无理，然窃思

蒺藜實乃下
云言抽其棘
不除蒺藜
而除棘苍耗
桃僵李代乎
另有說耶不
閑入

之即覺其不於蒺藜何以能生於墻上
（墻）上固有附而以生者於此其種子之極輕
微者始能飛揚而上蒺藜子頗大必不能
至之且不可掃者又何以得為墻上之蒺藜
是蒺藜生於他處便可掃耶得於詩人
何以又曰墻有茨耶毛氏亦曰似亦有見於
此乃為之說曰欲掃去之反傷墻也若於
則蒺藜反似墻之鞭以保護者矣伊古
以來祠寺門有樹蒺藜以衛墻者文蓋

毛氏徒知注是於不可埽三字以為設說不
可埽知必其物埽之有害者身然後埽而棄茨字又
從草從次次與刺同音草之多刺者故惟
蒺藜蒺藜蒺藜埽之又有傷手之虞因是遂
妄意茨為蒺藜至其蒺藜之於墻有無
訓係而未嘗擬議及之又既而覺其與墻字
義殊太脫略於是為更務其傷手之說牽强
加之於墻曰埽之傷墻墻天下之墻有懼為
蒺藜所傷者乎是皆不知注墻字上着

想而又斷於杜撰因而愈說而愈支離矣今按

蕿蔡在古即[illegible]曰芸蕿蔡[illegible]別無異名

易後左傳謂據於芸蕿蔡是也（朱子注

倩騷蕡葉薇以圓實號曰芸蕡芸蕿蔡文

〇原本[illegible]現[illegible][illegible]課於此然毛僅以芸為

蕿蔡而朱氏則更以蕡之為芸蕿蔡而謂長

於融會按毛遂注蕡芸也亦此說自蕡

草多說是為得之蓋蕡即淋說謂無

使淋蔓文後人別作蕡以為草之專用字

字部從草，乃草之獸名，非草名也，朱王皆
誤認為草名，於文謂不合，因此字若作宗
字解下以字便著屋茨文，至茀也，乃古人
因覆用字誤，覆屋寔墉壁之茀文，甫田叔
茨水京瞻彼洛矣，福祿如茨，二茨字鄭氏
詩箋皆曰：屋蓋文（毛傳於甫田注曰積，又瞻
彼洛矣注，是毛氏所從，不解此字之義）善
覆屋之茨，常重疊積壘，相次，故於文從
茨從次，次亦聲，乃會意字，非形聲也，鄭氏

版築之制已不甚行

於二茨字皆釋為屋蓋而於此詩乃獨異之故一則狃於漢代墨守師說之陋習一則鄭氏之時代去古已遠但知屋宇或用草覆而不知垣墉亦用草覆也蓋古時牆壁概用版築土質鬆軟每逢霖雨易於剝蝕故外以用草覆之使雨水遂沿草上隨草下滴不得直接侵及牆壁也今僻村間版築之牆猶有然者鄭氏殆未之見又書梓材若作室家既勤垣墉惟其塗塈茨孔傳

此人為室家。已勤之垣牆。惟其塗塈茨
蓋之。乃古時垣牆亦須用茨覆之。況此
書從前解者亦微有誤。其蔽弦者原於
不知塈之即為塈。亦即為及之字。在古人
常相通用。若谷風伊余來塈。即伊余來時。
訖及之景況之詞。同面長之。既塈之說。訖長之詞。
及之。左傳從擢不塈語。從塈不及。又塗之
此節本兩手校。中間特用塈字。後人不知塈
之如塈。因塗茨二字皆作漫之屬。塗屋之說

不堅字又從土為疑堅也為作儀之一種名
詞孔傳以漸堅二字連讀即本此意說文
堅也仰漸也正用漢人說便語不知此云漸
何得漢部仰漸為一字云漸堅黃二字相
東於文體也不審此說來嘗加以深究之過
文漸黃二字乃書即上文垣墉二字言之蓋
垣墉即立其內內二方（避風雨）避風雨不相接角則
當漸便其完滿其向外二方乃可我以
藏陰避風雨則直黃之以防其侵蝕二字

分房牆之內外欲火加一蹈豈容於義理職注

於古人牆壁之間未能了然於心乃潭

然以淫蕩二字譯而閉之寔寄此以於古

人女奚全不能領會文一歎仰淫蕩盡託

字可見至此語之言大為節其蓋蕩說以處

牆歸去之則牆將全是於外以為中其有

言其中色莊許每國奧之道破之其而

將合禧楊於外又義理只在眼前記得之

只在本書一經道破豈某不過此求釋

乃世人竟無能知之者，直令人大惑不解矣。

俟我乎堂[illegible]兮。

前人說詩至有令人大惑不解者，只於不易知通之義，每牽強附會，支離穿鑿；於可識之義，若人人能知之義，乃又曰此不知然者如何解於義，則合於其說，又通處亦不可通，則真不知其是誠何心矣。以手、俟俟我守宅等者，不得等。此詩殊無甚難解，不過首章言侯之於巷伯。待見儆。戒慎。當於時不忘。
之俱。立。說得送。此章則言侯之。尚當待
賓出。迎。入。將事之時。不出。不相迎。說得將文。
三章之駕。亭亭。行即於前章之美。而言四
章之駕。亭亭。歸即於此章之將言。儆
行。一儆。歸而之對。章脈絡極為分明。原無待
於煩言解說。乃毛傳曰將。行也。箋乃不分鄭
氏則更箋曰將。亦送也。則直於文義相背
矣。按將亦可訓迎。祁氏送字義。翦巢說

詞百兩將之文鄭氏之訓美也弦本於異之
拔花之表乎將之不知彼將其乃詞相將
而行於九歌之設詞子交手兮東行送美人兮
南浦說為美人而將時實又得即作擬為美
字解鄭氏因前章言美疑此章將子之也
為美是弦本雲即全詩意言作會之文至也
乃會客之通稱即今人之設詞廳堂也
堂之北即為庭堂之南即為寢其之詩
首曰乎著次曰乎庭終之曰乎堂蓋

宮。之。制。人。知。之。矣。此。亦。止。禮。部。諸。儒。上。梁。壹。

又。楊。又曰。堂上。楊氏。堂下。生。氏。此。周老。八能。

知。之。文。毛氏本無絛。之說。只。車無。決。注釋。

鄭氏箋詩。乃獨曰。堂堂為棖。之門。梱上木。

近東邊。之。可謂奇矣。詩明之言堂。而鄭偏說。

堂為棖。是直以詩人之說言之。為不合。而

欲免古人之字例矣。且曰梱上人所觸於

門梱上木曰堂。能不其棠之。以後人不尤奇中之

尤奇乎。孔氏作疏亦不明鄭氏意。乃曰鄭

以著篇言堂在著庭之下可得為扁之堂
此篇上言於巷此言於堂巷之與堂相去
懸遠非為文次故執堂為根然則凡書之
言堂者皆曲直為庭堂爭詞巷及堂非文
次巷由巷及堂必一步一詩始得為文次第
詞非天下之性論鄉蓋古今來說此詩皆未
嘗說全篇玩索其意味不知又於文義貫
兩條字一為條貫僭出一為條貫僭入乃截
然兩事邇非此說時與其篇之由遠而近由外

而內外迫乎不同於是作繭自縛愈纏愈紛而

愈不可解倘舍棄兩章回與四行回與但二回字

一研究之豈不啞然自笑見多多矣此等

字更有分視頭門側之豈說之熟也說為出

使於藝者又有分士管視說豈為面豈者或

更說唐人不得有熟也亦不得有面豈豈為霞

豈者導之紛繞紛歧令人觀之目眩以此為至

淺易之事乃竟幻此奇觀真所謂天下本

無事庸人自擾之之文集字集涯於此字不

加詮釋于後其異於傳者仍取鄭義列

為選是朱氏亦未嘗解此節文

齊子發夕

昔人謂毛鄭朱氏說經其禍烈於洪水猛獸

然毛氏腹中尚有若干書卷至以供其驅

使若近世德清俞樾餘杭章炳麟則

手中但執一部段注說文反覆尋撦不自

某經某字當為說文某字即曰某經某

義與說文不合當改從某義其論謬大

祇為甲可通乙之於某處，又可通戊之己丁，則

者，相近則甲可通戊，其不通論理在有淺者

二理可知其意，以後世書證前書，予猶其小

者也。又推其意，直欲舉一部十三經盡易為

不可通之字，盡易為不可通之義，於心始快。

則其說又不止於此，以獨斷則直秦始皇

之焚書禁挾冊象條於二氏之書安置

不論蔡傳俞氏說高子茨夕一節也

見一斑則其餘亦可想見已。此說前之解

釋原綴有誤。如韓詩云暮旦，又始以暮為
昨暮之暮，然明暮不訓旦，僅一暮字，不
得遂訓之曰旦。且高子曰夕，亦不能謂暮不
合。箴置澗論毛傳云：暮夕。暮至旦，是已然
曰夕暮可矣，後綴以至旦二字，殊牴牾矣。於
韓氏之說不能認然，擬脫，故作此模稜說，
致使讀者反疑不能明。集注疏即如此云云。
郎誤乃矣。反前說曰夕，牴牾矣。暮夕語
難於訓詁之合，其說尤謬。夕從而訓宿

是豈可訓為改作之意乎謹按晝夕、
即夕晝猶今人所謂早起曰起早又夕來出
出晝之時向夕出晝所以刑容乏善之急
於求合即一夜之間不及從文此詩小序以
為刺襄公故鄭氏箋亦以為襄公此南
山敝笱傳箋皆以為乏善何此處忽又為
齊襄公鄭氏殊不明序所言刺襄公之意
乃因此謬會蓋襄公兄妹淫乏善周紀
止自襄公之昧因又不道詩作於齊人自知

以刺襄公為主，征諸詩中之字，皆襄公

田事也，改詩左史之美，慶國公而侯於高

之襄公帝來嘗一至魯，則鄭說之總統相

據，而鄭言之，乃俞氏之見，意則所不信，此共

言曰：此詩二章言宅亭，三章言翱翔，四章

言務遊藝，獨首章言裝多，識意不倫，疑此詩

本作高子岪岪山，崔嵬之岪，岪之假字，多去岪之

誤字，岪隸作弔，與多字相似，說文岪，鄭岪足

刺岪，又讀若撥，止鄭岪，踰又讀若揵府

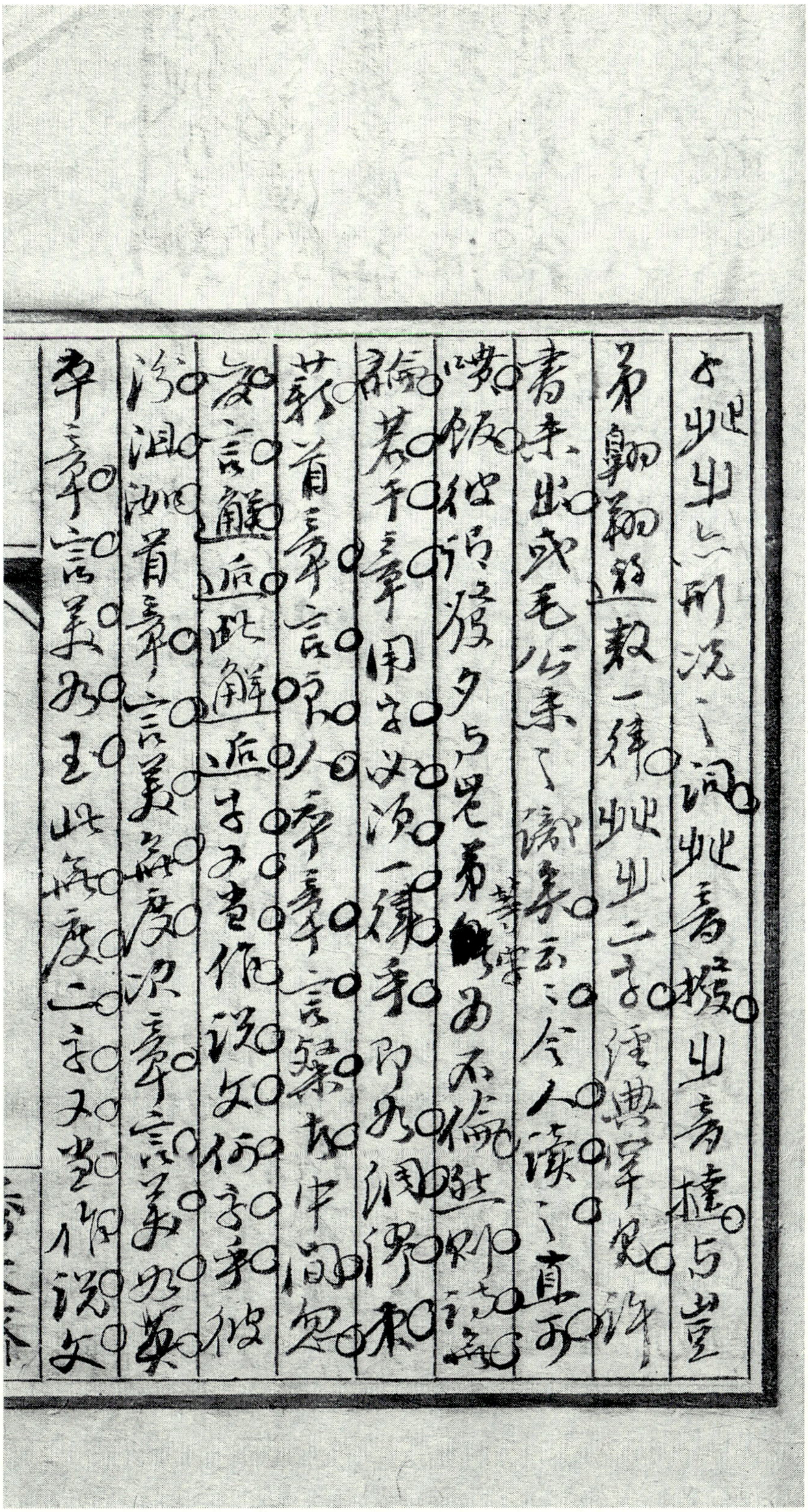

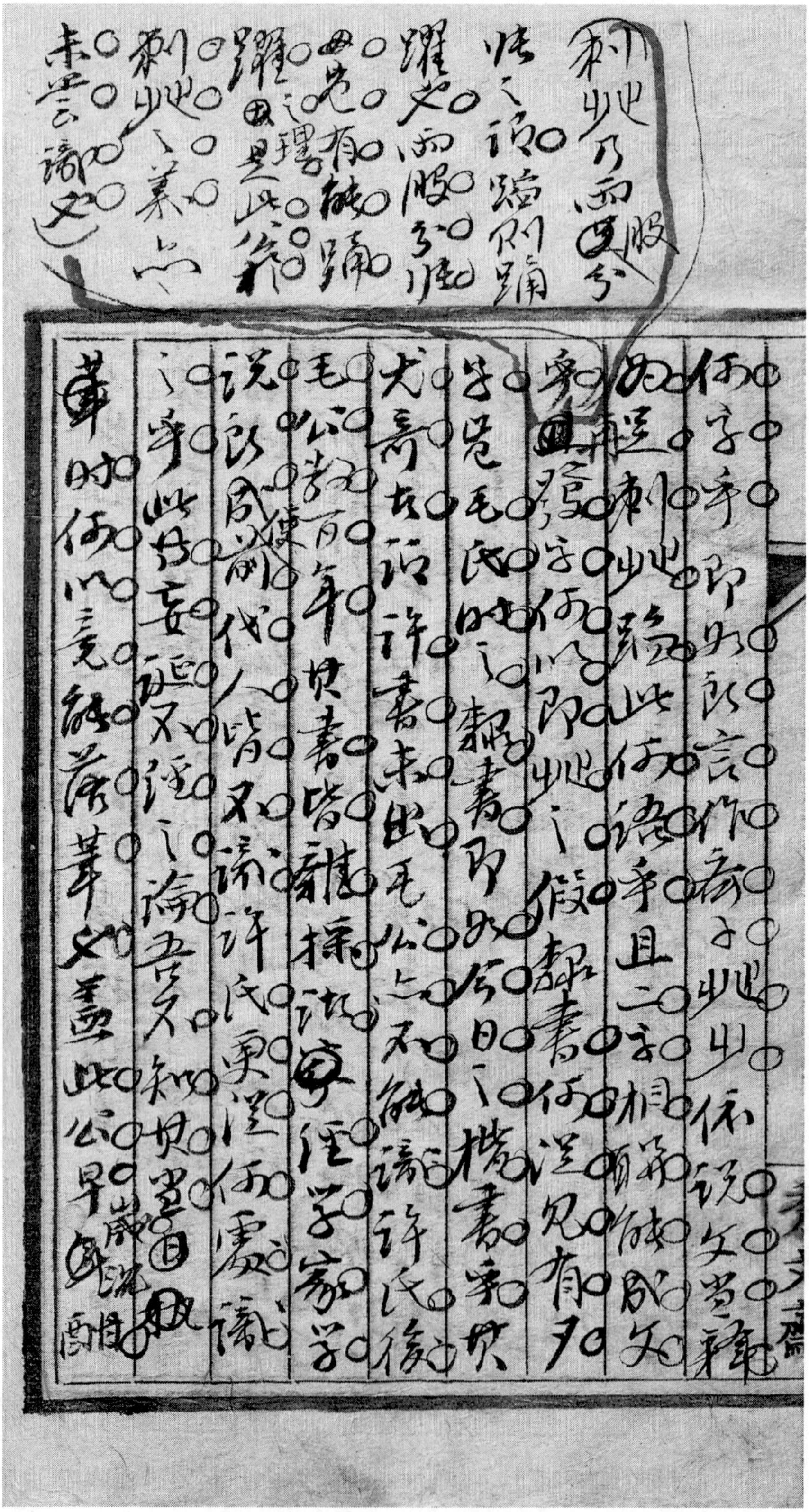

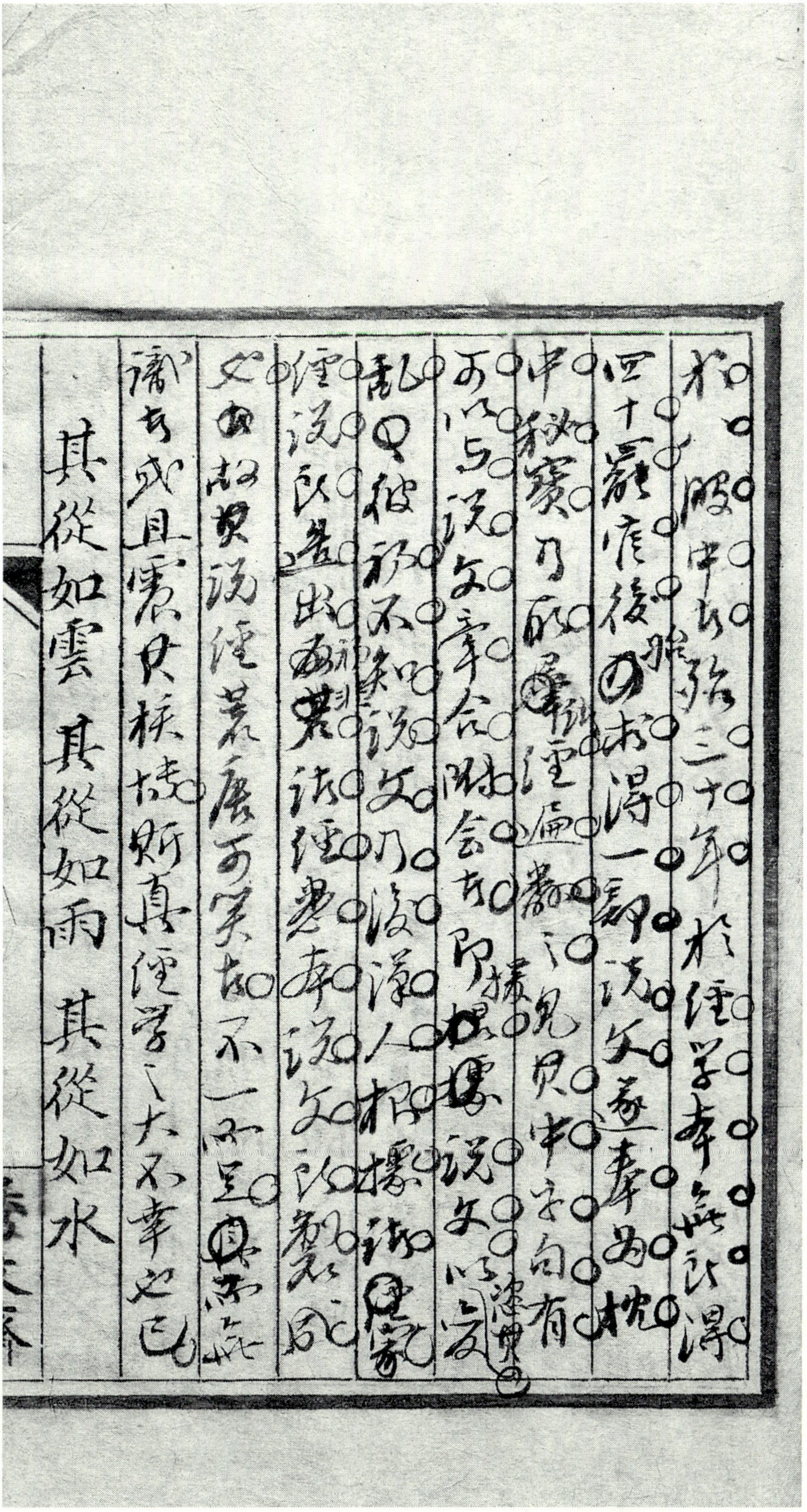
於服中之孫三十年於經學本無所得
四十歲後於得一語說文義通本而枕
中秘寶乃取羣經遍讀之見其中字句有
可以與說文牽合附會者即據以爲說文以證
亂其例初不知說文乃後漢人據譌從家
經說取其出於漢世者經學說文以亂經
文而取說經異處可笑者不一而足
讀者或且震其援據明直經學之大不幸也已
其從如雲　其從如雨　其從如水

敝笱、齊子歸止。其從如雲。毛傳：如雲、言盛也。鄭

箋、其從、姪娣之屬。言文姜初嫁於魯桓之時，

其從者之心意如雲然。雲之行順風耳。後知

魯桓微弱，文姜遂淫恣，從者亦隨之爲惡。

其言甚恠。齊姜雖通於齊，[illegible]豈及其從

娣皆通之。且文姜歸齊，是以悲攜其姪娣

偕行且淫，將何事而乃若是 59 只人世之恥耶。

亦隨之爲惡，則又何惡之能爲。靜言思之，字雖

笑。[illegible]集注知其不念，安其說曰：魯莊不能防

閑其母故歸齊而淫之者寡矣則不以淫者為程

猶子以為隨淫之人其義似較舊說為完善

然淫者之為婦與淫僻又何涉乎淫者不為

即不能淫僻耶則其說亦未為得也今按先

說之蔽皆原於誤讀淫為去聲讀此

淫字宜讀如字淫田淫獵淫予之淫猶言

赴之之如云亦喻言其急疾與赫奕之言

邪之如云者不同鄭氏以淫者為縱猶縱也

為本於此其淫如云言其淫予於田獵猶如云

之綠衣鄭氏箋之行順風意却与此合蓋
父母於女之原嫁歸寧之義係有之歸父乃
竟涅之歎寡宣耳則其歸之意旨何在回歟
言外自見蓋猶齊子發夕意又如雨則言
其意如此則言其微舊說以為言多言家
集注皆以為言多華靡也如此不得云言
多若人領其如流水之意但其解續不絕私
直謂其意矣統觀此詩大旨張即魯道有
蕩齊子豈弟之義小序以為刺文姜甚合

毛說以為刺魯莊桓（亦小序文小序隱首
句外條是毛氏所錄作另有說）朱注以為
刺魯莊公患卽知之二說殊皆由於不明詩
人取喻於敝笱之義乃不得不於題外別
尋一主人以當敝笱之喻但孜孜傳其事
自桓三年齊女歸魯至桓十八年春文姜遂與夫
人姜氏遂如齊中間凡十四年絕無文人適齊
之事公於春閒如齊齊夏四月卽薨于齊是
公閉文姜之事（齊通之）而適齊者則桓之薨正坐

於不自甘微弱使其果微弱力不能防閑文姜
於齊實亦無取乎文姜、矣文姜甫與齊
襄公通而魯桓即死相去初無幾時則語人又
何要得取臣死之人而惡之耶舉注之易桓為
莊公即為此然後桓六年九月丁卯子同
生至公薨之年僅十二三歲何得即責以不
能防閑其母至莊元年三月夫人即孫于
齊莊更烏從而防閑之(以傳文攷之三月之
孫于齊乃文姜初未敢歸魯至是歎歸而魯

人絕之○現在書即但傳語文義出故○則文義前
此原未即但○以語後此之会講學說丘篤○則
前既絕不為親又果何法以防範之○集注
哀痛以思慕試教以予母云○直是腐儒之兒酸
氣撲人若如所云則是著人之絕不為親之道
并親其是理乎八子遭此禍之後當觀其口代
傷其不幸而語之反并○親之愛有以知其
知不然矣若其忘親予仇則可亂此猜度
之所以作○不知教術之一字乃全由一旦字生

此題猶設言穗至禾之所以節本詩以刺魚

猶穗本詩以刺為題若節之跗節則失其道

用而[illegible]者將為大鳥出[illegible]存之不守其母而不肥

寧之義說之肥則穗失其用而其澀之文滯

少雲之詩為兩之舉以之順矣蓋薄雜

一決勢如之於不可收拾以前人對於肥之

平皆滑口讀過以致兩節二字全無著落

加以誤讀澀字為去聲上下文意隔不相呼

應正喻兩方參形成兩橛然為精心讀之其

義於此雖見文亦八九字未有不通合於文理者也舊解其不合文理者甚多大抵皆解釋錯誤所致此其一耳

魯道有蕩齊子由歸

南山魯道有蕩齊子由歸舊說集注皆以道為道路蕩為平歸為嫁言通魯之道蕩蕩平易齊子即由此道于歸於魯大非詩本意文義之淫蕩與魯之道路又何與且文義之通於齊襄乃在歸魯

十四年之後又在齊不在魯詩人胡為於數
百里外追懸想及此十餘年前歸魯時
詠經之道路後與上下文意淵不相浹寧
此無節之至右之諸人豈不至此節之雜湊
文掛道乃道德道理之道備言從法制禮
義文蕩即蕩檢踰閑之蕩詩漢賦文
蕩之而到乎止之蕩字不得到為乎又且
解上加魯道有甲字尤不成語歸即歸且就更
歸藏言之魯道有蕩齊子由思歸言者記

法制禮義有誤蒲隱潰殆此義之誤由
得歸文蓋母女子父母死無歸寧之義篇
我魯之道蕩失義之何由得歸此所由義
之歸蓋以見魯莊之有蕩父焉文王易明
乃前人多誤謬誤大抵皆原於下文曷又
懷止一句以義之限歸義則不通懷之文
此外因誤讀其字為女子之故不知又有害通
曷又懷止乃何有於懷之文所不知此解則
下三文字皆不可通矣（另有解）此詩以南山

雀之與烏鶯有鶯雄狐之與喬子由陽
上下際相呼亦毛傳因爲此正合集注因解
釋鵲爲誤不得其起興之詩在乃家段爲
比此固宋人之果於自信審固果果依舊注
求之於義注尋其字亦之跡又所又未而焉
以責之宋人矣南山崔巍而爲大記以有雄狐
之綏之音道義失不鶯傷記以喬子得陽
雀之子正對對鶯字前人於此其字皆輕之
讀過記以於詩意勇記溪会古人之詩国

不容有許多文字曼言也之說

葛屨五兩冠緌雙之

此詩至易了解，乃古今來說此詩者無一不足供噴飯，真不得不說為異事。如毛傳箋曰：葛屨服之賤，冠緌服之尊也。引而來伸祇不必論（觀其所之於二者之賤與尊，知毛氏固亦未能了解）。鄭氏曰：葛屨五兩，喻文姜與姪娣及傅姆同處。冠緌喻襄公也。五人為奇，而襄公往從而雙之。冠屨不

宜同處。猶寒公矢美不宜為夫婦之道此
等悖論真覓歷來說思因葛屨言五兩乃
遂又章八拙凄足九人怪歸以外亜章乃
只傳她是寒公之通矢美不惟淫及貫怪
歸並與年長色衰之傳她亦且不免柔若
如許說附是二人之通重非文姜自堂奇寬
直是寒公入霸喬柁之宮齒孫若萬巢鳩樓
之氣勝勝繼有埋勝至勝岂以絲人沉傳
她亦來以即為之人何以與文姜同處耶

便是為五人過者以數論蓋之偶原屬五画則
者[illegible]七人只以二之偶者一人之何者五画之偶
外後加一冠之倭則為數三十一字説德運之
漢之詩不適以言之意不然何之偶則以画計
倭獨以一詩手段和歌之記情故韻集注知
只不合乃一眼看之一画之漢字義之家易故
説因偶又画偶又漢物名有耦不可相亂也
即兩句分析言之義似較舊説為長後来
解經者宜從朱説　然義之偶固以画為耦也

又以五兩為耦且天下之冠飾只有冠纓
倭者所以沒倭又以纓為耦耶倭即纓
又冠且不容纓纓今制猶並朱氏以為倭
又纓不知其人以倭為何物遂於六經未暇
偏覺不知其執此篆字系從女從天而
為之由是言之是讓人猶識倭為何物而
知其又不容纓故於印上又以實就之至焉
反則并不知倭之為何物矣就不識字者
以觀之朱說固為長若即古人觀之未

五靈倭

相

甚不避此累之文今指二句以言乃甚僭以

一兩為用六斤乃五兩冠倭以一為用之倍前

乃僭之以治人治道此所矣若乃國本

以言之文下文多言有陽求之庸止之庸

守正亦此二句言之言多言廢先求之乃危

以此為用之此治之要旨全在四庸字

乃用守之往庸用之尤甚合蓋二之皆是其

用之自多言有陽句謀解作庸字之義亡

新不見矣新舊說皆釋為因之美用

外占
外占
外貌

此語以归於篇能成語乎
既曰告止曷又鞠止　既曰得止曷又
極止
前人之解以為內在大抵皆不成語義不備
讀之在不能解即在注在返訛本心空云
來又之之文毛傳鞫窮也極至也別無解說
不知其意果作何詮釋而不具論鄭箋
則曰鞠盈也文姜既告父母而取何
復盈從其欲令至於齊乎又云女既以禮得

之氣何不禁制而恣極其形容令至於此二
章諸聲音極其說之章飽滿至不可句讀
徽諭鞠字形容以壘之讓且壘送二字咸
何謂義況真以潤澤加其形容二字乎以鞠字而訓
為壘送其勢天下如是頗複連曲之字呈形象
其訓極字為極極其形容蔽與此同然若果
如此說是諸人意中本勢言壘送其勢乃
僅僅言壘字本勢言恣極其形容乃僅
言一極字是在諸人為辭不達意必待致

百年後有鄭氏出為之補缺數字殆遍
寔賴其語氣之表明其心思者豈古人亦不至
若此之揣文玉集注知鄭氏訓鞠為盈之
不合乃仍從毛傳訓鞠為窮以駮鄭說似
猶有根據（鄭之訓盈本毛傳此鞠訟傳來
訓窮則本此傳及菁菁者莪鞠傳朱氏據窮
凶極惡語訓鞠訟亦為窮凶德不取盈字義
爾雅釋詁亦曰鞠盈故知爾雅為漢人彙萃
經注所成決非古書殊不足為說經之據余

考文編

此編殊欠了周，其實鞠之訓窮，亦漢人俗解，其無稽之文（詳見菁青、蓼青鞠及降此）。鞠訟解中且其言曰：今按南山告父母而取家。又易爲傳之，得窮其歟，至此我亦知其源，於窮字外別增出其歡二字，方成語。其於極字注曰：亦窮也。則其於極字外亦須部增出其歡二字，與鄭說正似，仲之間楚園失矣。而亦未爲得。又今按鞠蓍之文，蓼莪母兮鞠我，是其本恩見義，凡鞠詩字皆宜作

此解（惟節南山纇詩係借字或華譯）又

有古書面用書十有三記十有三字等有字

古字晉作又是見記（古書中只是古甚多不

皇校教）曷又即何有知何有即於從路中任

有（何）有詔何謂又既曰告此曷又彌止詔既

告女如之要則禍殃私奔野合何難於養之

而今之皃就養於家耶此處言之謂女姜

又極即盡之又極之於見既往之極謂鞠

之如既曰得止曷又極止詔既康遂媒既

得则正名定分，權有专属，何難於禁制之。
必待其自由归宁，聊此正言，以讽文姜，又此
二義雖皆就魯桓一方面說，實則詠人為
擬議之，以刺文姜也。有責魯桓之首尾者，
言其貴其能堅之而不能善處勝之，次章者，
言其貴其能堅之而不能約束之，責其大
正說以淫亂貴妻，前此說之義，第見文中
有取妻之美，相象謀定以為此，魯桓是則
詠說死於弱下，不足以語於為風人之旨者也。

或謂二句作又何不慕之又何不極之解亦可兩（曷何不文）但上前二章語氣似有未合也既已歸之又何不思之既已庸之又何不從之既歸胡更思既用胡更云從蓋思前之歸後庸內亦從外文故又曲須補為既已歸之後何有於思之既已用之後何有於從之方合語氣四章同一句法前後不應歧異也

庚申夏季

祭軒說經　卷三

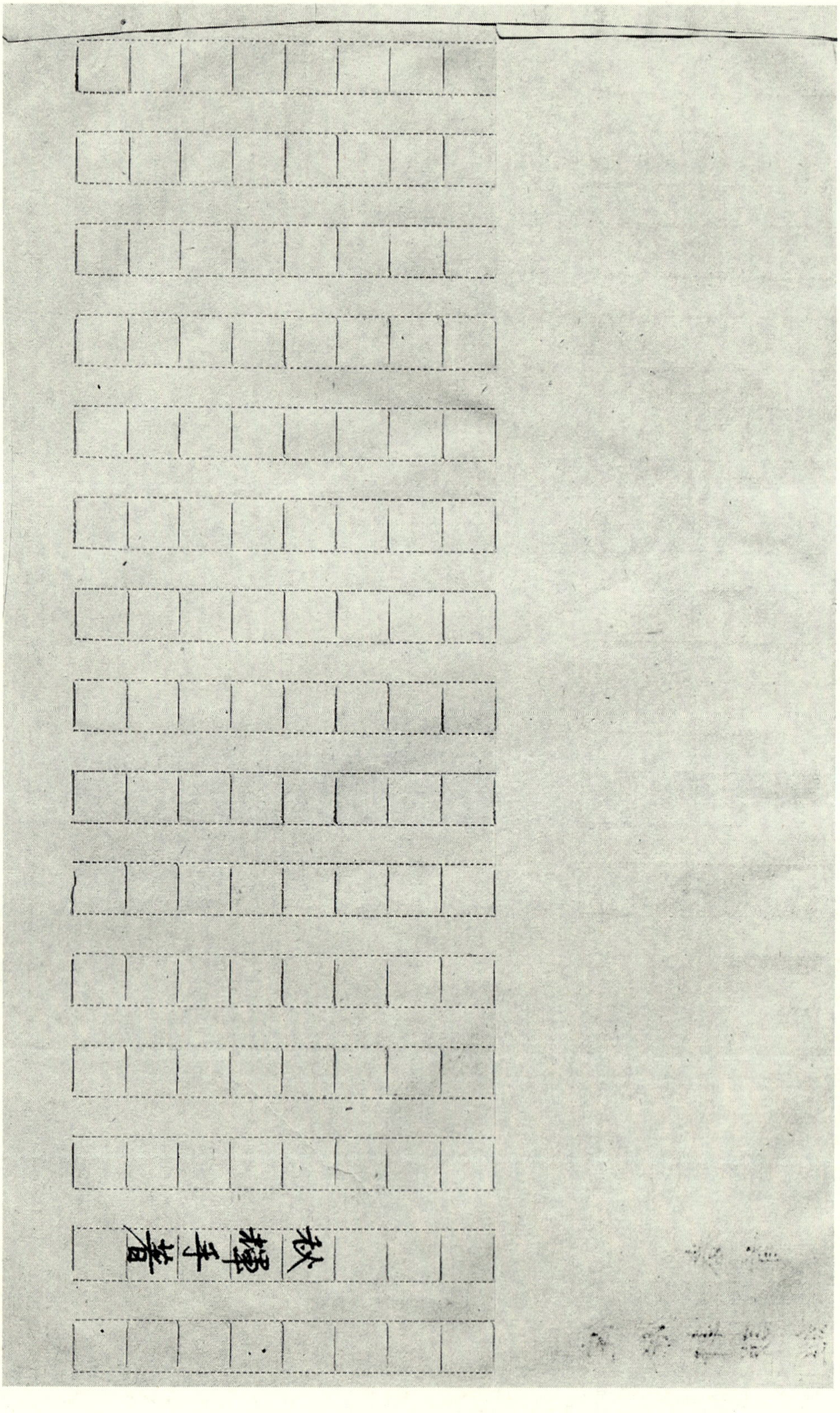

侘傺軒說經卷三

揚之水

毛詩小序○舊說以為出於子夏○宋儒力攻之○以為不可從○二者皆非也○自清儒學者○以為小序首句為子夏作○餘為子夏毛公合作○其說解○至如○皆足信○以其餘為子夏毛公合作○似猶不免含有調停語氣○夫子夏毛公相去甚遠○豈得有合同作偽情事○寧嘗即其旨趣觀之○除首句確出子夏以後外其

余不然以子夏作且兼取毛公作張毛公以
前傳解此詩如詮解詩因兼之詞亦毛公
說之說自出文意旨■傳寫習時即附載
此師說於小序之下雜轉便久後人為誤合
為一毛公併傳之國非宋人乃因此亦兼■疑
及小序尤為無見又今觀小序多謬詩之緣
起■作詩者之字家於詩中詞義絕不相涉
而讀作者以多就詩中詞義揣測言之且
上下文常有自相衝突之處（凡■■首言刺

敦文萧之下忽揚言有人惡音於徽那不能防
閑文萧使出淫乱為二國患者則又是刺於公矣
刺此尤甚為其私出諸二人之手顯然可見之夏
親受業於雲路為人所特許可與言詩者其言
作詩見古之所以代近代百餘年遠不逾二百歲
所以記述者然可信且緣作則者出於秦漢
之間無教誠憤以後儒曲學附授不能得序中
申明言之蘇乃據據詩中之[illegible]舊全
傳会雜凑取文其於詩之本義十不得其一

二兩者相形，真如糠粃之與粒米，碔砆之於美
玉。稍加玩味，斷真偽立辨。乃宋儒對於序
文之有續作者，既斥其不合，而於其無續作
但云指某人刺某人，知則又驗諸詩與名見如
指某之刺某人。然則詩人作詩必須預指
之所以刺之人而一一填入之耶？是不惟不識
序之體例，並不識詩之體例矣。至其推勘
二切，俾就詩中所摘用之字面而別翻新序
殆猶黃口小兒而語高年耆舊之目擊其事

曰毋以見不出象與知之不確則雖百口亦無從以
肆其蕩矣亦維揚揚之此一篇言之序謂刺
幽王也此正原序確事理不可易者也下又云不
撫其民而遠屯此於母家周人怨思焉此則後
儒不知序言刺幽王之義苟見詩中有民
中字遂又謂滮解揚字為滮揚之揚不流來義
為膏澤不下於民之喻遂此似通不通之謬
解乃其決不可信也今以詩言證之此詩實
刺幽王申后所作以刺幽王也故其言曰清淺之

水（毛传以揚为激揚，周业粲注以其不流束薪
故訓为微弱之水，今[合]即唐风观之，直为清
浅静止之观，不得第言微弱也）無理貫綫流
成束之薪（水岸[?]以流与薪，若揚之水则为不
能流束与薪也）猶彼貫之与不能理貫如我成
申也（与我猶为我也）郑笺以为彼其是子獨處
御间不与我来守申是思之也緣不成流然则
所思者果何人耶彼虽不能为我成申我者能
释然於怀之言懷哉懷哉曷月予还归以释视

之卽蓋申后是時之父母已死，舞陽亭之義故

曰易月最近，殆猶許穆夫人之賦載馳也。女

目標但曰彼其之子曰不我成申文自瞻然若

作周人語則申為周人之申若作戍人語則

戍人無有怨其君不与同戍之理且若然

舊說則前二句起興如果字為耶（集注仍

用舊說謂彼其之子為思家人，因不能得所與之

義可曰與取之不二乎例与小星同春下無有取

與不以其義而但取其實字相呼應尤為真堪

發一大噱也小序但表明其為刺平王則刺
之之人以刺之予詩中自見其不曰平王毋刺
平王武申后刺平王也一則古文簡質一則訓
時未久此等事實當時之人率皆習聞初無庸
辭費也乃及後中更戰國之擾亂嗣漫繼
之以秦火失絃歌自綴學文獻無徵漢儒收拾
於灰燼之餘抱殘守缺竟至對此淺近之詩
文而不能了解紛逞臆說穿鑿支離轉謬
沿訛亘二千年而不得大明於世是則文字厄也

即說不從辦古已（若如舊説所言是平王真氏

申、氏、甫、氏許氣究之何云有是乎不明文義乃

玉擅進乎安真古人之巨厄也）

仲氏任只

並之乎丸小序但言衛莊姜送歸妾也稱未言

敢笑妻男之爲濟氏玉毛氏乃因左傳氏載有戴

媯曾見序媯乎竟直指所送者之爲戴媯

然致說左氏家不見有戴媯大出之矣毛氏

於數百年後又爲從知之後所謂想當

此取（此詩小序下無贊文，知毛氏前初未有此
說文。今按莊姜之詩，遂知不惟孔、戴媯且
並私陳國女，實則薛女。如薛任姓，今文家
作任，左氏說誤。詩、書／春秋于薛不載，知說經
學文篇中，仲氏任只，即為〔大任〕之名，蓋從
說贈記故直〔齒〕瞭其名而考之，文舊注以仲
氏為戴媯字（疏亦由左傳其娣戴媯之娣字
誤會而來），而別訓任字為大，不知古婦女
未有不姓而號，稱其字者。故孟姜、伯姬特

隗季隗，固不得僅稱之為伯氏、孟氏、叔氏

季氏也。大明之摯仲氏任，與此之仲氏任正

同。一稱之則如鄭箋解其義，以摯仲氏大解語

乎。蓋因毛氏誤稱嫡，以姜為戴媯，自不容

後釋任字為姓，而任字本義又不相合，往

之陳姓氏，知只作責任解，乃知淵更取壬字

義以勉勵隃念之（魯頌有壬有林注壬大也）其

實任字何嘗有大字義，仲氏大之又成何說

氣耶。後儒概為毛說所誤，無一人能見及

此古公詩中所以具有主名之位氏及
澄後無所不復見稱於世亦惟宗李戴者且
直二千年人之傳不傳殆直有幸不幸耶

公孫碩膚 及居常與許、併狼跋全章

狼跋公孫碩膚毛傳公孫成王也豳公之孫也
詩本義周公何以怨而及成王若然則此詩豈
為美成王而美周公矣且謂成王為豳公之
孫古今無此稱謂鄭箋知其說之不可從
而周公又無可稱公孫之理乃別創一說曰孫

讀豈如公孫于齊之孫○孫之言遁也○周公攝政
七年○致太平○復成王之位○而遁辟此○成公之大
美○（毛傳碩大膚美也）歎老○成王又留之以為大
師○履赤舄几几然○其言○枉雜○不倫○合之竟不成○
語且訓○詞○孫○遁○辟此○尤不知何指○詞周公○
之之居東乃又年○致政○以後事○耶○下文言善老成○
王又留之○則是公初未嘗遁○矣○公未嘗遁○詩
人胡為故言其遁○耶○集注似○亦知其不可遁○因
實又施○以大○安其說○乃仍○承用其讀○孫為去聲○

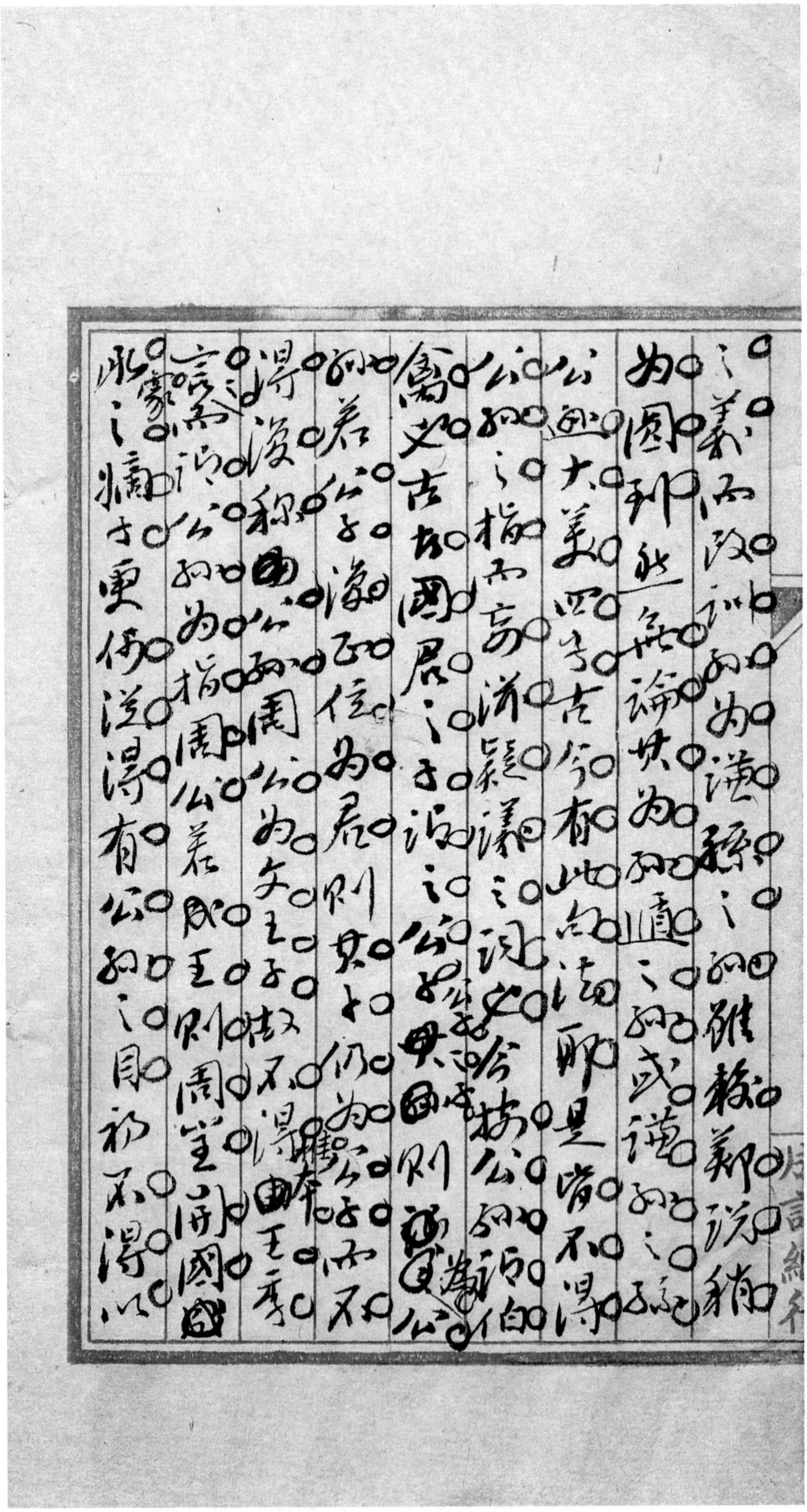

商代稱王之稱湯稱帝乙之父（湯稱乃即其開國
之始祖（稱桂）言之、公子公稱乃周之通制不得相溷文）
伯禽為文王孫而周公未嘗為君則與公稱之稱
適合詩為美周公則公稱之為伯禽可無疑
文此詩之作不知其確於何時續小序稱及毛
傳以為出於周大夫之手在周公攝政之後
其說周無可徵信（小序下半多出後人、所續）
若然則當指伯禽受侯魯之命時言也故人
見其稱之於凡之然推本以為周公之德然、

以古制證之則禍亦不必貫矣然以豳風證鄭
關於周公之詩謂為周公居東時所作此說亦
當為東人美周公之詞蓋公之居東伯禽實從
之而赤舄亦不必即為公孫之服矣近世說傳
古彝器貫言周公伐許者二公之伐許雖不
見於經傳然以魯頌居常與許復周公之
宇及春秋時魯嘗有許田觀之則周公之
嘗有事於許確無疑義許近東周則伐許
之役即在居東之時亦驗而易見後世書闕

有肯貢爭不傳世之洒二春秋不能得魯郊祀
以有許田之由乃至滕崇鄰以為成王賜周
公朝宿之邑不思此名許田成王何得以賜周
公且周公本在王朝初未外出又何從而有未
朝之爭若謂預賜之以備他日之往朝然未
未朝有為其豫將時未朝而先賜之邑以供其
偶爾休沐之理況成周為公所手營遠方保
服司衛大國皆侍有此制而已以左右王朝
追隨密邇輦轂之人乃頂立名目以原即操殖又

邑而買之以君出乎況王如東都諸侯來朝
之日魯侯猶來受封（竹書成王元年、王如東
都諸侯來朝、八年、命魯侯禽父齊侯呂伋遷
庶殷于魯實為魯有國之始是國歲無之而
先於對及共來朝爭共為證因無侯煩言乃歷二十年
來朝之人致疑之也則以魯之有許田國明載
於經傳而許又近東都且鄭無說以易之又許
之近洛係指宗周言也其實許之去洛邑甚數百
里也亦不得指為朝宿之邑也今猶諸古器知

論嘗有鼎王命周公伐之即據其地以賜周公

至其獲鼎之由或書於蔡柳有銘款識

甚嚴無古文節題無其由殆見然其文字即

在於周公居東之後則有可疑言因周公此引

更無復有東征之日自岸而伯禽是時嘗未就封也

二器一為周公所作乃述王嘉周公伐許之功

并策勳錫命之辭則伯禽自作即言既祿

是以征明公之東征伯禽實從且嘗未就封也

此器世号鼎太祝禽鼎其文曰王伐許侯周公

某，禽（此皆所謂之謂周公為之謀主所將帥或合下文讀之亦通）禽，禡，（所宜此字之書不載，惟即宜字，太誓類於上帝。宜於冢土。注謂祭社曰宜。禮王制宜乎社。注引爾雅起大事。動大衆。必先有事乎社。令彝所謂得宜。則宜乃本祭社之名。字本作禡。後通假作宜。至彝所謂得宜云，則又因宜字而附會之耳。）禽又殷，禡，（殷、殷祭，左傳祭以特羊。殷以大牢。杜注殷為盛，祭謂三年一大祭曰殷，恐非，此殷有重複義。故謂殷之文。殆謂祭

洒祭之日殷吉龜甲卜辭常有曰殷貞其亡𡆥卜

而洒占之詞其曰寅貞其則稱占文此之殷宜也

是師與而祭社乎畢洒致祭以告之王錫金百

鎂龜用作寶彝其樹稷為祭社之名凡與師御

家必先祭社以洒還有寅詩所載社前行之[illegible]

而用命賞于祖不用命戮于社又其即[illegible]于畢則復

祭之以為根詩殷文蒼云龜稷龜又殷稷是

伐御之從伯龜周浴修契爭使其已就捧尚不

能還祖丸是之久文玉說既承之赤野凡之尚是

王賞伯禽從征之功，而賜之以章服，抑武王
即以伐紂所得之土田，命伯禽先尸其地，後因
得奄侯之援，始遷庶殷於魯，別設藩封，而
仍以其地為魯之私邑，為時未久，因故而稱道也
甲及之處東田疆並於此時賜之以赤舄，亦未可知
實則當時固冊命章服及於赤舄衣甚多者矣
彝器敦、師虎敦、師和父敦，蓋不遑悉數，其在
御僕尤為足異，初不必如毛傳所言，周公為太師
始得有之。又歷來解此詩者之誤，大抵皆由於

不明首二句之義，以致竟以周公為狼，跋胡疐尾為喻周公之被讒，不惟不能得其取喻之訛，在（毛鄭集注皆以為與父）且直，上下反對矣。新舊注皆以訓跋為躐，訓疐為跲，而孫之說，及爾雅則躐與跲實為一義，且胡何物，乃可云躐，躐何予乃能在胡（胡頂下垂肉）躐越，緣而進之義，說誤躐等（父）。況跋躐疐跲於古，更未之前聞，而說誤進而躐其胡，則退而跲其尾哉。四余讀古文隱雲霧中百思而不能得，翻其情狀。蓋注家執於跋疐

字二義者無真知物兒弟兒跋字逕呈有跋涉

之義而都又不可以云跋涉乃艱而曰躐（實則躐

字之何可言（遂至盡是字則大異兒乃因躐字之義

由躁章聯而勝之說為踰躐踰二字義並不

相知其物取此二字長以二字不甚習用人多不

察紛便於自然以貫人之集注及注用之而不敢稍

加由訓詳白東之由其便於自然以然人之起典之

美不能明又何怪乎其於正其義耕糊影響

而莫知其誰屬耶今按跋字乃拔之之通

假用猶擇取又臺是即此稓去臺是〻〻臺是也紀

术削瓜稓之文孔疏以為不中裂横斷傳去臺而

言是直以臺名蔕之假借亦臺字即蔕字也

既以此法治之則孫不能盡臺乃細長物遂其

本味故之通稱稓月令燒薙行水疏須通代

芟華殄与即此臺字之異文以其聲转蔕言故

字遂蔕耳孔氏注臺為去蔕義圜不誤但

以臺為蔕則未免迂鑿根誤其䍃載

臺其尾治之〻招根葛見用其柄則如

成巳氏行

不遺其尾亦毫亦用以喻卽主附尺用周
公之重以其紙貴伯禽以喻伯禽之防大厚義而
赤舄几几之文詩以胡喻周公以尾喻伯禽胡下
文但言伯禽而周公自見承伯禽實美周公也
自子夏後小序原不誤後儒不得跋疐二字
之義但又不知就胡尾二字玩索之但思狼跋
有子於其胡又復不貴於其尾則此狼危矣亦
周公前此又書遺疑讒其狼狽之情形似之
遂以為此狼跋卽周公而不悟此詩之原為思

而孔此之，且即以此論子家，有於詩，則寫其國勢；而於人，則寫其淫容。哉蓋之詩，嘗讀思其故，因自讀小序，甚美其不失思一句，貽漢以至於今。宋人攻小序，若小序之數知，則識於其可謂知物，不可併小序之原文而忘亂之耶。

舒窈糾兮

陳風月出篇：佼人僚兮，舒窈糾兮，勞心悄兮。此詩新舊説竝可通。如毛傳：舒、僚、好貌。舒、遲也。窈糾、舒之姿也。悄、憂也。箋云：思而不見

則憂是毛鄭皆以飾為從人語行而不知故勞
心情近也（情乃憂歡，毛釋情為憂，亦非也）然近飾
從而和為遲緩之遲，又恐和中為從人之遲，且遲
知而後加以容仰之飾，形容遲遲之歡，於今豈有
此文理（彼曰行徐徐細節，或行容行徐徐節，成何語句）
毛孔良正義則並不取毛從言遲之，如從乃是
謀以為遲緩之遲，故其言曰醜為喻，面色醜然語
其形歡，僚為好歡，語其形歡好，言色美身後
義也，飾故遲緩之言，歸人行步貴在飾緩言

舒時窈糾也。故知窈糾是舒緩之姿容。其言
糢。糊。影。像。綫。不。能。明。其。意。之。所。在。是。所。以。舒。
窈。糾。也。一。句。仍。就。佼。人。身。上。言。然。卻。下。文。勞。心。悄。
也。一。句。笑。如。其。刺。何。以。見。其。為。思。而。不。見。所。以。憂
耶。（王氏義通疏尤為可笑。曰言月之初出其光皎
然而白也。以與婦人白皙其色之皎然而白也。故從
面色白皙。又是佼好之人。其形貌僚然而好也。行
之舒遲。姿容又窈糾然而美也。思之既甚而不
能見之。勤勞我心悄然而憂悶也。在任氏是故

陈奂子以刺之云之此说芳字与饑乾隐之说之
字又何以遂瞎注纽旧说称之和通为不两通
日别训饰如饰属严之饰窃为断远附为慈德而
它为男女相悦而相念之词曰月出则皎然矣
像人则僚然矣安得见之而饰窃附之情乎
是以为之劳心不悄然之此说骤观之极为谬
窗纸之人能窥其私与然一隙细缝之则其
不两通之见因朱氏特於本文外增出安得
见之四字之平实而本文无之又今试得四

字塗去，則前二句言其人之美，第三句言道韋貞，
四聯第四句何忽又云言其勞心悄乎耶？且詩
本與仲山甫不言其取與之例，在是處不必舊說
以為第一句與第二句■■語雖不合，然尚能知
詩之作例矣。今按此詩本以前二句與下二句為代
語同，自後人誤解一錯字，不悟上義不能明，即
喻義上下兩得見。蓋因此四句貴全詩之主腦，已
第無論如何說來，必不能以有餘如錯乃人名，
即夏羽之下，徵錯如古人二名，往往以一稱其一，晉

重耳之秘晋蒼盡吻秘之秘畫吻是文窈印
窈窕之窈深深幽靜文紆即紆之武勇之作勇
亂之親文飾窈紆節語微飾流觀無理勇文此之
孫甯靈公淫於夏姬而其如徵舒已長代人代為
危之之詞文觀其源株林之上則其為同時之作
而細繹小序以刺好色特隱括其事而婉言之耳
（下文在信不好德而說美色向則後儒取以讀詩
有位人而附會之取於大義雖不悖實無關宏
旨全詩之旨皆具於首二句說者因下二句矣

其指則故於上二句亦無從窮其本義，毛氏之訓僚為好，不過即上文僚字推測而出，非果有真知知僚之義者。箋疏集注之因之，亦因其於本義無所嘗見，亦無以易其說耳。不知僚字乃瞭之假借，僚為猶今人之言瞭然、瞭然（按此詩各字皆可易作然字解，以其皆形容詞也）。詩清揚瞭，瞭字今人定從目不過取景於目之黑白分明，此物就其色近且瞭者言之，其實者之言清晰者皆明瞭，故於水則曰瀏（按字當作潦，猶其與水潦之

潦倒同故以劉次韋劉生即用劉以傚
（此文係劉次韋自言）
（即劉子假借武曲筆評所）
俯成斯賦媒因要於火火灯日燎（非燎，方揚，燎）
於八則日燎（非燎，慶，燎）隨揚而與初無二義
今如月出皎兮佼人僚兮語此月出則物無
遁形非菊泛言美人對月。歷來讀此詩而
不深加以深致者皆由此。今徵餘說以試
舉此證，以便我心勞悲而惜然，正面側言，徵餘
以木智則淺，毋怪其危言見（次章並言節節）
憂子須學則詞愈迫矣。忘食蕭而不舍，此詩人

丘中有麻 全章

之。言。以。為。婉。而。多。風。人。此。詩。人。此。言。即。已。看。盡。矣。

後。事。出。顧。射。殺。之。禍。而。二。三。臣。人。日。澈。於。野。是。諱。

中。乃。獨。懼。不。知。微。且。不。悔。昔。為。人。僻。海。依。居。之。此。

世。以。以。修。不。免。於。躁。因。奪。宰。之。擾。報。而。為。詩。人。

之。說。歸。心。和。病。前。文。此。詩。與。義。之。于。我。之。狀。氏。

傷。於。詩。中。皆。有。憂。主。見。之。意。於。而。世。猶。不。得。其。解。

然。則。辭。人。敬。倣。文。字。之。加。以。免。知。於。後。世。不。貶。

難。於。

…已氏行

嘗怪孝亭大賢平生嚴氣正性凜然不可
犯以讀詩和詩勿思之乃其注詩如重輒指為
淫奔甚或皆不見其淫奔之論不自先生
觀之亦用之滑淫奔者以識中刑外之說繩
之怨不能免於詹寔大賢矣其於鄭衛之
詩篇私有許多踈誤所序其首章全俑
皆注為淫詩其毛甚變之風雨雞鳴思君子也
其和章風雨淒淒雞鳴不已二句取文筆暴至點
即讀小序亦知其為世亂不改節至先生

乃猗曰此淫奔之诗且如之词曰风雨鸡鸣正
淫奔之时又风雨从而以之为淫奔之时（只实
〔风雨〕淫奔绝与风雨〔淫奔〕为淫淫奔不惟为候乎风雨风
雨或勃然以阻淫奔是鸡鸣之为淫奔之时家
天下有闻鸡鸣而昭然往淫奔也乎（曰有之此世
之诗谓捏执被高文之笑然此诗而曰谋相
前更郑卫淫（并非郑诗淫）乃桑间濮上之
说故文王二风以外之徒之臆指为淫奔则讥之
莫能如之解矣即如丘中有麻之诗反覆读

戊己氏订

〻弥不负只有淫秽垂亩〻处小序曰思
贸之正合诗意且像小三序较曰并主不明贸
〻设家因〻思〻而作是诗也已□惟流义若
毛亲〻说则又因凌小序故〻言而傅会〻凌
〻俟可使〻奉腰不置兆曰留□大夫氏子
羞白也丘中境摒〻处丹〻有〻林嗟（草木）乃彼子嗟〻
郎治也二章彼留子国则曰子国子嗟父於三
章彼留〻子则曰〻子□留氏〻子□□微
論彼留子嗟四字〻不成語（即舊説亦謬注去

特于注中增出以治三字。今试抹去此三字，能

成句义。今问此的语，问此知识，向年实而

语为祖父，知三业本而此语止于三字，和后增之。

五谷不分，何取耶？为祖，祖之孝出乎？

且说孝，思贯而贯于之以能乃惟是植勤。

植麦植李，晋志费，志圃以优游而说人。

说思之贤，于国是乎，无此贯于而天下

偏不知有勤，不知有麦，不知有李，乎其说之

芸宸万笑其人，见而明之（郑氏笺说正有

異說詞訓毛氏敘家道而後子此無其不能成語焉用
前儒然即今觀之其說頗穩和殊知往思買上用
嘉則正束不屑也知猶王朱氏不知有何感
解乃搞錄然聖回此淫奔之說今觀之貌葉
昧其說以然反讀其辭序叔疑丘中有麻
處之語殆知此心之難處此書寧全在麻字
蓋麻葉叢聚密處而隱人目隱以幕如扇
正而茂之以行其歡數詩說一麻麥嶸之
於之今留客不於明堂屋宇乃於麻地

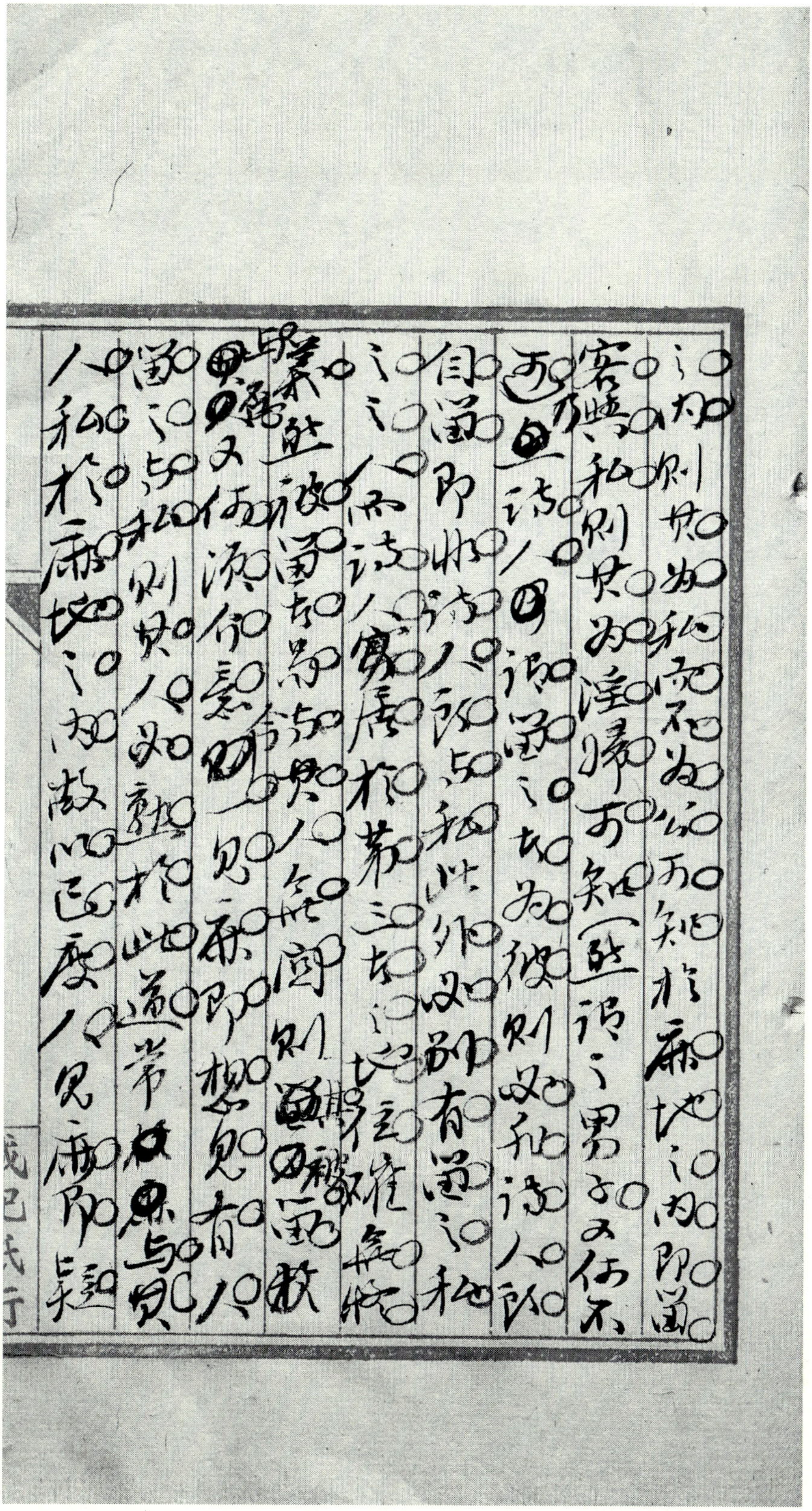

讀有與之私而留之去此語以物歸宗也歸人

望貴語與私去而不陳敢疑立中有病之

處讀為與之私而留之去文似此抽舊稿

簡膺之深入肯也正心所喜達者滿掌矣吉

清光大來之地任其餘有此節則淫相之

署子圓之與萬千餘年偉迷流總不置寄

異如之名歸當此有論見通將果而令

而後可論之婦情所如露顯矣然宮有疑者

立中為病之處方以有人論之如私印二章

丘中有麦，乃和之。综若三章，丘中有李，则
桃叶渚溪与花上下荡漾，清迹之凡可留
之与，把江处是盈，之知能标，树类而
周贵骤攀，攘其私之，耶不见然则前此
之所涣于庶于麦去之何为耶？或曰：人之淫
憩情感时，初试见而惊，讶留而恐，疑有人
留见所谓则即念而茫然之，属乃常
疑有人留之，古语曰：见贵于墙见辞于
美读既识，疑心生，瞻见之，曰：是非能矣

此擂〇首〇亭〇言則疑〇如〇被〇滷〇去〇如〇子〇恩〇擂二〇
亭〇言〇則〇牲〇如〇被〇滷〇去〇如〇子〇回〇擂亭〇亭〇言〇則〇牲〇
如〇被〇滷〇去〇函如〇能〇花〇能〇氏〇、〇、〇子〇並則〇三〇去〇果〇
孰〇如〇其〇記〇与〇和〇去〇耶〇抑三〇去〇當〇与〇和〇而〇一〇时〇记〇
其〇同〇来〇耶〇今章〇回來三〇去〇管〇道被〇滷〇須、〇
旦〇三〇人〇同时〇而〇至〇其又〇將〇如〇何〇耶〇且此〇歸人
何〇故〇回〇見廟〇而〇耶〇牲〇被〇滷〇去〇、〇如〇如〇屋見妻
于〇耶〇牲〇被〇滷〇去〇、〇如〇如〇回〇見妻〇而〇耶〇牲〇被
所〇去〇、〇如〇、〇与〇耶〇見、〇物〇耶〇弟〇望〇二〇人〇何

則中怏家操如是之速耶恐朱氏亦無以
自解矣此詩自儒先相傳即以為與倬毛鄭
之說雖已無復與之言然仍存其與倬
之說如故至朱氏始顯然改與言如隱示真
義者知所得觀象何據此說之義皆異於
首二句凡與倬皆然六二句之中尤重在首
句此句一章則異隆者何差失所根據蓋勢
文錯終而不能通此自然之勢如古今解此
詩者之說大抵皆原於忽略起乎一句之錯

起興之義僅此四字，而四字中為實字如文
只此二字，今畧去其一字，以何其能尋得其
義意耶。當須丘、高田如字本象意耶
（觀古鄰可見小篆已和本別）故後之儒
作田和之名者私說，須作丘田是如世儒
因其常與陵字相連用，遂誤以為陵之小如
實和本義如（丘按俗義解，說丘字）高田
乃四之義，如當然，樹（開以植）如喜如種（穀），以喻崇
高之位，是然當用以待賢及士庶乃人

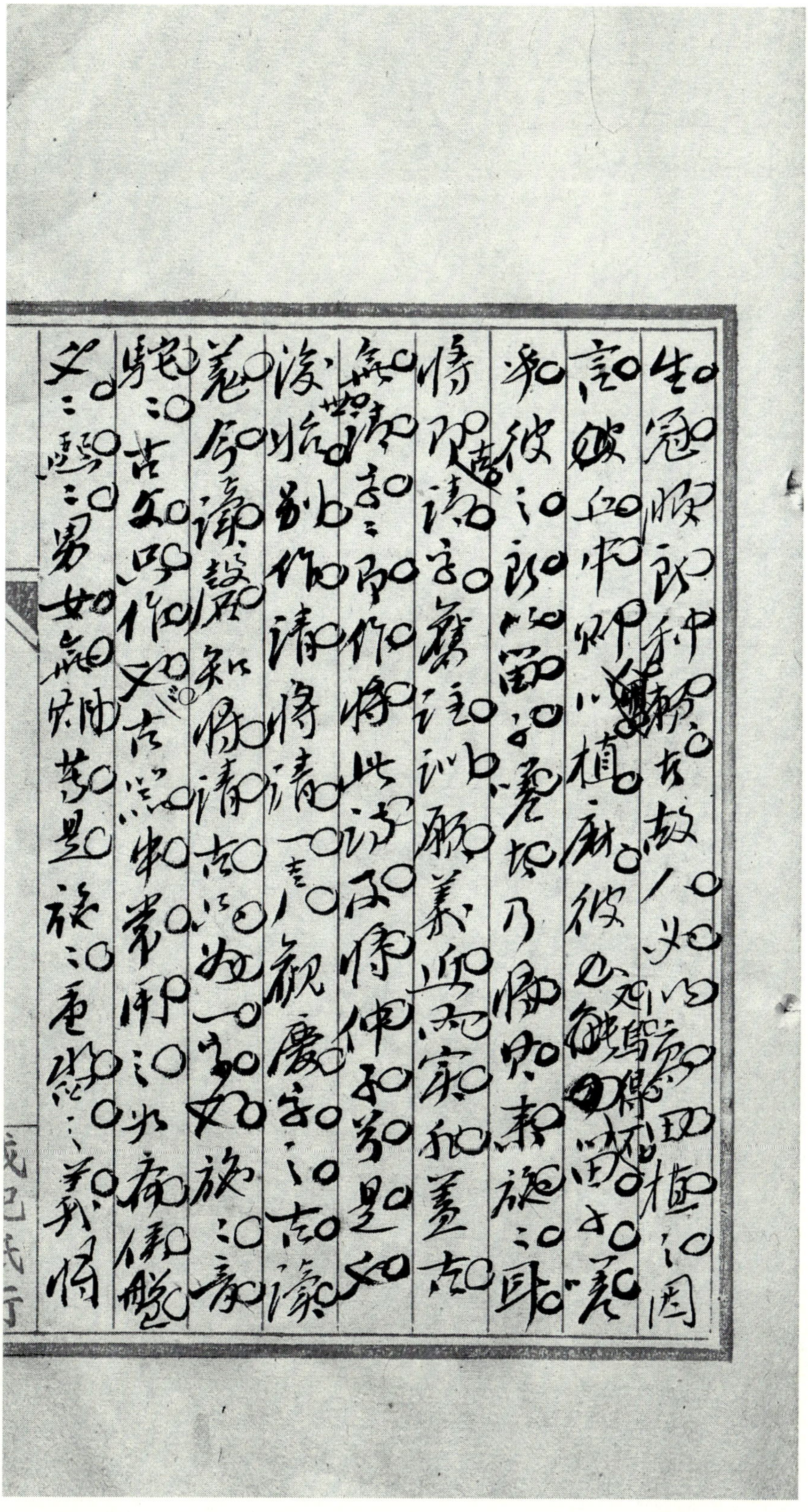

其東旋之所謂其常東也（直之旋之謂外東

亦青驄但彼乃狀其行之狀即俗語所謂捻拉

捻拉也次章第三章亦然是章末章貽我佩玖

則蒼之賢之搵也通篇皆言蒼賢之事何嘗

有纖微淫穢輕薄之存乎子嗟子國皆即

當時之賢者如此則不知實有其人而概指

言之也如小序不曰蒼賢而曰思賢也哉

旧説曰常免不在高位實無八賢之詩人

特以意擬之附此說以國風也王風多東周以降之

詩。是時。王道。衰。凌夷。卷賢之道。絕。論以然
弱。之想望。然。一人。切盡。道衰。不幸。生不得
遇。於時也。既遇。毛先。後生。於前。後世之
賢。之子之。獲嗣。後遇。朱公。身後有之。以異說
從。之醜。行以攻。詆寬。賢。取切。而千餘年。使
不遇。而之。不知其何年。始得復。晴天見
又按子叢（即漢假借）子國皆鄭人。此
詩又適當鄭風之前。或即由鄭詩竄
入於此。此詩之篇次多凌亂。無復舊觀。

恐豈然乎。朱氏之指為淫詩，或亦由本此。

論比興

詩之為道，莫大於比興。比興以爭，或難於顯言，大直。詞婉意不明，隱約言之，然後約而象，風人之二者，異派而同源。比興比即興之比，不過先取譬於他物關，即以本義申明之者，則為與其先後借說他物，言之而不露，而明使人領想像於語言之外，則如比一而二，二而一者，文流觀三百篇中興多而比少，其絕卒，如此者或無正門。

氏昌鳴全章

侬〇貝〇和〇懷〇而〇章〇艷有〇黄〇葉〇前〇二〇章〇及〇他

[illegible]章〇奉〇吝風〇桑〇江〇求〇前〇二〇章〇貝〇餘〇卿〇江〇而〇

扣〇玉〇與〇的〇十〇信〇貝〇五〇山〇貝〇扣〇炉〇回〇比〇他〇写〇御

美〇[illegible]侬〇和〇用〇貝〇用〇意〇江〇江〇他〇又比〇江〇他〇写〇御

美〇5〇江〇他〇写〇正〇美〇加〇貝〇易〇相〇直〇章〇江〇寡〇

味〇文〇正〇同〇初〇不〇九〇肉〇江〇正〇喻〇夫〇写〇喻〇美〇限〇起

〇後〇再〇随〇意〇申〇明〇江〇或〇反〇或〇正〇或〇偏〇或〇金〇或

長〇言〇以〇的〇勤〇或〇舍〇意〇以〇往〇中〇伸〇徽〇江〇間〇正〇要

餘〇也〇三〇首〇幕〇江〇快〇密〇全〇夜〇相〇此〇及〇古〇人〇立〇言〇

戊巳氏行

之物象之全在於此矣自詩古以後程朱興絶
雅頌之道竊恐未論於讀小序者於詩之傳
例而像賛然故其説詩者書正喻反説以喻
義往之來雜於正義之間（非以色置為置色
之野人丘中有麻為子嗟於種之數而毛鄭并益
無論正然舊説誤是譬喻之名諸原不誤
至云意有不足者尚題曰得則高得其反蓋以喻
義無足矣惟不知之申明正義處則或者
或不足耶至朱子作集註則於詩之傳例

蓋細○郎○窺○見○實○知○如○前○異○節○乃係○條○節○八○
體○嘯○之○說○全○待○擇○去○而○斯○爲○鄰○究○之○因○其○去○先
言○使○物○以○行○起○其○所○派之○辭○文○推○其○義○而○以○與○
也○論○言○5○說○之○有○義○而○不○以○有○何○關○係○而○但○用○以○
如○諸○之○前○論○下○此○類○如○正○義○不○思○和○不○去○而○說
有○此○按○舊○之○文○理○哉○古○說○原○無○爲○正○而○今○除
去○而○向○用○以○爲○語○之○解○論○僅○有○而○向○來○說○正○
意○吾○以○是○古○人○不○知○解○若○是○之○學○文○所○以○學○文○蓋○朱
氏○並○知○孔○曹○相○與○之○係○仰○有○何○確○究○第○見○標○

盖曰興之有起義兼體要兼義為固興起而朱
氏於古人所謂之義乃多不能了解於是
於詩之所論淺近為彼所能知者則別之
因此而於其彼所不能知者則概指為興以此
見朱氏於此其範圍毫無標準而僅以其意
之能知與不能知為斷今幸而其説知其不
甚多使其果能了解則全詩之興將盡改為
此而無復興字之存在矣惟是朱氏既不知與
之即此而又不明此興之所以如是以但見為興者

忽又見如比隱見如比或忽又見如賦（因與倖

下又有說明：擬恍惚迷離提撲不定於是說

說與不比比而與賦而與又比若若情說不僅記

名詞乃遂賦之網設現不知附如比則又不能

再如賦與比如與則又有賦即決不能再如比

且賦比與三或三分賦只而又不相容（賦為正比

為喻與則先喻後正移不得忽似忽此隨意

亂擬又賦比二或貫如用又簡單而純粹故

人易知至與則正喻夾寫隨筆立局變化

莫測其用轉如後雜故人多不能曉了然
尚能即其命義研求讀曉則其下申明
處自勢必彼竹迫及而解且言中言外之意
無不畢現於毫端世之言詩者不知於此
處處注意而乃於全詩中無關緊要之字內擇
取其一鱗半爪挂雜湊任而實指如詩叢此其
説以説經而經愈晦矣（此説兔罝詩罝兔之
野人皆可為干城有狐綏綏之詩託言有狐獨行
而處其無裳之歎不能悉數今取即與之各種

傳（御）兮剔言有金起而金在東北泣雎
之以窈窕淑女之洲如而雎鳩居和而河
洲非述而和鮮賦之以眾而鮮子和而
兩繩之而夢之是也此詩之正稀也有金
起而不金而在北雖鳴以風而論時亂
以雜鳥喻君子而不佩言見居和而喜則
見如世亂而知此佩而見不向在文月出
本面喻於躁陷下出則人樂遁形而下佩
以御窮之寵仰而陷出我如之慕心則如

戊己氏行

說然之意但見此但然快上向去之語
半神全詞涉虛味詩之作用全在於此節
語言在無所謂在至以成文外此有正起處
及然在江有退而取然以果然以相與有
處而乃然以人而然儀是又有反起處反
然去誰語權無節正向卷與偶魚之氣
是又有反起處正然切卷回無有全篇
是又此用筆之處偶反至布局則或有
以為向起以大紀然切數種術篇以四

向起而回下以成之見氣而向於之其文有
以史向起以多向而在此律有以一句起
而下以上句在之是文此子格律之象化
漢有游女
文與之像例能象化象論至奧如上下僚
於相對成文則自象而又割其宗謂語
神明不離事類知文人但能求得其精
於之隨則全詩之旨趣自見是猶庖丁
之解牛批郤導窾自不見其游刃有餘
地如漢世諸學家以為無人注意及此故

成己氏行

其說詩多拘雜可笑宋儒糾之矣而於陋

此與三百之說由子未能言之乃三而又不能

即論意加以甚深之研究致於詩之正

著為了草讀過不能得其以為承之蹤後

之居子執余說以求之則於讀詩之法必

能事半功倍而舊說之不足信亦得了然

如指上螺紋必不消余如經謾前人也

說關雎

此為三百篇之首章古今之說之切多矣

豈無毫髮之差遺憾然其他似亦有些
微之未合處則以歷來之說與諸如莫而
往重於雖博之學而有解而於二向所說
累此雖不乘乎諸義然以知理言之雖博
家只與起下知之理如至理將專起下
知之居然致以一雖博說知至又以一雖博
說後此文實讀以三之雖博則存說之理
矣（言須得所以）彼說能之理如能無居乎此以求之
乎此述字即下知窮據求之求古知於

（或誤一字之中，不知本字或加辵或不加，不知此例在古文中甚多，論語第二章其為人也，其為仁之本與。

往來動作之謂，往之有意加以辵，如來字本不從辵，而時或加以辵（以辵作迹），往字上半即止之變形，或更加以辵作逞，甚似等年之等，猶時之加辵作遳。此字之猶是文，貝加辵之。治有往來之意，漢人說此，說古聞或以述為仇，此則由於說用毛義而然，因毛氏於古文傳例多不了了，見有異傳字，不知其即為一字之變體，遂于騰造一義以說之，即如此述字何嘗訓有訓仇，見乃傳會說義而

二大字

一加二作仁一不

加即其例

訓之曰匹又羞陟謨讀如字為上書人自不

得不要以此字為名謂如毛陟訓此字如匹又

訓上秦匹五訓同仇之仇字為匹漢人從用之又

故逑漢以為一字又其家不雅此字和漏訓

匹即仇字為家和漏訓匹仇字和古書中常

五雠字互用或合用意即雠言人又絕

有仇匹用其毛之訓仇為匹加強謨合

耦曰仇之文不知係文家說怨耦不相

之曰耦乃雠言人又今人之說法觀書寫家

也即此卷得因此而𨑳訓究竟如匹釋辛
已知子同仇乃說知子同雠言貝人差陟訓如
匹卷而回同匹辛陟曰匹則不得復曰同此
蒹葭之訓述如匹匹謨亦誤述如仇也家
再誤矣前人陟又論此述字自下章之
二求字故矢氣求善如之中戲不知此詩章
流在此詩中家到如際凑此章陟以在河
之洲與起求字故下章即際承此求字言
之而荇菜如喻求洲如言貝求之之

切章章則求之既得之後而仍繫此上章之旨義言之以形容其狀之既得之然三章一氣蟬聯而下緊相銜接一經頓挫便為減色矣小序釋此詩曰后妃之德也（此句乃係序此詩之詞以下則係序全詩以古來執籍無弁首之例其敘述全書之詞多附於首章之下不獨此書爲然詩中頌雅與文王板后妃之多其形容后[illegible]妃者只有窈窕淑女一句序謂之於后妃者乃推本

言之言知之而實后能之法有以致之也。小序之所言多從題外立論，所謂據題詩文若詩中所言，則人之能解之矣，待序矣（獨子夏當時言之）。孰意詩歌中絕，後人不明詩者，因而併不明此序，世儒見序之所言多與詩中所言不相應，乃隨手摭拾詩中之字（既知傳者）實則此說合其序，連綴成文以上合於序，兩相牽扯，於是詩不可讀，而序亦不可讀矣。宋人疑小序所見未甚，不是

說葛覃

戊己氏行

其屏鲜入文至萬羣以而以大務顯詞矣序
本曰萬羣后肥之本文後之説説故不得
其為本之説乃據根寺直雜湊説之曰后
把在父母家則志在女於功之事則修節用
服澣濯之衣篤敬師傅則可以歸安父母
化天下以婦道文其言之文離破碎讀之直
而使人笑失因詩言而歸寧父母文則以為后肥
在父母家見詩言為縮為緒文則以為志在
於女功之事見詩言害澣害否之文則以為歸

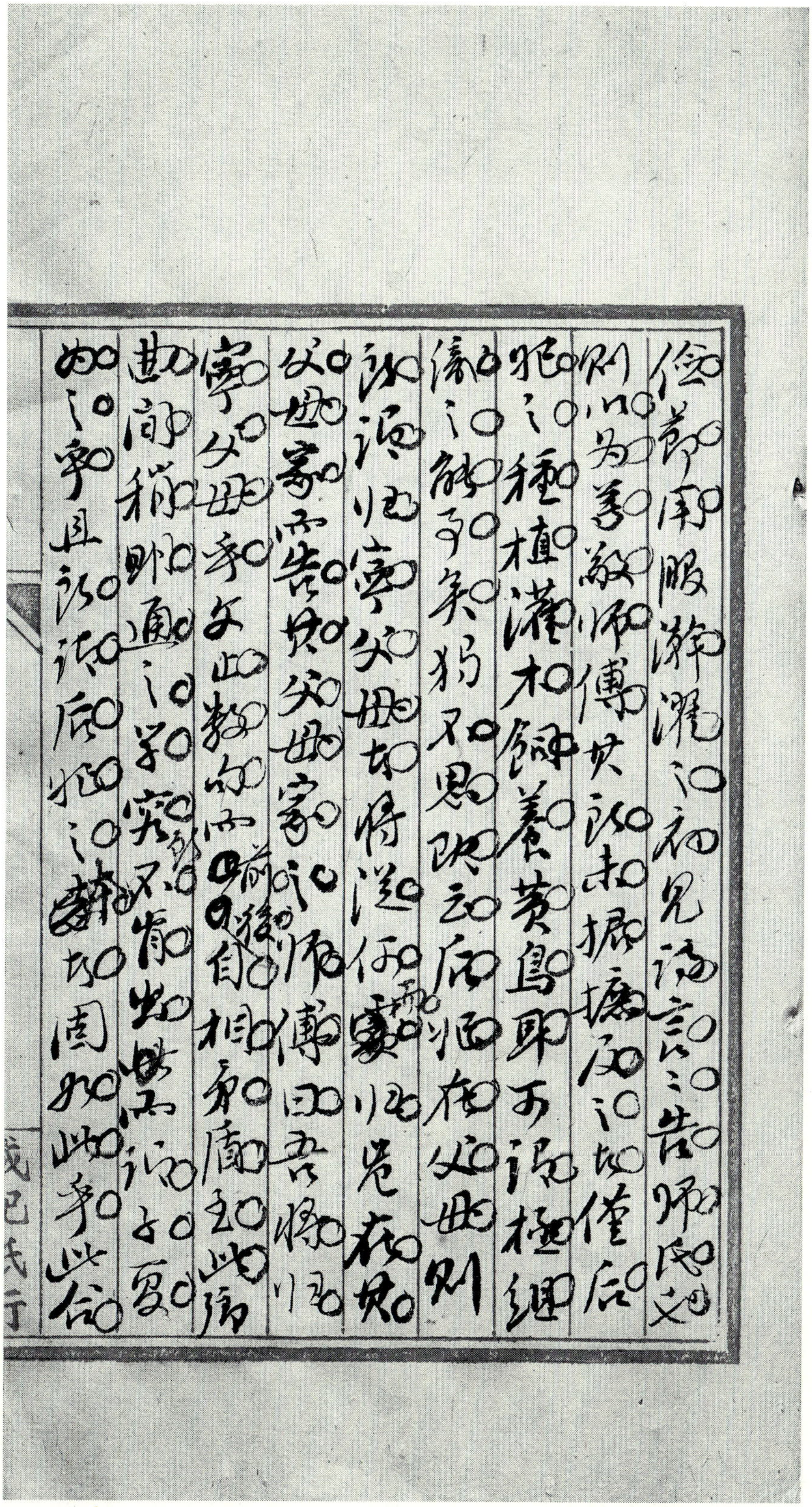

上下文觀之其意自然而出若確有所據義
善體會作后妃之德一語決不至再錯認以
下云云之朱子見毛其說不知毛意乃復自
為之序曰后妃性既有德修而賦其子則是
朱氏作后妃之本一語初亦未能錄全篇
就詩之表面人所見者言之此則朱子
訓釋之淺又按詩舊說相傳均目為興（毛傳）毛鄭以
雎鳩為興之意義然仍存其說至朱氏則硬
改為賦殊為武斷貴即詩之意義求之

詩之與周不合詩之賦則尤密詠實賦體（有上下不相呼應處）
二章皆比也首章以葛与黃鳥起言以葛
之覃也得施於中谷故維其葉萋萋黃鳥于
飛得集於灌木故其鳴喈喈二物皆以能得
其所故得各遂其生樹以比后妃得歸文王
猶葛之施谷鳥之集灌木故得遂其
其素志又在詩人即物起興或且偶然前偶
有此物而因以喻類之義直角為賦則神
味索然矣小序之說詩后妃之本在即指

后妃之。。。化學。。天下。共存在於心。得配。夫。王之謂。

后妃之德。由以得配。居子。問。其由。及第二章。孝並知婦和順學

之志。秋薦。言之。以明其。如未之。養蕎

之章。在後於中存之。既久則繼葉葉之矣

（葉之茂密。親盡自然。執之。）故作之蘋之

如素。在以被服天下

其自…

萬章…

體態…

归寧之事。因章以為言。隨時指点。訴說本末

不知乘此亦不知其不在此也實之謂詩后妃之本也其於前之章前人因思累積柏中谷集於灌木而向故其義不見而有深小序之謂言以序其志之此之詩之謂以終不時於此也

說葛覃卷耳

小序卷耳后妃之志也此等議論〔非〕據也夏不能發之（凡小序皆然不獨此詩）惜後儒不明詩義不能得序說謂后妃之志

己氏行

如何在此詩中所引句之文義不可據於章左傳
襄十五年嘗引用此詩曰詩云嗟我懷人
寘彼周行能官人也王及公侯伯子男甸采
衛大夫各居其列所謂周行也乃以嗟究
官人而論子從而如之說曰君當輔佐君子求賢
審官知臣下之勤勞內有進賢之志而無
險詖私謁之心朝夕思念至於憂勤也其
言之薄離淩亂乃讀小序知之南色取險
詖云云乃因詩中有崔嵬陟彼等字而偽全

○約貝大育固○補○佐居○求貝審官○

后○爬○○志○文○夫牝○難○郎晨古人○郎成○老有○

賢如○后○爬○而乃○○攙○權○千○攻○如○○○且○辰○爬○

遠○處○深○宮○又島○從○而補○佐○女○王○求貝○師○

西○漢○外○底○○○禍○未○豬○牝○此○莫○替○從○有○○隙○

○豕○○不○知○傳○○○○○○○○門○○○○○○○○像

節○取○此○○命○○累○牝○○○金○○○○○○○○官○○

文○傳○○○○此○○○○○為○官○○人○○○○○○○○○○

賢○被○閑○行○○如○女○王○故○曰○○官○○文○後○○

戊己氏行

說詩者不知於此加之意乃曰后妃思為文
王得賢人而置之周行若然則后妃謂置彼周
行者當無賢人更何從而定其賢否又焉得
即稱其為能官人耶況但得人而置之周
行即可謂之能官人耶是不惟不明詩意
即傳說以引用此詩之意亦未能明其然固
有此兩引用周行二字之義乃得有詳正
之說明是不幸中之一大幸也歷來之說
此詩者除此二字外殆無一合不須發辛朱

氏作集注時因胸中橫亘有唐人提管

意採葉昨夜夢漁陽之語隨段與爲賦

更隱解周行二字爲大道是併此併存之

碩果而亡幾不殺餘之矣微論周行必不得訓

爲大道且二南風詩之盛王化之基自烏獸

何此輕薄側艷之詩耶而況貴出於后妃

所述周行二字左氏雅有解據詩而毛鄭

因物指字面之教訓釋已微有錯誤則以

只釋周字如周之國號至御字則釋爲

成己氏行

弘住文不知此周字乃朝之通用古周朝
同音常相通假汝墳惄如朝飢乃假作
輖周是也（朝廷之朝与朝夕之朝古只一音）現楚
詞朝夕之朝常假作鼂可知周行即朝行
若解周作國名則又淺陋諸文佃律此詩
弘知王受命得专征伐以御后狼夏重危
明常恐其君子不克其於其勝而伐之夏畧
勤惕至之作不以晉戮為喜而以不勝為
为懼閨帷忿懥而不及燕昵之私故予夏

四曰后妃之志也。采采，不一采也。卷耳，微物也。倾筐，器之易盈者也。（筐不易盈，）倾筐则易盈。倾，欹侧也。今采之卷耳，则不盈倾筐矣。知嗟我怀人，乃置之于郊外，其能胜此周行之任乎。第二三章则以马喻矣，至而以陟崔嵬高冈喻周行艰其，加微而但和而终之以兕觥怀。（此怀字即承首章怀字来。）不永伤则更深之意，又云章章则作一失章意想，云俗破矣。

飛馬果痛矣，飛僕亦痛矣（此僕守書擣

文王左右輔弼之人（旦）於何見不(傳號書)其謂勸

息耶（吁，憂歎也）此上傳字來，即此可見古

人文字之密，則出憂之極而後其美一之成

然也。后妃勤於文王之家，命其憂勤物

屬邪此則其手助之說，以輔佐君子助成

其德化，而惟以其有質於閨行之位置者

當澹何義則說關雎王化之風即其於

此一念之無不知也，乃此篇自首至詩後

竟無人能免及評說源傳一誤再誤
孰能解人之為索引

說兔罝

此詩初無甚深意義與不甚難解乃歷來
說此詩者無不以為笑柄則真怪事如此說
明之曰兔罝乃說者附會解之曰罝兔之野
人曰罝兔之野人而明即了曰兔罝乎今
試執網魚之漁翁縱之曰魚網人能解乎
且不知詩言極之丁之者又何物耶豈知

椓此罝兔之野人也耶二三章證言施於
中逵後於中林者即後此罝兔之野人耶
罝兔之野人何事而乃肆詠而兩詠置之
乎林耶捲卷思之寧無撫膺推原其
故殆皆由於讀小序者不知序言后妃之
化之故見詩中有仲之列交予干城腹心字
者則以為賢才多且如之說曰關雎之化
行則莫不好德賢人衆多文後人因崇
信小序而不敢其中有讀作逵即其意而

傳會之因以演成此種情論不知序之
說言后妃之化者乃係咸王文卷耳后妃
之志業觀中間三詩序文皆稱后妃而此獨
於前篇三詩同一筆法其美不得見蓋謂
雖以后妃之德為覃以后妃渴賢者之
本卷耳后妃之志而此篇則端處於后
妃之志而化之后妃因居子渴望聞行而憂
勤勞屬叔公侯皆屬而化之而急於求賢
以自輔篇中即兩皆求賢之事求賢又

杕之亨也篇中以罝兔喻求賢孫猶是權羅
兼網之兼形不過一備以為喻不惟無與於才
罝兔之野人即亡飛而罝兔者肅肅布網
聲也蓋在今語則當云決決然決去聲與肅
同音集注謀以為嚴肅肅肅注云整飭貌也
罝兔方言整飭耶椓之丁丁則張設矣凡張
網必先布而後椓其要隘人能以罝兔者
求賢則併之武夫皆得為公侯干城矣第
三二章則反覆言以罝兔喻求賢之道而第二章則

乎志無人解知以證傳演而出而仍不可通說知亦只有依文訓義尚與文意而不敢下一切家解釋因逵乃九逵之逵罝兔知胡而罝網於此耶不知此義乃反言以喻求賢之人以賢道不可以卒然遇遂爭先不得其道則易罝兔知然以其罝而設於九逵之逵則易無遺其能得兔而仰之識大將為公侯最義之讎人矣（仇字與非除假借外只作讎人解說已見關雎此詩亦屬詞為正

傳說。又。第三章。明轉正言。若求眞得
其道。更置。免。去。後。其置。於中。林。則獲免。矣。
象。而作之。云。方。皆得。為。公。儀之。臉。心。矣。曰文
學。者。本。自明瞭。固。但。以。淫。答。求之。即。無。不了。然。乃
世。之人。不。知。信。淫。而信。信作。信。去。之。知。識。又。不
足。以。窮。以。處之。肯。於是。混。淆。絲。繆。棧。以。此
等。淺。鄙之。文。而亦。不。濁。鄙。粗。俗。繼。得。其。雅
解。世。競言。漢。宋。事。不。得。不。雜。為。一。郎之。雜
又。

說漢廣

小序漢廣德之廣所及也第二廣字似是衍文殆因前一廣字之錯亂後則為德小序故此增添有其字初以為無大礙但與其他文字不類故不決其誤也至讀小序故不能得序言德之所及如何在見詩中有江漢字又有南字乃為之說曰文王之道被于南國美化行乎江漢之域無思犯禮求而不可得也其說一出後世乃翕然從之集

注則更先坐江漢以淫亂之俗語自被文王之
化故其出游之女人望見之而知其端莊靜
一洗滌前日之可求矣是豈以此語不可求也
不敢男而在如矣至說二三章則豈以之下指
游女詠悅之至而歎美之稱其為（朱氏此注殊
由讀陶靖節閑情賦得來若然則是如不
可求而男仍畏犯禮敢被文王之化其國如
此乎即詩言發之初不見其詩之女出游於江
漢且有以決其必不出於江漢以游中本

以乔木江汉喻遊女诗之主旨在最以
吾安见之而知游为出信之思固物即繫
喜之乎发见凡以为将莫鹥遊其叶赏
本图自成故由乔木之说休息之而南
有荫木则不可休息矣游女之说
求之（女之美也）安得出游以自炫故乃以游
女代美人而汉有游女则不可求思矣何
以言其不可求思也以汉之广矣不可泳
思也何以言其不可休思也以江之永矣不

成已氏行

万○方○恩○文○（由周至南必须渡江○故印以江代
南字正喻，度以○乃其体中之发，格○实则诸
国○（言之○）二三○章○则仍南○此义○亦○以言南○木
陷○又○可○得○即彼○趣之○然○诺○嗟○犹之○廿○新○只○长○矣○
高○下○至○不○存○文○吾○且○以○共○至○短○至○下○如○之○楚
去○蒹○葭○（林之潘木之最低下者即平林之○
葛之葛从以为葛葛○曾如○即今之葛藟○亦作
之最低下者○近人为用趣○楚之名○词○始于
明语义○之○字○以○之○说○如○殆○犹○新○录○中之楚

萬然之明於和和則言和與駢馬以迎
之長未後而處遠前言以示猶之因漢之廣
矣不可泳思又江之永矣不可方思如又
漢迴環往後源印甚明尚非源被其主之德
化而能以義命自家去男是以語此尚印此一之
念情也之人之皆能以義命自家各有其
內江睢而不敢為和外之趣則
乎無不崋住不相凌王化之成又宅有他道
和

說芣苢

小序芣苢后妃之美也續小序古不能得詩之義后妃何在而篇中除芣苢二字為實字外餘皆虛字無可以施其據摭附會者因見芣苢即車前能治產難乃從而為之說曰和平則婦人樂有子矣夫人之樂有子與否產難何涉婦人不樂有子遇產難便豈不愈之耶毛氏知其說之不通特為變換其文曰宜懷妊不思芣苢之訛以愈產難也以其

性能驕峻和柔後之故卷有峻和柔衍之

草而能宜懷抱若然則大黃川軍崎廣

國尚胎之妻都矣有是理乎且即曰宜懷

妊娠早有子又恐后胎何與而乃指以為后胎之

美耶集注以上下兩語之不相通乃直將

序文抹去而易前只續加數行成語曰化行

俗美室家和平婦人無子相與採此芣苢

而賦只多以相樂又則備説中之至人而無序

棄之誠而混之置樸而還殊矣今殊此

说○之○论○语○后○腿○之○美○如○乃○美○后○腿○之○能○擒

善○不贵○遗○字○也○长○近○如○赤○学○之○不○足○故○能○由○而○

以○及○表○遗○积○以○以○高○大○以○成○其○大○美○此○语○人○之○

论○由○从○而○美○之○也○通○篇○读○书○此○命○继○岂○由○

或○因○通○有○宋○若○苍○之○身○因○遂○假○以○一○取○譬

虽○其○实○则○初○知○从○永○宋○若○苍○也○古○今○来

说○论○如○乃○为○如○志○从○用○于○乐○若○苍○三○字○亦○须

余○知○仍○之○远○字○则○抛○置○不○论○殊○不○思○僅○而

二○字○若○苍○乃○数○衍○至○于○三○字○而○仍○其○旨○外○仍○

如來若菩薩天下固有此無味之語即大海
之之義底地乃如取譬於菩薩如以菩薩爲
供醫藥雖微物而有一節之長與合同
之言宗趣宗旨如同一佛意初不相異
海如如佛像之言底地之掃蓋雖賤如草
薩爲爲民長而爲即取之以宗之無竄此圓合篇
即以宗菩薩如論言人之宗此菩薩之初
不能如此有文字無第漫言宗之而與宗宗之不
通之既而果有之矣有之而宗之至不已則

成己氏行

姑

狀其落也，故而掇之（掇拾也）掇之而察之，從

不肯已，則並狀其落而捋之，捋之而

察之而終不肯已，則而手中已盈，則而以衣執其

衽

袺之而袺之（袺即今之所以衣兜之也）

袺之而猶不肯已，而手已不勝其執，則更

扱其衽於腰帶之間，而襭之。蓋芣苢之為

其雖小而經此勤求而不已，則由近而及遠

積小以高大，有益於身用之不能舍也，其

創始之節，其終果之鉅，人之詩其知此其

國德為何如乎小序讚直為屈祀之義不
知直乎

振振君子歸哉歸哉

殷其靁於之序归哉归哉二句為傳無韻
集注亦不詳其叶韻何據哉思與子叶宜亦叶
互相叶又古音讀哉如基故在注中與哉叶
依韻相叶居如乎復易主哉雖極乎塒哉
與塒相叶園有桃役人是哉子曰何其哉以
其相叶蓋古音哉如是也自哉乎轉如直齋

丹切。此兩句並之無讀矣

我心匪鑒不可以茹

柏舟我心匪鑒而可以茹毛傳茹度如此私

毛氏之注茹字乃毛氏以茹字之義不通

特私擬之以意之故如其知之上下之讀

相合當時義之傳讀印以度字為義貫原

知仍在茹字古不過和古本相傳本如是物人知

疑而不敢改耳（古人無敢輕自改書也）毛氏於此

不識之義往之如是於彼者四國是皇傳曰

皇。匡。文。常棣。疏。文無。戎。傳曰。戎。助。文。皆此類。
私訓。皇字。而訓匡。戎字。而訓助。文。鄭氏作箋。
不識。此義。因此詩。義字。訓度。併、月。獵猶。經。
義。之。義。字。亦釋。作。度。更轉。而。爲法度。之。度。則
大。和。矣。今謂。毛。氏。之。釋。義。爲。度。如。因下文。有。往
想象。想之。矣。因言。我。心。歷。覽。之。明。不能。度。人。
故往。想象。之想。鄭氏。則根。本。其說。而反。之。謂我。心。
歷。覽。往能。覽。人之容色。而不能知。度人。之真。僞。故求。
往。想。耳。知。其。不。可。據。二說。皆。而。通。然。皆。從。下。文

圭

逆賸而出，亦不知叚本字着想，至嬲嬲仍以即

為慶則在段不計也，今按此嬲字乃假借字本

當作鑢，磨也，大雅白圭之玷尚可磨也，鄭箋當

可磨鑢而平，是也，此句本與下章我心匪席

不可卷也，我心匪石不可轉也，同一句法，此不過

曰我心匪鑒，不可磨，句因喜不可磨，故至往懇

而逢懇，正不如多郎傳會也，古人凡假借之字

必取其音同而義絕不可通者，以免淆人之誤會

此嬲字之誤，一漢人不知假借之義而輒即字面

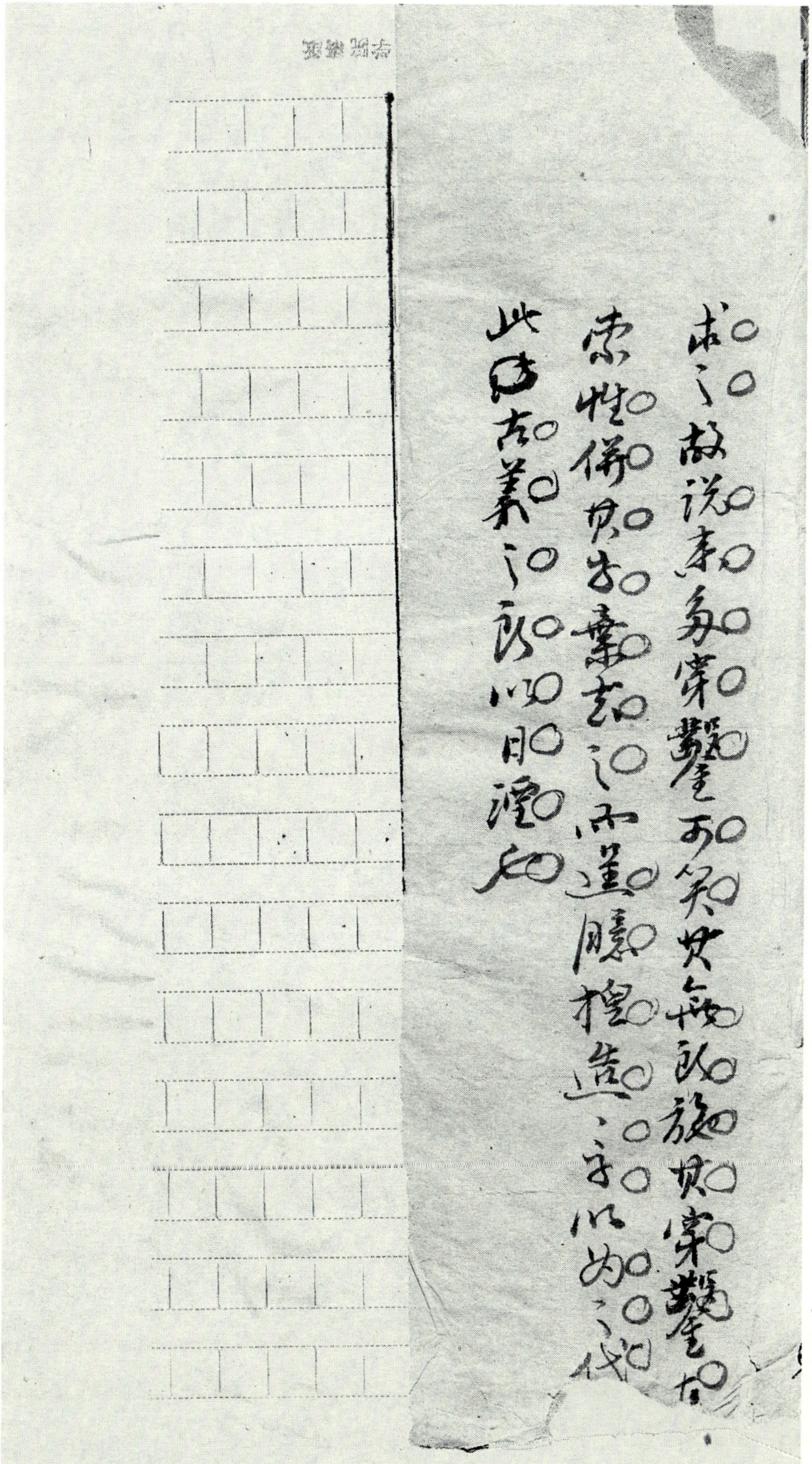